エンデンジャード・トリック

Monzen Noriyuki

門前典之

本格M.W.S.

南雲堂

エンデンジャード・トリック

目次

装幀　岡　孝治

写真：etaearth/Shutterstock.com
O.D.O.

エンデンジャード・トリック

一　プロローグ

「あそこにあるヒグマの剝製はさ、ずっと昔、聖高原《ひじりこうげん》でさ、人を襲ったことのあるクマだったって、知ってるぅ？　五人も襲った人喰いグマなんだって」

「はあ？」

黒いジャージの上下を着た女の子は、ジッパーを全開近く下げ、被《かぶ》っていた銀色のキャップで扇ぐ。汗ばんだタンクトップがはだけていることなど気にもしていない。

「ヒグマは北海道だろ。本州にはいねえよ」

と細い唇をことさらに歪めてみせる。

「昔さ、南木曽《なぎそ》にクマ牧場、あったっしょ？」

「知らねえよ」

吐き出すようにいうと、色白の同級生を睨みつける。

「そんでね、ある年の冬に予想を遥かに上回る大雪が降ったんだって」

色白ロングヘアの少女はお構いなしに続ける。誰かに話したくてしょうがないという感じだった。

「そこには、めっちゃ大きな、三メートルぐらいあるヒグマばかりが飼われていて、そのなかのボスが頭良くてさ、人間たちが雪だるまを作るのを見て覚えちゃったんだ。でね、大雪が降ったある日、大きな雪の球を何個も何個も作ったんだって。そのときまでは、賢いクマがいるものだなんて、飼育員も思っていたんだ。のんきだよね。するとさ、どんどん雪が激しく降って、牧場も開店休業状態になったんだって」

色白の女の子は、乗ってきたスクーターに後ろ向きにまたがり、タンクトップの胸をはだけた少女に向かってなおも続ける。その視線の先には、店先に飾られたヒグマの剝製が見えた。話に出てくる三メートルとはいかないまでもかなり大きなヒグマだった。

「ほら、クマ牧場って、うんと深いところに掘られてあって、簡単には登れないようになっているっしょ」

ショートボブの少女は首筋に流れた汗を手でぬぐい取り、水を切る。そして、ハンドルに両肘を乗せ、身を乗り出すように、

「だから、知らねえって」

「そんでさ、その賢いクマはさ、飼育員が事務所に引き上げたときを狙って、その雪の球を壁の隅に積み重ねていったんだ」

「…………」

「その雪球は、どんどん高く積み上げられていって、遂には擁壁の高さを越しちゃったんだって。すると、クマはその雪球の山を登っていって、とうとう逃げだしたんだ。一匹がそうすると、後に続くクマもいるよね。そうやって二〇頭いたクマのうち半分の一〇頭が逃げたんだって。でも、ただ逃げたんじゃなくて、クマが最初に向かった先は――」

「分かってるよ。飼育員がいる事務所なんだろう」

「正解っ」

色白黒髪ロングの少女は、スクーターから転げ落ちんばかりに飛び跳ねた。そして、ショートボブの背中越しにヒグマの剝製を指さした。

「五人いた飼育員は全員食べられちゃったんだってさ。でも、逃げたクマは、その日のうちに地元の猟友会に殺された。一頭だけ残して」

少女たちは百白荘《びゃくはく》と呼ばれるわさびかりんとうで有名な土産物店の、駐車場の中央にスクーターを停め、向かい合っていた。そこは幹線道路から少しなかに入っていて、通行する車からは見とがめられ難《にく》い場所だった。地元のちょっとやんちゃな少年少女たちが何か良くないことを相談するなら、いつもここだった。駐車場の建物がある側には、間引かれた外灯が二基ほど建っていて、球切れ寸前の水銀灯が明滅していた。明るすぎるでもなく暗すぎるわけでもない、程よい加減が悪だくみするのにちょうどよかった。

その外灯の建つ店先に、四つん這いに置かれているヒグマの剝製があり、立ち上がったとしたら、大人の身長ぐらいはありそうだった。

「ほんとに馬鹿だな、祥子《しょうこ》は。あれはただの置物。毛は樹脂で出来ているんだよ」

「どうして分かるのさ」

色白はほおを膨らます。見た目の派手さとは裏腹に、少女らしい仕草は残っていた。

「剝製なら、雨晒しにするわけない。すぐ腐っちゃうだろ」

「忠《ただし》がいっていたけど、防水加工っていって、何でも特殊な加工をしてあるって話だよ」

「ふん、ただの木偶《でく》。できそこないの人形だ」

「違うわ。本物と同じくらい重いし……」

「砂とか、重しに入れてあるんだろうな、きっと。そうじゃなきゃ、風で飛ばされてしまうだろ」

ショートボブはあくまでもクールだ。

「だって、でも、本物だもん。……あんなリアリティは出せないって、忠が――」

「忠って、あんたの兄キでしょ。あいつバカじゃない」

「バカでも、うそつきじゃないよ」

といってスクーターを下り、

「じゃ近くに見に行ってみようよ」

「いいってば、やめろよ」

茶髪ショートボブはいったん戸口のヒグマを見やったが、すぐに目をそらした。そして摑まれた二の腕を払いのけ、

「分かった、もういいって、その話は。幼稚園のころから聞いているよ。それより――」

ジッパーを引き上げ、片膝を組むと、

「それより早く出しなよ、チョコ。今日はそれを吸いに来たんでしょ」

声を落としていった。

小柄で少しぽっちゃりした方の少女は、ディズニーのキャラクターのポシェットから紙巻を取り出した。そう、それはたばこではなく、もちろんチョコレートでもない。乾燥大麻を紙で巻いたものだった。

昨今の大麻汚染はここ信州の山間《やまあい》の町に住む中学生にまで広がっていた。

「ほんとに、本物なんだよな、これ」

「そういってた」

少女たちは、口にくわえ、取り出した一〇〇円ライターでそれぞれ火を点けた。

「どう、お味は」

「変な味」一息目は軽く、

「でも、ハーブのような匂いは嫌いじゃないかもな」

「そうよ、たばこに比べれば、全然っ、安全なんだから。依存性も中毒性も少ないし。死んだうちのじいちゃんだって、肺がんで肺なんか真っ黒だったけど、八八まで生きたかんね。あんだけのチェーンスモーカーで、八八まで生きりゃ御《おん》の字っしょ」

そういう黒髪ロングの少女は少し長めに吸い込み、それから惜しむように吐き出した。

「覚せい剤やヘロインとは違うんだ。ああいうのはマジやばい麻薬じゃん。世界的に規制の対象。でも大麻はオランダ、カナダ、イタリア、アメリカ――。先進国ならどこでも合法化されている。五感が研ぎ澄まされて、リラックス効果もあって、それでいて依存性が低いなら、使わない手はないじゃん。カフェでお茶するみたいに気軽に楽しめるものなんだよ。あと数年もすれば、日本だって合法化されるんだから」

　どこかで聞いた情報をここぞとばかりに披瀝《ひれき》する。自分の行為を正当化するために用意した言訳を吹聴するのは、それだけ罪の意識を感じていることの裏返しなのかもしれない。

「日本だって戦前は医療や繊維業、建築資材なんかに使われていて、産業として成立していたんだぜ。それをアメリカがね――」

　だが、聞いている黒髪の少女の方は、胡乱《うろん》な目つきで見つめ返しているだけだった。

「ひと吸い目で効いたのかよ」

「――う、ううん。そんなことないよ」黒目が寄っている。

「そういえばさ、お前んとこのばあちゃん、まだ、ここで働いてたっけ？」

「うん、コホッ」

　黒髪少女は唇を突き出して煙を吐き出す。少しむせる。

「その喫茶を来月いっぱいで終《しま》うもんで、うちのばあちゃん、かんかんだった。二〇年以上勤めたのにいきなりだって」

「へえ、店たたむんだ」

　ショートボブは人差し指と親指で紙巻をつまみ、目を細めてみせる。煙が目に染みたようだ。

「たたむっていったって、喫茶室だけね。客が少なくって、近所の寄合所みたいになっているからだって。でも、わさびかりんとうは人気商品で、土産物売場だけは拡げるみたいだよ。新しい工芸品も置くんだって」

「売れんのかね、そんなもん。かりんとうだけにしとけば」

「そんなこと知んない。でも、あんまし儲かっていないんだって」

「ふーん」

会話が成立していないことにふたりとも気づいていなかった。目つきも緩んできていて、とろんとしていた。

「で、退職金はもらえないのか？」

「出ないんだって。ただのパートだからって。金持ちなんだから、出せばいいんだよね」

「ふん、金持ちほどケチなものさ。だからこそ、金持ちなんだけどな。は、は、は」

ショートボブは天を仰いで笑った。気分は高揚していた。

「経営者って、たしか、お城端でホテルと料亭を経営しているんだったよな」

ジャージを着た少女は、脱色した髪を掻き上げた。

「うん、そうそう。最近変わったんだよね。前の持ち主が失踪したみたい。いろいろ、あるんだね、金持ちの世界は」

「新しい経営者は、背も高くてすっとしていて、ばあさんのわりにはかっこいい方だったな」

「ヨーコは背が高いとすぐリスペクトするんだから」

「そんなことはないさ」

ショートボブはスクーターを下り、アスファルト舗装の上に直《じか》に胡坐《あぐら》をかくと、天に向かって煙を吐いた。ロングヘアもそれに倣う。

「でも、こんなところで吸っててさ、大丈夫なのかな。見つかったりしないかな」

いっていることとその態度は正反対だった。心配なら駐車場の中央なんかで吸わず、建物の陰にでも隠れればいいものを。

その夜は蒸し暑く、風は全くといっていいほど感じなかった。なのに、木々がざわつく。――駐車場だけが無風なのか。

深夜だというのに鳥の飛び立つ音がした。

何かがいる気配をショートボブは感じ始めていた。

「夏休み、どこ行く?」

黒髪が人差し指と親指で紙巻をつまんで大きく吸い込む。

ショートボブは何度も後ろを振り返る。

「何を気にしてるの。誰もいないって」

「そうじゃない。何か聞こえないか」

耳を澄ませば、確かに何か軋むような音がしないでもない。しかしそれも、建物の後ろにそびえる森の木々が揺れ、ざわざわという音にかき消される。

「ほら、じりっ、じりっ、って、砂を喰ったような」

「砂を噛んだような、でしょ」

「そう、どっちでもいいけど、そんな感じの音がさあ」

「チョコ吸ったんで、敏感になってんのよ」

納得のいかない説明だったが、

「ほら、じりっ、じりって響かないか」

「私なんかいつもするよ。見て、頭を回せば、骨の音がする。それが聞こえるだけ」

黒髪はそういって首を回す。前髪で片目が隠れ、見据える目がどこか笑ってみえる。

ショートボブはふんっ、といって、煙を吐いた。

「ねえ、ロシアのベアベアの話って、知ってる？」

色白のロングヘアは別の話をし始めた。

＊＊＊

それは、ロシアの森林で起きた惨劇で、ハイキングに来ていた一〇代の少女三人がクマに襲われた話だった。

少女のひとりの名前はナタリといった。学校の友達ふたりと一緒に、短い夏を楽しむためにハイキングに行った。乗り合いバスに乗り、終点で降り、森に入った。紫色の小さな花をつけるリアトリスが群生する湖畔へ向かったのだ。

目的地はさほど山深いところではなく、比較的平坦な山道を一時間も歩けば到着するような場所だった。三人はその途中にある大きな欅《けやき》が目印の、少し開けた場所で休憩をとった。目の前には川が流れ、その河原の大きな石に三人はそれぞれ腰かけ、持参したサンドイッチを食べながらおしゃべりを楽しんでいた。

そのとき、がさっと茂みが揺れた。

ナタリ以外のふたり――スターシャとソシエは川を背にしていた。つまり、いち早くその物音のした茂みの方を見ることができたのだ。だからナタリだけが逃げ遅れてしまった。

がさっと音がしたときには、クマは少女たちに向かって走り出していた。大きくて額に傷痕の残るヒグマは、なぜか一番近くにいたナタリには目もくれず、最初に立ち上がったスターシャに襲いかかった。鋭い爪による一撃で、背中を向けて逃げるスターシャの、体の一部が飛び散るのが見えた。

次の瞬間、ヒグマは意識を失ったスターシャにまたがり、顔に咬みついていた。骨の砕ける音が聞こえた。

その光景を目の当たりにし、泣き叫んだソシエに、今度は牙をむけた。クマの口元はスターシャの血で真っ赤に染まっていた。

ソシエは川に向かって走った。ただ恐ろしくて何も考えずに川へ逃げたのか、川へ飛び込んだ方がまだ助かる可能性が高いと考えたのかは分からない。川幅は広く、かなりの勢いで流れていたからだ。

ソシエは川へ走り込むと、足を取られるように倒れ、すぐに急流に呑み込まれた。しかし大きなヒグマにとっては、水遊びをする程度の流れだったようで、ものすごい勢いでソシエの消えた辺りへ、ブルドーザーのように侵入すると、右前脚を一閃、掬い上げるように虚空へ跳ね上げた。川の水はたちまち赤く染まり、右前脚から放たれた何かが放物線を描き落下した。それはソシエの頭部だった。

その間、ナタリはただ見ていたわけではない。ふたりが襲われている間、両手で口を押さえ、声が漏れないようにして河原を離れた。振り返り、事態を確認しながら、森の奥へと急な斜面を登って行った。高いところへは登ってこないと勝手に解釈していた。

ヒグマは、ソシエの体を川から引き上げると、天に向かって吠えた。大地を震わすような啼《な》き声だった。まるで、仕留めた獲物を確保しておいてから、ゆっくりとナタリにターゲットを絞るぞ、とでもいいたげだった。あとから思えば、その遠吠えは単なる合図だったのだ。わずか数分後にはナタリもそれを理解することになるのだが……。

ナタリはヒグマから距離を保《と》ることができたおかげで、少しだけ安心した。三〇メートル以上は離れていたし、河原からは一〇メートルほど高いところにもいる。だから、二度目の遠吠えがしたときには、ひといき息を整えるほどの余裕ができていた。

その瞬間だった。

再び前を見据えたナタリの視線の先に、黒くうごめく物体がみっつあった。クマだった。小さいが立ち上がった一体は、明らかに目の前の人間を獲物として認識した威嚇行動をとっていた。むき出した牙は怪しく光っていて、獲物に食い込み、確実に息の根を止める強度を持っているようにみえた。

それから先は覚えていない。気を失った。次に気づいたとき、両足が子グマたちに食べられていた。痛いのか、熱いのか、冷たいのか自分でも分からない。すでに感覚はマヒしていた。腰のあたりと顔の左半分も熱い血が流れ、真っ赤だった。お腹からも湧き出るように血が流れていた。

悲しかった。恐ろしかった。このまま食べられながら、死んでいくのかと、考えただけでおぞましかった。気が狂いそうだった。いっそ、ひと思いに殺してくれ、そう願わずにはいられなかった。

ナタリはスマホを取り出し、動く右手で、母親に電話をかけた。だが、母は出なかった。そこで、メールを打った。助けてママ、いまクマに襲われている。ママ、ママ、ママ！　助けて！　自分の写真を添付して。

やがて母グマが子グマたちのところにやってきた。生臭い息を吐き、地面を響かせるような振動とともに。生臭いと思っていたのは、ソシエの血の臭いだった。母グマは頭のないソシエの亡骸《なきがら》を引きずってきたのだ。

母グマはナタリを一瞥しただけで、特に攻撃はしてこなかった。そして、咥えていたソシエを放すと軽く吠えた。子グマたちの動きが止まった。

子グマたちに獲物の息の根の、止め方を指示しているのだとナタリは思った。次は自分の番だと。ところが、子グマたちはナタリを食うのを止め、母グマが引きずってきたソシエの方に食らいついていった。

母グマはこっちから片付けろといっているようだった。

ナタリは二度目の電話を母親に入れた。しかし、母はまたも電話に出なかった。看護師の仕事をしている母は、このとき急患があり、携帯電話をロッカールームに置いたままだったのだ。父親はすでに他界、兄弟はいない。母ひとり、娘ひとりの母子家庭だった。

ナタリは再び、震える指で同じようにメールをし、同じように写真も送った。

一時間後、三度目のメールを打ち込んだときには、もう何も感じなくなっていた。ごめんなさい、ごめんなさい、ママ、ママ、ママごめんなさいと、死を覚悟したメールが打ち込まれていた。


仕事が一段落して、携帯の着信に気づいた母親が、警察とともにやってきたときには、子グマと母グマはちょうどナタリの内臓をむさぼり食べていた。

最初にメールが届いてから、二時間後のことだった。警察に同行した五名のハンターによって、母グマと子グマはその場で射殺された。ただ、子グマは二頭しかいなかった、ナタリの写真にはしっかり三頭が写っているにもかかわらず。

辺りは念入りに探されたが、三頭目の子グマはとうとう発見されることはなかった。

スターシャは内臓を食い荒らされていて、腹部は空洞となり、右目は飛び出していた。ソシエは、川辺で頭部だけが発見され、ナタリの死体のそばには、ばらばらになった骨が散乱していた。きれいに食べきったところだったのだろう。

一六歳になったばかりのナタリは喰われながら、写真を撮り続け、メール添付し送信した。添付写真は一〇枚。母親の携帯には四度の着信履歴があった。

＊＊＊

「その残ったヒグマが、この剝製だっていいたいわけ。ロシアの人喰いグマの子供がどうやって生き残り、成長して、そして殺され、剝製にされ、わざわざ日本にやってきたのかは聞かないでおく。ばかばかしい。くだらない」

ショートボブは切れ気味に吐き捨てた。

「カムチャツカ半島から流氷に乗って——」

「いいかげんにしときな。そんな——」

砂を嚙むような音がまたした。今度は葉音が収まっていたから、黒髪ロングにもはっきり聞きとれたのだ。

だが、それが何の音なのかは分からなかった。はるか遠く、地の底から聞こえてくるような感じだった。

ふたりの少女は目を凝らして、辺りをうかがったが、静まり返った夜のとばりは、何の変化もなかった。それでも、砂を嚙むような音は休むことなく耳に届いていた。

そのとき、クマが、剝製であるはずのヒグマが動いた。

わずかに前脚を上げ、顔を、上目遣いに少女たちに向けた。

続いて、さらに前脚を上げ、体を左右に振る。いまにも駆け出してこちらに襲いかかるぞといわんばかりの、身震いのようだった。

——クマが動いた！——

そう叫んだのは、黒髪なのか、ショートボブなのか、お互いが理解できていなかった。

「ぎぃ、きゃー」という叫びの後に、「逃げろ」ショートボブの少女がまず動いた。スクーターのスタンドを外し、セルを回す。

立ち上がったクマがふたりを見ていた。薄暗い外灯の明かりの下で手招きしていた。

「早くしろ。祥子っ」

そういわれて、黒髪も我に返った。

ふたりはスクーターにまたがり、一目散に走り出した。

ふたりは見ていなかったが、背後では、ヒグマが大きく跳ね上がっていた。

二　二〇〇九年　一二月　雪密室

ゲストハウス（通称キューブハウス）が竣工して間もない頃、本格的な降雪期にはまだ少し早いが、平地で初雪が降ったあの日、そのキューブハウスと百白荘本館の間にある裏庭で、ひとりの男の死体が発見された。脳挫傷の上に首の骨を折っており、転落死であると推察された。

長野県松本市中心部から、車で一時間ほど北進した、あたりを緑に囲まれた、中信地区でも有数な名家である宇佐美《うさみ》家が所有する百白荘内での転落事件だった。

百白荘というのは、元々ここにあった瓦葺き二階建ての純日本家屋のことを指す。その北隣に宇佐美家が別荘として白い外壁を持つ無機質な四階建ての建物を建てたのだ。工事着工当初は、どうしてこんなところに別宅を構えるのだろうと誰しもが訝しがった。というのも、宇佐美家ほどの資産家なら、市内の利便性の高い土地に建てることなど造作もないことだろうと思えたからだ。辺鄙な場所で、わざわざ地域を二分する敵対家である九条《くじょう》家の隣に建てることはない、という声がもっぱらだった。

そう、百白荘本館は、元は九条家の所有物だったのである。

キューブハウスの建設が始まって一年が過ぎ、竣工まであと数か月となったところで、突然、九条家が百白荘を手放した。母体事業である病院経営が、手術ミスや誤投薬による患者死亡事故等が相次ぎ、経営破綻寸前にまで追い込まれたせいだ。

宇佐美家はそれを事前に察知し（いずれ近いうちに買い取れることを知って）、隣地にキューブハウスを建てたのだ、など噂は尽きなかった。

百白荘の名のいわれは、その北側に北アルプスの雪解け水が湧水として流れ出る、百白池に由来している。大王わさび農場と同じように、良質なわさびが採れ、百白荘では、採れたわさびを販売するのはもちろん、名物である〈わさびかりんとう〉を販売していた。また、そば粉を使ったオリジナルスイーツや日本茶をふるまう和風喫茶も備えてあった。大王わさび農場ほどの規模もなく知名度も及ばなかったが、名古屋や東京からわざわざ訪れる固定客は少なからずいて、隠れた名店として人気が高かった。しかし、宇佐美家が買い取ってからは、喫茶室だけはかろうじて営業しているという具合で、わさびや関連商品を販売するシステムは崩れたままであり、宇佐美家にそれを再建する意思はみられなかった。商売を目的として買い取ったわけではなかったのだ。

そして、キューブハウスの開館（お披露目）式まであと数日となったある日、事件は起こった。

二〇〇九年の一二月一日のことである。

さきほど裏庭と表記したが、実際は純日本家屋の本館とゲストハウスに挟まれた幅五メートルほどの通路――花崗岩の敷石がランダムに敷かれ県道まで続いている――に男は倒れていた。【図㋐参照】

死体の正確な位置は、キューブハウスの東南隅の近くで、ハウスの外壁から一メートルほど離れたところだ。県道をバイクで走っていた新聞配達員が、石畳の先に垣間みえた、といったのもうなずける話である。

【図㋐】

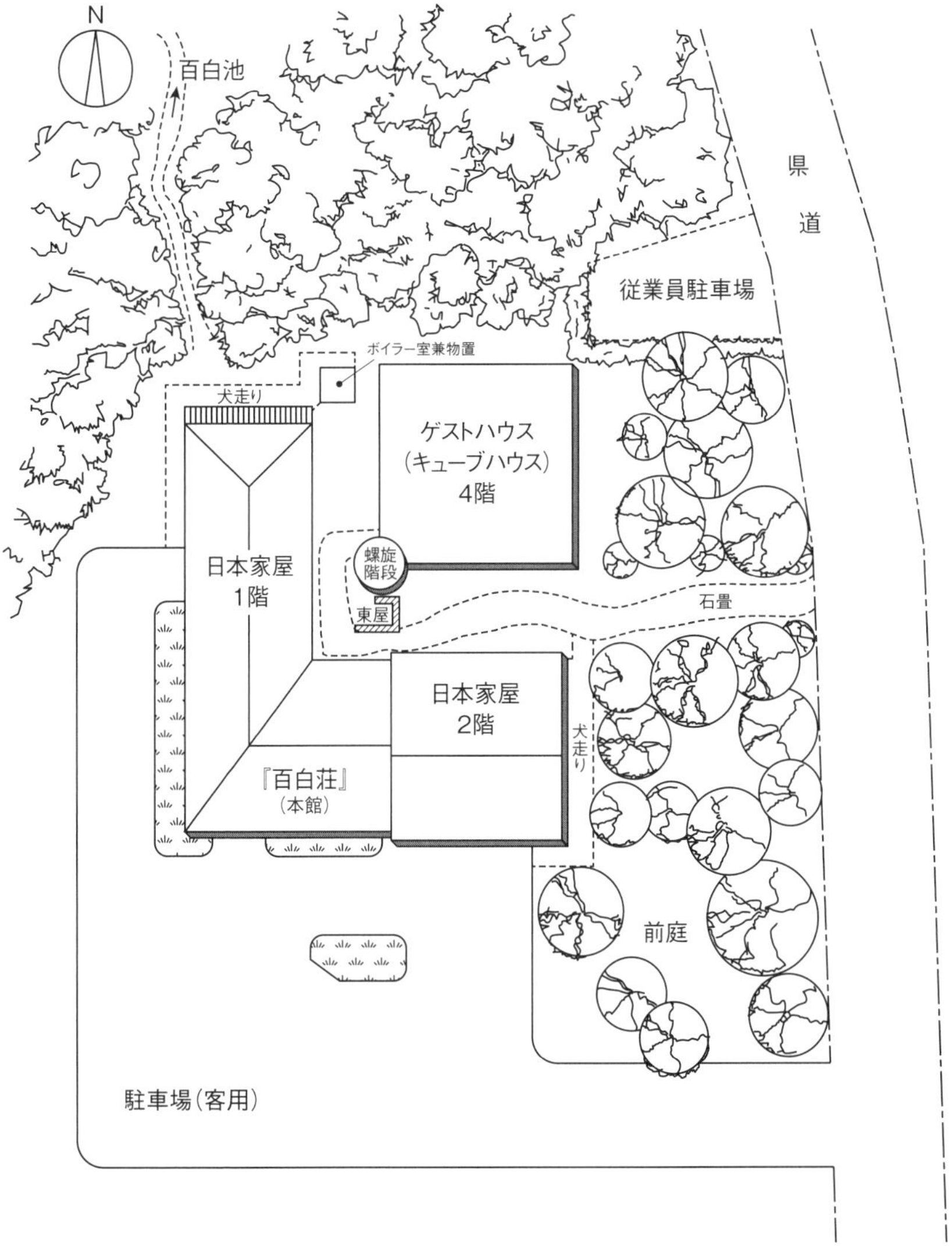
N
百白池
県
道
従業員駐車場
ボイラー室兼物置
犬走り
ゲストハウス
（キューブハウス）
4階
日本家屋
1階
螺旋
階段
東屋
石畳
日本家屋
2階
犬走り
『百白荘』
（本館）
前庭
駐車場（客用）

後頭部にも大きな裂傷があることから、転落し固い敷石に頭部をぶつけ、首を骨折、死に至ったと考えられた。そして、死体のあった辺りは一面の雪景色で、発見者の足跡以外は、被害者のものと思われる足跡も一切残されていなかった。

ところが——、である。それは転落したと思われるキューブハウスの屋上も同じで、一面の雪の上には足跡はおろか一切の痕跡はなかったのである。可能性として四階窓からの転落も考えられたが、そこには事件当時、何人も立ち入れなかったことが判明している。

またもうひとつの可能性として、百白荘本館の二階の瓦屋根から転落した場合が考えられた。ただ、これも北側に面する瓦屋根には雪が残ってはいたが、足跡はなかった。同時に二階の瓦屋根に上るには三連梯子、あるいは同程度の高さを持つ昇降設備が必要であるにもかかわらず、辺りには存在しなかった。また立てかけたような痕跡もなかった。

——つまり死体は完全な密室状態のなかにあったのだ。

男の身元はすぐに割れた。男はこのキューブハウス建設の施工に携わった衛生空調設備業者の工事担当者だった。

「仏さんは鍋倉拓也《なべくらたくや》二五歳、三幸設備の管工事の現場管理者ですね。長崎の工業高校卒業後、すぐに上京していまの会社に入社しています。ええ、松本市内、あがたの森の南に会社があります」

窪田刑事はクシャミをする警部を待って、

「現在は群馬県高崎市内の工事現場での仕事のため、高崎市内の借り上げ社宅に住んでいたはずなんですけど」

「ズ、スーッ。それが、なんでよりによって、またここに戻ってきたんだ。新築引き渡し後に何か不具合でもあったのか」

「そういうことではなかったようです。検査、手直しもひととおり終わっていたようですし、取説も完了していましたから」

「トリセツ——取り扱い説明のことだな。クシュンッ」

「大丈夫ですか」窪田は優しく声をかける。今年もインフルエンザが猛威を振るうと新聞やテレビは騒ぎ立てていた。

「ああ、続けてくれ」川崎警部は大きな背中をすぼめ、手を上げる。窪田の女性的なテノールが耳にこそばゆいのだ。

「宇佐美家から手直し要請を受けた事実はありませんが、工事担当者として気になるところがあって訪れた可能性はあります。引き渡したばかりですから」窪田はいったん言葉を切ると、

「造りっぱなしで知らない顔をする施工者が多いなかで、良心的ではないかと思いますよ」

「グズーッ」警部はしわくちゃのハンカチではなをかんで、

「まあ、自分の携わった建物への郷愁を覚えてやって来たということも考えられない線じゃない。——他には」

ハンカチにちらと眼を落としてからそれをポケットにしまった。

「まだ、詳細は調べ切れていませんけど」と断ってから、

「明るく陽気で、友人も多く、先輩や後輩からも好かれていたようですね。勤務態度もまじめで、無

断欠勤などは皆無のようです」

窪田は死体が倒れていた場所の敷石を、かがみこんで凝視している上司の背中に向かって説明した。

「……で、死因は？」

無精ひげが目立つ警部は、顔だけ振り返ると、唇をほとんど動かさず訊ねた。

「はい、電話でもお話ししたとおり、やはり転落死だと思います」

「そうだな……、首の骨を折っているし、そうなるよな。だが、しかし……」

到着するまでに、大凡《おおよそ》の状況を聞かされていた警部は、何かに思いを馳せるように天を仰ぐ。雪を降らせた昨夜の雲は、すでになく、初冬に似つかわしくない青々した空が広がっていた。

「そうなんですよね。どこから転落したかですよね。本館は二階建ての瓦葺き屋根ですし——。このサイコロハウスからなんでしょうけど……」

「サイコロハウス？」

「ええ、私はそう呼んでいます。真四角のダイスを四つ重ねたような外観をしているもので——。でもキューブハウスと呼ぶ人の方が多いと思います。で、そのハウスなんですが、屋上は折からの雪が、うっすら積もっていました。五センチに満たない積雪ですが、そこのどこにも足跡はおろか何の痕跡もありませんでした。本館の瓦屋根上も同じです。北側にあたるので直射日光を浴びることがなかったので、雪が残っていたのです」

窪田も警部に倣い、同じようにキューブハウスを見上げてから、本館の瓦屋根に目を移した。

「雪はもうありませんよ。気温の上昇で解け、屋根を滑り落ちてしまいました」

いずれにせよ、いまいる裏庭からではどちらの屋上も確認することはできない。

「倒れていた被害者の体の上にも積雪はありませんでした。ですから、降雪が止んだ今朝〇時以降に転落したのは間違いありません」

「ふむ、すると新聞配達員が発見する朝五時までの間に事故か事件が起きたわけだ。ところが死体のあった、この裏庭にも誰の足跡もなかったそうだな」

「ええ、そうです」

すでに日が昇り、第一発見者の新聞配達員や、所轄の警官、救急隊員らに踏み荒らされ、さらに昨夜の冷え込みが嘘のように失せ、気温は上昇し、雪は建物の陰になる一部を除いて、跡形もなく解けてなくなっていた。

「だから転落死で間違いはないのですが――」

「ハウスの四階あるいは三階の窓からではないのか。あるいは二階から落ちたって打ち所が悪ければ死に至ることがあるだろう」

警部は人形に模《かたど》った白線を見つめてから、二階、三階、四階へと、同じ直線上にある縦長の窓を見上げていった。いまはすべての窓が閉じられている。屋上でなければ、このどこかの窓から転落した可能性が高い。窓は幅四五センチ、高さ一メートルほどだ。首の骨を折るとなると、それなりの高さからの転落と思われる。となれば、二階の窓から落ちたとは考えにくい。最低でも三階以上の窓からだ。

あるいは本館の二階建て部分の屋根から滑り落ちたという可能性が考えられる。だが、どうやって、何のために瓦屋根に上ったのか。それはまたキューブハウスの屋上についてもいえることであった。

警部は頭を振り、瓦屋根の上を滑り台のように被害者が滑り落ちる妄想を断ち切った。

はっきりしているのは、本館の二階室内窓からの転落だけは可能性がないということだ。高さが足りない上に死体があった場所からは――水平距離にして――離れすぎている。また何より竪格子《たてごうし》が嵌っていて、人は飛び降りたくても飛び降りられない。

「くそっ、もう少し早く来ていればな」思わず、独り言が口をついて出た。

川崎警部は昨日まで都内にいて、信州及び北関東一円をまたにかけた幼女殺人事件の捜査にあたっていたのだった。犯人が逮捕され、捜査本部が解散したのが、昨日の二三時だった。最終の新幹線に間に合わない時刻であり、久しぶりに再会した都内に住む兄と、深夜まで酒を浴びるほど飲み、さらに泊まれという兄の誘いを断り、新宿のビジネスホテルに泊まった挙句、寝坊して早朝の電話に出られなかったのだ。事件の連絡を受けて急いで駆け付けたのだが、この時刻になってしまった。

「ところが死体には、妙な点がありまして」

警部の慙愧《ざんき》のこもった言葉には耳も傾けず、窪田刑事が手帳を確認しながらいう。

「なんだ？」

「両手と顔、鼻の周りと左ほおにかけて凍傷があるのです」

警部には、最初、意味が呑み込めなかった。

ここ長野県松本市近郊は、年間を通してさほど積雪があるわけではない。昨今の温暖化の影響もあって、自分が子供のころに比べ、積雪は減っていると実感している。だから、厳しい寒さになるわけではない。といっても雪が降っていたのだから、零下にはなった。昨夜は風が吹いていたとも聞くし、凍傷になったのは分からなくもないが、

「すると、被害者は外にいたことになるな」

当たり前の言葉しか絞り出せなかった。昨日の疲れ、否、酒が残っているせいか。

「ええ、凍傷を負うほど、雪の上に倒れていて、その後死亡したということになりますね」

凍傷を負うほど——長時間、倒れていた……。その後、転落した？　俄《にわか》には、信じられない状況だった。警部はまた頭を振った。

「大丈夫ですか？　まだ、お酒が——」

窪田は二日酔いだと勘違いしているようだった。警部は手を上げ、窪田の顔の前に広げ、その先をいわせないようにした。酒が残っていることは否定しないが、二日酔いではない。ただ単に密室の謎に頭を悩ませているのだ。

「だが、ハウスの屋上にも、この裏庭のどこにもそれらしい痕跡は残っていなかったんだよな」

「ええ、そうです」

「降雪の時間は、間違いないのか」

「ええ、二一時ごろに降り始め、〇時には降り止みました」窪田は繰り返した。

初雪はいつものように一一月中ごろであったが、今年の冬は寒暖が一週間ごとにやってきて、松本市内中心部では今年初めての積雪だった。

「転落して動けず、凍傷を負ったということではないのか。その後衰弱して死んだと」

「ええ、私も最初はそう思いました。でも、頭部は完全に割れていましたし、首は変な方向に捻じ曲がっていました。転落して即死したのではないかと思います」

警部はみたび頭を振った。

窪田はまた、「大丈夫ですか」と声をかけた。


「とりあえず、上へあがってみようか」

ゲストハウスの南西の隅には鉄骨製の螺旋階段があり、地上から屋上まで延びている。【図㋑参照】

「階段はここにしかありません。階毎の各部屋がプライバシーを守れるように造られているのです。訪問客に気を遣わせないための配慮からです」

すでに宇佐美家からの聞き込みは終わっているようだった。

宇佐美家は元華族で、昭和になってからは紡績で財をなし、多くの不動産を持っていた。また芸術にも関心が高く、市内に美術館をも所有していた。ところが、ＩＴバブルの崩壊を始めとした資産運用に失敗し、事業を整理縮小せざるを得なくなっていった。

その結果、財産らしい財産は、笙燃館《しようねん》という城下の老舗旅館と、併設する料亭しか残らなかった。ところが宇佐美晃子《あきこ》が当主になってからは、資産を整理したこともあって、笙燃館の人気に火がついた。美人女将《おかみ》として評判になり、さらにきめ細やかな行き届いたサービスが口コミ、ＳＮＳ等で広がったためだ。今では二年先まで予約でいっぱいの人気旅館に成長した。

【図㋑】

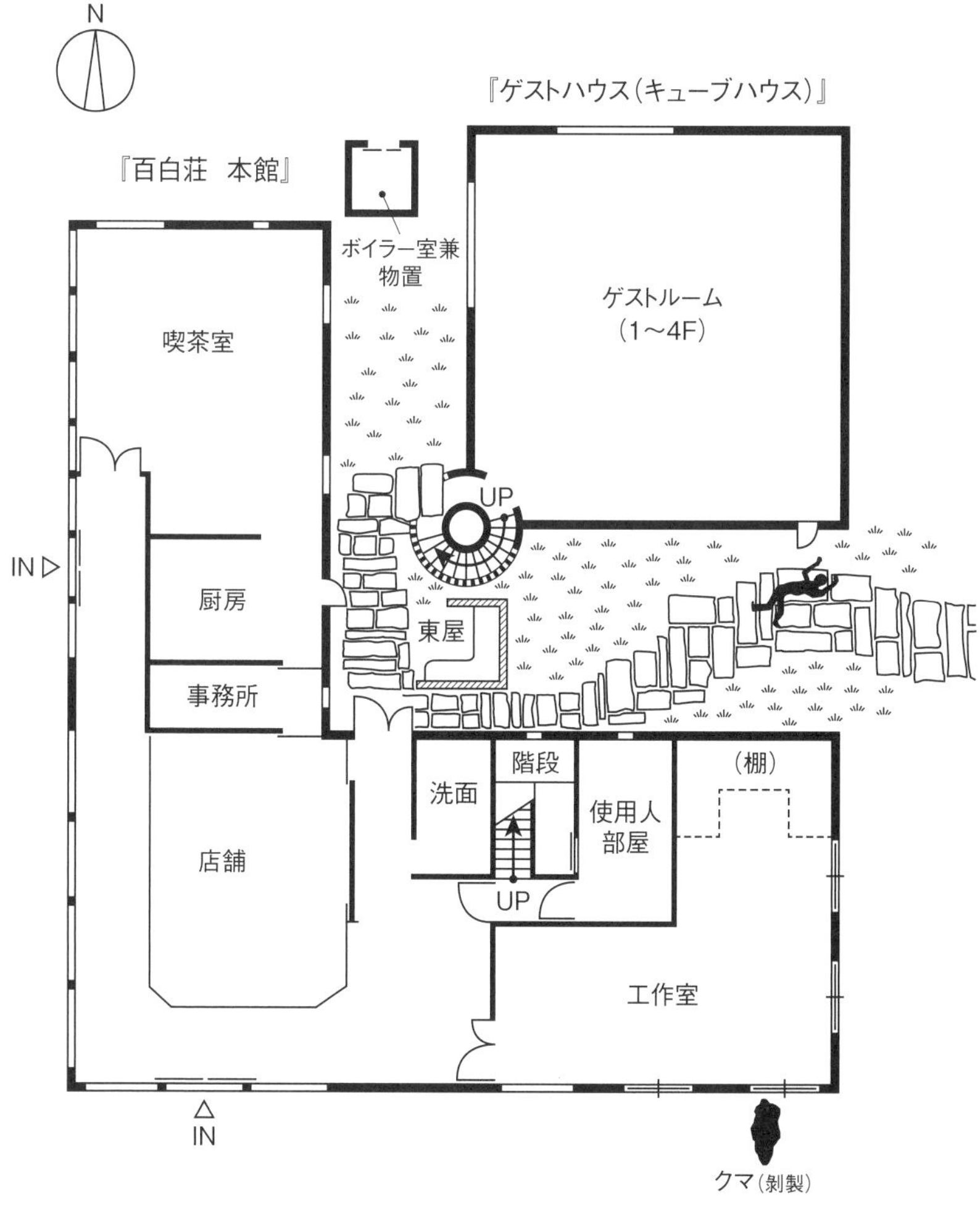
N
『ゲストハウス（キューブハウス）』
『百白荘　本館』
ボイラー室兼
物置
ゲストルーム
（1〜4F）
喫茶室
UP
IN ▷
厨房
東屋
事務所
階段
（棚）
洗面
使用人
部屋
店舗
UP
工作室
△
IN
クマ（剝製）

先を行く窪田の靴音がカンカンと響く。雪もすっかり解けてなくなっていた。螺旋階段を支える中央の円柱は、大きな円柱なので螺旋階段のわりには上りやすい。円が小さいと、中心に近いほど踏面《ふみづら》が狭くなり昇降し辛いのだ。特に警部のような巨軀——一八五センチ、一一〇キロ、三二センチの靴を履く男にも抵抗なく上ることができた。

屋上にも、すでに雪はなかった。解けて流れた水の跡だけがうすく残っていた。

「この扉の南京錠はかかっていたのかね」

屋上に出るには螺旋階段を丸く囲う竪格子に唯一取り付けられた格子扉を開けなければならなかった。

「そうです。上の格子も溶接で固定されていてびくとも動きません」

警部が天を見上げた先には、周囲を囲う格子と同じ材料で、塞がれていた。なるほど、これならよじ登って屋上へ出ることも叶わないわけだ。

「鍵は借りています。先ほど出てみましたが、ここから見える以上のものは何もありません。——出てみますか」

うなずく警部に、窪田はポケットから鍵を取り出した。

「ですが、しょせん量販の南京錠ですから、どうにでもなりますよね」

ホームセンターなどで売っている南京錠は、いくつかのパターンしかない簡易な錠前だ。同じメーカーで同じ型番の南京錠を買ってくれば、鍵は同一だ。

警部は屋上に足を踏み入れた。窪田のいうとおり、見渡す屋上の景色は、外階段である螺旋階段の竪格子以外に突起物はなく、フラットな灰色をした一面の陸屋根であった。

「あまり先端まで行かないほうがいいですよ。まだ濡れていて、滑りやすいですから」

窪田が声をかけた。屋上にはパラペットと呼ばれる立ち上がりがなく、足を踏み外せば、即転落だ。被害者もそうやって転落したのかもしれない。

――いや、足跡はなかったのだ。

「なぜ、立ち上がりがないんだ？　人が落ちる危険があるだろう」

「おそらく意匠を優先したのでしょう。枡を四つ重ねたような意匠にこだわりがあったのではないでしょうか」

警部は太い首をひねっただけで、そのあとは何もいわなかった。

「見てのとおりで、身を隠すものもありませんし、隠すべきものもありません。階段からすべて見渡せるのです」窪田は少し突き放すようにいった。

「何もなさすぎると思わんか」

「え？」

「エレベーターがないから、機械室などの塔屋《とうや》がないのは当然としても、普通、受水槽や空調機などの設備機器が載っかっているものだけどな」

「一フロア一室の小さな建物ですから――。ただ、エアコンの室外機は一階の玄関脇の犬走りにまとめて置いてあります。尤《もっと》も、冷房として使うことはほとんどありませんけど」

答えたのは、この建物の所有者である宇佐美晃子だった。捜査の動きに変化があったと察し、後を追って階段を上ってきたのだ。

四〇も半ばであるはずだったが、しわひとつない顔には自然な白さと張りがあり、艶やかな黒髪は軽くアップに結ってあって、実年齢より確実に一〇歳は、若くみえた。さらに背筋を伸ばした佇まいが凜とした雰囲気を醸し出し、落ち着いた声がきれいなソプラノだったからか、警部には雪の女王のように思えた。

「ご存じのように、ここは真夏の日中でも、三〇度を超えることはめったにございません。仮に超えても夕刻にはすぐ涼しくなります。冷房は必要ないのですよ」

「夏の暑さはそうかもしれません。が、冬の寒さはどうですか」

「もちろんでございます。一年を通じて五月から六月まではストーブが恋しいのが信州です。ですから、寒い時期は各戸に灯油ストーブを用意します。エアコンの暖房より即暖性がありますから」

「なるほど」

「とは申しましても、大勢のお客様が同時にお越しなることは、あまりございません。ですから、一階だけ整えておけば、それで十分でございます。おもてなしする私も、大勢ですと大変ですから」

ならばなぜこんなゲストハウスを建てたのだ。見たことはないが、本館に十分な広さがあるのではないのか。しかも、純和風の本館に対し、このハウスは、無機質な現代建築だし、お世辞にも高級だとはいえない。いや、はっきりいえば、安普請だ。しかも何といっても、不釣合いだ。本館の純和風の雰囲気とも、宇佐美家の財力とも。――警部は頭に浮かんだ疑問を視線に乗せ、銀鼠色に輝く本館の瓦屋根を見つめた。

「こちらの方は、最近になって私どもが買い取りましたの」

宇佐美が先を読んで答えた。

「確か元は九条家の所有でしたね」

ええ、とうなずいて、

「本館にはお店しかありませんので、お客さまを泊める施設にはなっていないのですよ。この先も、まだどうしようか決めかねているところでして」

なるほど、それですべての説明にはなっている。

「窓が、東や南向きにないのは、夏の暑さに対処するためなのですか？」

窪田はキューブハウスの窓が北と西に偏っていることを指して訊ねた。この時の警部にはまだ質問の意味が理解できていなかったが、話の流れに乗ることにした。

「さようでございます。冬の暖房はどうしても欠かせないものですから、逆に夏の冷房は不要《いら》ないようにしたかったのでございます。地球温暖化を防ぐためにも」

夏の暑い日差しが差し込まなければ、室温はあまり上昇しない。したがってクーラーは使用しなくて済む。すると、結果的に、排出ＣＯ２削減の活動の一環になる、ということだろうか。一応筋は通っている。

「空調設備は分かりましたが、水は、給水はどうしているのですか。受水槽は見当たらないみたいですし――」

美麗の当主は口元を手で隠し、ホ、ホ、ホ、と笑ってから、

「現代《いま》の建物は、給水に関しては地中の給水管から一気に引き込んでいます。ポンプアップというのでしょうか。頻繁に使う建物ではないですから、それで十分です」

「なるほど、そうですか。勉強になりますな」

警部は目じりに深いしわを刻み、笑み返す。

「それでも、外壁に沿って立ち上がりが、上へ延びているのが普通の建物ですが、ここはそれもありません。雨水は垂れ流しですよね」

窪田はさらなる疑問を投げかけた。

宇佐美は一瞬質問の意味がつかめないようにみえたが、こっくりとうなずいた。

「ちゃんと防水はしてありますよ。表面に塗られた灰色の塗料がそれです」

「雨漏りの心配ではありません、女将さん。屋上に機械設備も置かないのであれば、本館のように瓦屋根をかければいいのです。屋根には勾配がありますから、軒樋を設け、縦樋を通じて排水することができます。そうすれば本館と同じ雰囲気の建物になるでしょうし、何より防水も省けます。コストダウンにもなるのです」

「はあ、コストダウンですか？」

造ってしまったものに対し、今更いわれてもどうしようもない、といった顔つきだった。

それに気づいた窪田は急いで言葉を継いだ。

「一番の問題は、この建物は屋根に降った雨が、外壁に伝って流れるので、外壁が汚れてしまうという点です。竣工からわずかしか経っていないのに、少し汚れているのはそのためです。引き渡し前に降った雨で、すでに汚れてしまっているのです。それでも、いまはまだ新しいから問題ありませんが、二年、三年と経ってくると、汚れはさらに目立ってきますよ」

「あら、さようですの。お詳しいのですね。知りませんでした」

「ええ、刑事になる前は、建設会社に勤めていたのです」

宇佐美は、へえーと目を見開いてから、「施工した井熊《いくま》工務店に問いただしてみますわ。すっかりだまされたのでしょうかね」

「根本《ねもと》建設ではなかったですか？　工事中は根本の看板がかかっていたと記憶していますが」

宇佐美は、窪田の怪訝な顔を見て取ると、

「――ええ、そうでした。この建物は、基礎と一階までを井熊工務店が、二階から上を根本建設が施工いたしましたの」

「ほう、それは珍しいですな。そういったことは、間々《まま》あるものなのですか」

川崎警部は一歩身を乗り出した。

「普通はないのでございましょうけど――。実は当初は平屋の計画でした。ですが、途中から計画変更いたしまして、増築したという次第です。せっかく建てるのだから、複数人泊まれる方が、コストパフォーマンスが高いとアドバイスを受けまして、それで――。そういえば、そのときにキューブを重ねた外観にこだわるためにも、パラペットはない方が、バランスが良いとおっしゃっていましたわ」

キューブハウスとも呼ばれるゲストハウスは、文字どおり四つのキューブを積み重ねた外観をしていて、各層に深い目地が、水平に刻まれている。そしてその一隅を螺旋階段が貫くように上下に繋いでいるのだ。もしパラペットを設けたなら、最上階の四階だけ見た目の階高が高くなり、同じ大きさのキューブを重ねるという意匠コンセプトに反することになるのだ。

「そうでしたか」窪田だけは納得した顔をしていた。

「そうして、出来上がりかけましたら、今度は九条さんがこちらの日本家屋をお売りになるということを聞きまして、それで買い取った次第なのですよ」

と宇佐美は瓦葺きの本館を指さす。

それが分かっていたら、キューブハウスを建てることもなく、本館を増改築したのにとでもいいたげだった。

「この辺りは渓流釣りに行く道中で、休日にたまに通るのですけど、工事中の足場が、ずいぶん長い間かかっているなと不思議に思っていました。それには、そういった変更があったからなんですね」

窪田は得心がいったようにうなずいていた。

「さようです」宇佐美はそういって頭を下げた。

「被害者は端まで行って足を滑らせたのかもしれないな」

警部は屋上の北端まで歩み、顎を突き出して下を覗き込んだ。

「いえ、先程も申しましたが、屋上にはうっすらと雪が積もっていて足跡ひとつありませんでした。もっというなら、螺旋鉄骨階段の最後のひと廻り分の踏面にも雪が積もっていて、足跡はありませんでした。間違いありません」

窪田ははらはらしながら警部を見つめていた。

「では、四階からみて下りようか」

警部はそう宣言をし、

「すみませんなぁ。宇佐美さんもご一緒にといいたいところですが、もう少々私どもだけにお時間をいただけませんか。いえ、そんなにお手間はとらせません。小一時間ほどしたら、お話を伺わせていただきたいものです。あ、それとも何かお急ぎの用事でもありましたかな。おありでしたら、お話は後日とさせていただいてもよろしいのですが。といっても、ことが、殺人事件ですから……」

「分かりました。ご納得いくまで、調べてください。私は本館の方で待機させていただきます。終わりましたら、お声掛けください」

晃子は穏やかな笑みをたたえ、螺旋階段を下りていった。

三

雪密室　足跡のない転落死

「殺人事件と聞いても顔色ひとつ変えなかったな。普通なら『事故では?』と反論するものではないのか」

「それに、パラペットという専門用語もいきなり使いこなしていました。施主ですから当然といえば当然かもしれませんが」

「いろいろなことを、——ご存じのようだな」

警部はふたつに割れた顎を掌で撫でた。

四階に下り、戸口の前に立つ。『4』というステンレス製のプレートが戸口の上に固定されている。玄関ドアを含め、蔦《つた》を絡めたような幾何学的な模様が、左右の壁にも床にも天井にも描かれている。そして、その色合いが黄色地に濃い緑の蔦なものだから、目が眩《くら》む。

この建物の特徴的なところ——、各階各部屋は全く同じ造りなのだが、唯一違うというか、あえて、区別するように変えているのが、この玄関周りの塗装なのである。玄関口が奥まっていることと螺旋階段の格子があるために、パッと見ただけでは分かりにくいが、各階の玄関周りだけが、個性的で異彩を放っているのである。

ちなみに三階は渦巻き模様がそれぞれ反転しながら繋がったような模様になっている。渦は赤色で地が青色だから、同じように眩暈《めまい》を催す。

二階はオレンジ地に水色の斜め四五度の直線を用いた迷路のような柄、いや水色地にオレンジの線が直交していると表現した方が正しいのだろうか、いずれにせよ目が眩む模様であることは同じだ。階数を示すステンレスの文字サインがなければ、その下にスチール製の玄関ドアがあることすら分からない。ドアノブまで塗装されているからだ。

一階は黒い縦縞で、他の階に比べれば地味だ。外壁全体が白色っぽい塗装なので、ただ単に黒い線を引いただけのようであり、弔事の鯨幕を連想させる。

「下の階も同じですが、すべての玄関ドアには鍵がかかっていました」

窪田は借りてきたマスターキーをノブ中央についたシリンダーに差し込みながら説明した。なかは、思ったより天井が低く、埃っぽい臭いがした。

壁際の照明のスイッチを窪田が入れた。

「木々が窓まで迫っていて、窓からの明かりとりでは不十分で、昼間でも薄暗いのです」

窪田のいうとおり、ベッド脇にある北面の窓には青々しい緑が迫っている。

内部は至ってシンプルで、ユニットバスに洗面台、ウォークインクローゼットがあるだけで、あとはセミダブルベッドと三人掛けのソファを置いたリビング兼寝室になっている。他にはデスクと椅子があるだけだ。キッチンはない。

「テレビも置いていないのだな」

「ええ、シンプルですね。駅前のビジネスホテルよりシンプルです」

「ビジネスホテルと比べては失礼というものだろう……。とはいえ、ベッドもソファもエアータイプだな」

それはいくつかのエアーブロックを専用の型を持つ帆布で包んだもので、安価なエアーマットとは一線を画したおしゃれなものだった。

「これなら軽いですから、セッティングや掃除も楽でしょうね」

「ビジネスホテルに比べたら広いから開放的だよ。それにソファのクッション性も問題なさそうだしな」

警部は腰を下ろしたソファに巨軀を飲み込まれたため、立ち上がるのに窪田の手を借りなければならなかった。

「例の窓は？」

「あ、このウォークインクローゼットのなかにあります」

「クローゼットの、なか？」

そういいながら、引戸を開けなかに入り、窓を、メジャーを使って確認する。腰高は九〇センチ、窓扉の高さは一メートル、幅は四五センチで（報告どおりで）間違いなかった。

「ハンドルの中央につまみがあってこれを水平に捻ると、外からは開けられません。ドアのサムターンと同じですね」

T字形をしたハンドルは、そのままの状態で開け閉てでき、九〇度回転させることでロックできる。さらにハンドル中央のつまみを捻ることで、ロックを固定＝施錠でき、防犯に寄与する機構となっている。

「当時の状況は」

「全階とも窓は閉まっていて、つまみも捻られていました」

「そうか……」

といったまま、警部は腕を組んで軽く目を閉じた。考え事をするときの癖であった。

「しかし、妙だな。クローゼットのなかに窓を造るなんて」

「ええ、そうなんですよ。クローゼットのなかに訊いてみたんです。すると大した理由はなくて。もともとクローゼットなどない部屋だったのですが、毎年長期で泊まりに来る客が、荷物が多くてクローゼットを欲しがったので、後から付け足したらしいです」

そもそも開閉窓自体がなぜ少ないのか。警部はそれを訊きたかったのだが、あえてそれ以上の追及はしなかった。

「毎年、どういった客が泊まりに来ているのだ」

「それは、私もまだ訊いていません。後で訊いてみます」

窪田は手帳にペンを走らせた。

室内は天井と壁は白色のビニルクロス、床はタイルカーペット、どこにでもあるような内装材だ。

警部はいったん照明を切り、ベッドヘッド（といってもエアーベッドなのでどちらがヘッドでも関係ない）に回り込み、窓のカーテンを閉め、開けた。

本館の外壁が見える。黒く焼いた杉板が映える。

続いてベッド脇の窓のカーテンも閉め、開ける。うっそうと茂った木々が目の前に迫っている。

「思ったより暗いな。照明がなくてもカーテンを開ければ、少しは明るくなると思ったのにな」

時刻は午前一〇時。外は快晴だというのに……。宇佐美晃子のいうとおり、外光が入らないのなら、熱量も防げる。これなら盛夏でも室温はそんなに上がらないのかもしれない。

「照明を入れますか」

窪田は警部がうなずくのを待って、玄関に戻り、すべてのスイッチをオンにした。

「窓は嵌め殺しだな。ここから賊は侵入できなかった」

警部は外を眺めながら、唸っていた。さっきも確認したはずだ。

「浴室も——みますか」

窪田は、先に立って案内する。

「なぜ、段を上るのか？　不便この上ないよな」

ベッド脇を抜けると右手に扉があり、開けると、すぐ三段ほど上るような造りになっている。

「ええ」窪田はそう相槌をうって、洗面台の横の扉を押し開けた。

——当然、浴槽があった。

「浴槽を跨いで入浴するのではなく、床を上げ、浴槽を掘り込んだように設える。ユニットバスの床を上げることで、跨ぐという行為を省略できる、か」

「でも、そのために、前室で三段ほど上ることになりますが、まだその方が楽だ、ということなのでしょうか」

「浴室は濡れて滑りやすいし、裸だと怪我も大きくなりやすいからか」

警部の実家にも年老いた父親がいて、辛そうに浴槽を跨ぐ姿が想像された。

「だったら、最初から浴槽を床に埋め込んで、前室の階段なんぞ、なくした方が本当のバリアフリーというものだろ。改築なら分からないわけではないが、これは新築だろ」

「そうですね。でも、警部のいうとおりにすると、軀体のコストがアップするからでしょうね」と答えたあとで、「資産家の宇佐美家にはコストなんか関係ないんでしょうけどね。そこが一番分からないんだよな」

警部には窪田がいったことの意味が、十分には飲み込めていなかったが、またもそれ以上の追及はしなかった。

「いかに、暑い夏が嫌いだからって、窓が北と西にしかないなんてな――」

警部には、部屋が薄暗いことの方が気になった。ずっと前からそのことが釈然としなかった。

「窪田よ、窓っていうのは、明かり取りもあるが、まず開放感だろう」

「換気の目的だってありますよ」

「しかも大きな窓なのに嵌め殺しとは？」

「そうですね、普通は南面に窓をとって、開放的にしますけどね。ついでに、窓も開けられるようにするものですが」

「東面はすべて壁だ。なぜこちら側に窓を設けなかったのか」

窪田も同じ疑問を持ったようで、うーんとうなっていた。大学では建築学を専攻して、一度はゼネコンに就職し、それをどう間違ったか警官になった変わり種だった。大学時代の友人とは卒業したいまも交流があると聞く。
いずれにせよ——仮に専門知識はなくても、この建物が、その外観から内観に至るまで、かなり変わっているのは分かる。個人住宅だから施主の要望が強く取り込まれたせいだろう。だが、そこにどんな意図が隠されているのだろうか。【図ウ参照】

三階も二階も全く同じ造りだった。

一階だけは少し違った。玄関の脇には沓脱《くつぬぎ》があり、上階でベッドがあった辺りにはキッチンがあり、ユニットバスでない造り付けの浴槽があった。また、ウォークインクローゼットがなく、そこにはキングサイズのベッドとソファが置いてあった。こちらはエアータイプではなかった。二階から上階の家具の選定は、搬入方法を考えたうえでの選択だと警部は結論付けた。

「一階だけ少し違うんだな」

「ええ、基本的に、優先して使用するのが一階なのだといっていましたね。同時に四人も宿泊する機会は少ないとも」

基本的にひとりなら(本館に宿泊設備がないのならなおさら)、笙燃館に泊めればよいのではないか。行き届いたサービスも提供できるだろうし——警部がそんなことを考えていると、いきなり窪田刑事が短い言葉で事件を総括した。

「キューブハウスは全階とも窓が閉じられていました。玄関扉にも鍵がかかっていましたし……。そ

【図ⓤ】ゲストハウス(キューブハウス)内観図

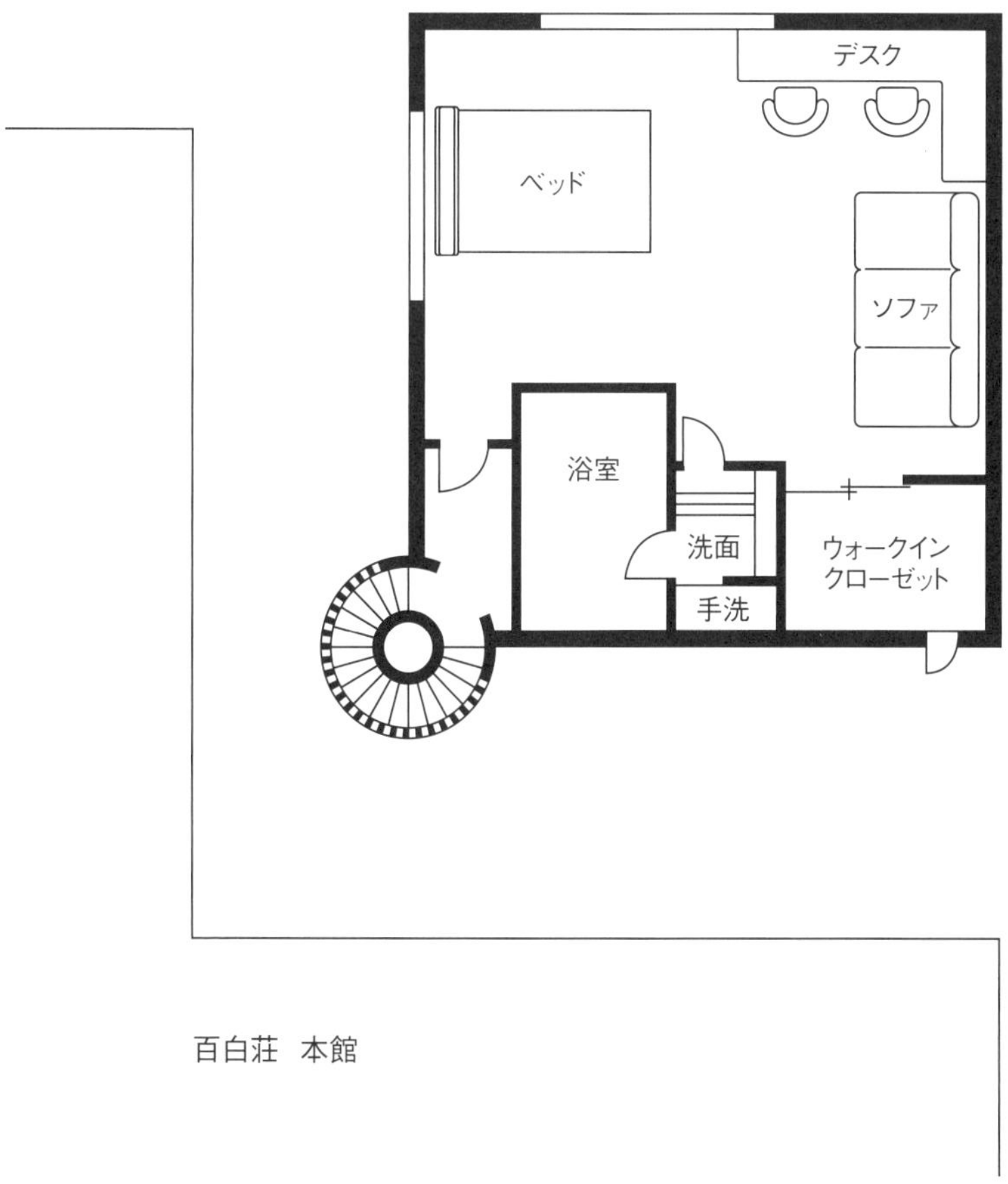

れでも足跡ひとつない雪の上には転落死体があったのです」

「密室状態ってわけだ。おまけに屋上にも、何の痕跡も残っていないなんて、密室マニアが喜びそうなシチュエーションだな」

「まさしくそうなんです」

窪田刑事の目はキラキラ輝いてみえた。華奢でひ弱そうに見えるが、芯は強く、こういった不可能犯罪にめっぽう強い。まだ二〇代だが、転職組にしては異例の昇進で刑事になった逸材だ。

「ふん」警部は鼻で笑い、

「一階だけ調度等に若干の違いはあるが、原則、同じ造りになっていて、螺旋階段を使えば、各玄関口までは誰でも行ける」と事実だけを言葉にした。

密室好きで、推理小説マニアである相棒の刑事をうらやましく思うことがある。川崎警部はいつだったか、窪田にそういったことがある。俺も昔はそうだったと。だが現実の事件捜査に必要なのは忍耐と体力なのだ。

警部と窪田はキューブハウスをあとにし、本館の喫茶室に向かった。当主、宇佐美に話を聞くためだった。

「被害者に見覚えはないとのことですが、間違いありませんか」

晃子が立ちあがろうとするのを制し、警部が質《ただ》す。

「ええ、すでにお答えしましたように、存じあげません」

「被害者はハウスの施工に携わった、設備系の会社の工事担当者だということですが」

「はい、そうお聞きして、びっくりしているところです。そんな人が何のためにここに来て、どうしてお亡くなりになったのか」

晃子は心底不思議だという顔をしている。

「この工事には一年半という長い工期がかかっています。彼は着工当初からの工事担当だと聞いていますから、ご存じないってことはないのではないでしょうか」

窪田は開いた手帳にペンを置き、宇佐美の言葉を待つ。

「そう申されましても、私は建築の素人ですから、赤津《あかつ》先生に希望を申し上げるだけですので――。そのあとの細かなこととかはすべてお任せしています。口を出すのは、壁紙の色だとか、床の仕上げ材とか、コンセントの箇所数と位置、水回りのシンクの機種とかです。それらの見本を赤津先生がいくつか持ってきてくれて、そのなかから、私が選定する、という程度のものです。赤津先生は建築の専門家ですから、プロとしての考えをお持ちです。基本的には赤津先生にお任せです」

赤津先生とは、設計事務所の担当者なのだろうと警部は理解した。

「ほとんど口を出したことがないと」

「設計段階では、何度も足を運んでいただいて、詳細に打ち合わせを致しました。先生が私の要望を、設計図に反映してくださるのです。ですから、いざ工事が始まれば、大きな打ち合わせはありません。お任せです」

「口を出されるのは、壁紙の色とか、そういった仕上げ材の選定ぐらいなのですね」窪田が念を押す。

「はい、でも色の系統、色彩計画というのでしょうか——は決まっています。建物全体の意匠にかかわることですから､バランスというものがあるのです。施主なんて大して口を挟むことはありません。特に設備に関する専門的な話は聞いていても分かりませんから、私が業者さんと直接お話しすることはありません。機能と使い勝手の要望を先生にお伝えするだけです」

「でも、彼は一年半のうち半分くらいは、ここに通っていたのですよ」

「それは——、挨拶ぐらいは交わしたかもしれません。お家を建てていただいている業者さんですものね。でも、だからといって、そのお顔を覚えているとは、限りませんでしょう？」

窪田の詰問するようないい方にも、宇佐美の微笑みはクールなままだった。

四

雪密室　捜査

鍋倉の勤めていた三幸設備株式会社は松本市の南、あがたの森のさらに南に小さな事務所を構えていた。長野県下を中心に岐阜、山梨、群馬、まれに愛知県にも仕事の範囲を広げている。同業同名の会社が全国にあるが、それらとは何の所縁《ゆかり》もない。

「仕事ぶりはどうだったのでしょうか」

「まじめでしたよ。後輩の面倒見もよく、主任としてよく頑張ってくれていました。そろそろ現場を任せる代理人にしようと考えていたところです」

三幸設備の沼尾《ぬまお》剛《つよし》社長は答えた。白いカーディガンを着こなした小柄な男は、三〇代半ばにみえた。優しそうな印象を与えるが、所作の端々に若くして一国一城の主になった自信がのぞく。

「現在の、鍋倉さんの、担当している業務は何でしょうか」

「鍋倉が受け持っている作業所は、高崎と上田の現場になります。どちらもマンション工事の衛生機械設備工事を受け持っています」

「ふたつも掛け持っているのですか。しかもひとつは県外だ」

「そうです。それぐらいしないと、うちみたいな小さな会社は食っていけません。でも、普通そんなものですよ。松本近郊の作業所ならみっつぐらいは同時に受け持つのが当たり前です」

「お悔やみを申し上げます」警部はとってつけたように弔意を述べた。

窪田による聞きとりの最中だったので、意表を突かれた沼尾は、

「あ、はい、どうも――」と答えるのがやっとだった。

「優秀な社員がいなくなると、会社も、さぞ大変なのでしょうな」

「ええ、そうです。かなりの痛手です」

「勤務状況は――」

沼尾社長は出勤簿を開いて見せ、

「――とくに勤務状況に問題はありません。遅刻や無断欠勤ということもありません」

いえいえ、と警部は手を振り、

「お聞きしたかったのは、仕事が忙しかったとか、仕事上の悩み――ですね、抱えてはいなかったかということです」

沼尾は合点がいったとみえ、

「自殺とかそういうことを考えるタイプとは真逆の男です。週末は友人知人たちとよく裏町に出かけていたようですし、そんな様子は全く感じられませんでした」

きっぱりといい切る。よほどの自信があるのだろう。裏町というのは松本市内きっての歓楽街である。

「イケメンですから、さぞ女の子にもてていたんでしょうな？」

「ええ、仕事も遊びも一生懸命でしたよ。いまどきの男ですし、上背もあって、スポーツ好きで、彼

女もいて、そろそろ結婚も考えていたようです」

結婚を考えている前途ある若者が自殺などするはずがないといいたいようだった。

「たしか、出身は長崎ですね」

「私と同郷なもので、高校卒業後、私が預かることになりました。親代わりとか、そういうウェットなしがらみはありませんが――」

沼尾が何をいいたかったのかは分からないが、警部はそれ以上言及しなかった。

「現在のお住まいは、松本市内ですね。独身で1DKマンションにお住まいとか」窪田が引き継ぐ。

「そうです。高崎の現場の方が忙しいので、向こうにも宿舎を借りて住んでいます。それは会社で貸し与えています。週末になるとこっちに帰ってきていたはずです」

「移動手段は？」

「車ですね。車で二時間ほどかかります」

「大変ですね」

「慣れればそうでもありません。私だって、月に五〇〇〇キロ以上走りますからね」

自分と何かを比較して労働環境を論じるのは経営者として如何なものか。警部は眉をひそめた。

「どんな車に乗っていましたか」

「レクサス＊＊ですよ」

「ひゅー、最新型ですね。いいお給料をもらっているのですね」

窪田が、口笛でも吹き出しそうな声を出す。

「いえ、いえ、たかが知れています。一〇年ローンで買ったといっていましたから」

「新車のローンに、結婚資金まで必要となると、若い彼には、金銭的にかなり大変だったのでしょうね」

「……」沼尾は答えなかった。代わりにまくりかけたカーディガンの袖を元に戻した。

「会社――ここに立ち寄ることはないのですか」

「月三回ほどですか、月末の伝票を処理するときと月初の打ち合わせのとき、あとは、タイミングをみて立ち寄るぐらいですね」

「そんなものですか」

「そうです。小さな会社ですから、会議はそんなに必要ありませんし、私の方も、高崎や上田の現場に出向きますから、顔を合わせる時間は結構あります」

「事件の日は、なぜ、百白荘にいたのでしょうか」

「月初の打ち合わせの前日でしたから、松本に戻ってきていたことは分かりますが……」

沼尾は首をひねる。

「事件当日は一八時過ぎまで高崎の現場にいたことがはっきりしています。そこから高速を使って帰ってくるとなると、松本インターチェンジで降りるでしょうから、用事があって百白荘へ立ち寄ったのなら、自宅に帰る前に立ち寄ったということでしょう。インターチェンジをはさんで彼の自宅マンションと百白荘は相反する位置にありますからね」

「どれくらい離れていたっけな」

分かっていて、警部は質問をする。

「マンションから百白荘まで、車で一時間ほどの距離になります。深夜なら四〇分あれば十分でしょう」

金曜の二〇時以降なら、被害者鍋倉が松本にいることは可能だ。だから、いったん自宅マンションに帰り、深夜近くになって百白荘に出向いた。そこで凍傷になり、翌日明け方に転落死体で見つかる。鍋倉のレクサスは自宅マンションの駐車場で発見されている。公共交通機関は動いていない時間帯だ。タクシーかレンタカーを使ったか、あるいは誰かの車で事件現場まで行ったのか、誰かの運転でレクサスだけが戻されたのか。いずれにしても自殺者の行動ではない。

「ふーっ、彼はなぜ、わざわざ百白荘に行ったのでしょうか」

ため息をつき、警部は窪田と同じ質問を、少しニュアンスを変えてする。

「さあ、本当に聞いていません。……もしかしたら、宇佐美さんに呼ばれたのかもしれません」

沼尾は伏せていた視線を上げ、

「そういうことは往々にしてあります、内容によっては事後報告となりますが。我々設備屋は、竣工後もお客さんに呼ばれることはあるものです。設備的な不具合があると、よく電話がかかってきますね、その工事担当者に直接。受けた担当者も、内容によっては相談してきますが、簡単に済む用件だったら、事後報告ですね」

「そんなものですか」

「そうです。用件の大半は、使い勝手が分からないとか、水流の勢いが弱いとか、調整する程度で済むものです。またそういったものは、サービスでやっているのが実情です。ましてや宇佐美家はこの地では名家ですから、機嫌を損ねて変な噂でも流されたら、我々は仕事ができません」

「厳密にいえば、キューブハウスの方ですよね。こちらが請け負った設備工事は」

「ええ、そうです。本館の方は九条家の持ち家でしたから、別の設備会社が施工しています。長野市にある業者です」

地域が名家で二分されると、関連する業者も棲み分けなければならず、いろいろ大変なようだ。

「でもそういったクレームは、建物全体の施工を請け負ったゼネコンが、すべてを請け負うものではないですか」

窪田が得意分野の質問をする。

「確かにそのとおりですが、設備的な不具合は、ゼネコンから丸投げ電話がかかってくるだけです。クレームの内容にもよりますが、不具合に関しては責任施工ですから自社負担です。費用はどこからも一切出ません。だったら、直接動いても変わりがないのです。それに、設備機器とかは耐用年数がありますし、ましてや新商品が出たら、交換したくなりますよね。そういった仕事へ繋げるためにも必要な営業活動なんです」

そろそろ終わりにしてくれないか、そんな気持ちが早口にさせていることに気づいて、沼尾は口元を押さえた。

「宇佐美さんから訊いたのですが、工事の途中でゼネコンが替わったと……」窪田がいう。

「……」沼尾はしばらく逡巡していた。重要な顧客の、内情に関わる話をしてもいいものかどうか、考えあぐねているらしかった。

「新築ですよね、キューブハウスは。そんなことって、あるのですか」

既に宇佐美が話しているのなら問題ないだろう、と判断したのか、沼尾は意を決したように口を開いた。

「そのとおりです。ですが、電気を含めた設備工事は我々がすべて行いました。建築は下から順々に層を重ねて構築していきますから、途中でゼネコンが替わっても、設計図がしっかりしていれば、問題は少ないですが、設備工事は上下階を貫通して行う工事ですから、施工業者を替えるわけにはいかないですからね」

「なるほど、で、そういうことってよくあるのですか。仮に急に増築したいと思っても、同じゼネコンに頼むのではないでしょうか。金銭トラブルでもあったのですか」

沼尾は首を振り、

「さあ、そのあたりのことはよく分かりません。何があったのか聞いていませんが……。金銭でもめるような人ではないと思うのですが……。でも、お金持ちってわがままですからね」

自信家のはっきりした物言いが影をひそめ、言葉を選びながら喋っているのが分かる。

「と、とにかく最初のゼネコン――井熊工務店っていうんですけど、いろいろ仕上げが決まらなくて、後工事の手配が進められないと、ぼやいていたのは事実ですね」

「ゼネコンが替わったということは、鳶《とび》、型枠、鉄筋工も替わったということですか」

「……そうです。替わらなかったのは、電気はじめ設備工事すべてを請け負っているうちだけではないでしょうか。内装工事は未だ着手していませんでしたので、問題はなかったのだと思います」

「工事に一年半という、長い時間が必要だったというのは、それが原因だったのですね」

そういえば窪田は工期が長すぎるようなことを宇佐美に訊ねていた。

「でも、騒ぎになるようなトラブルは聞いていませんね。宇佐美さんも井熊工務店の社長も金払いはいい方ですし——、あのキューブハウスにしたって、しょせん小さな建物で、二階から四階までの三フロア分と、——残りの工事も大したボリュームもありませんから」

「それで、ゼネコンが途中で替わった原因に心当たりは」

窪田は繰り返した。

「理由ですか？」と視線を外し、しばらく考えた後で、

「本当に分かりません」目を閉じたまま、沼尾は再び首を振ってみせた。

「二階から上は鉄骨ＡＬＣ造になったからではないですか、だからゼネコンを替えたんだと。それならば、ＡＬＣを専門にしている業者に発注した方が安いと判断したのではないでしょうか」

代わりに窪田が説明を始めた。

「一階は鉄筋コンクリート造といって、鉄筋で組んだ骨組みを厚いコンクリートで覆った建物です。雨風や地震にも強くて、だから、非常に堅牢な建物になります。地下の基礎も同じです。一方ＡＬＣっていうのは軽量気泡コンクリートといって、コンクリートという名前こそついていますが、軽石のような軟らかい素材で造られています。その成型板を軽微な鉄骨下地に組み込んで建物を造るのです。その方が軽く、早く、何より安くできますからね。違いますか」

滔々と語る窪田に驚きを隠せないように、沼尾は大きくうなずき返した。

それは警部も同じで、穴が開くほど小柄な部下を見つめていた。ただ後で、それをお前が語ってどうするんだ、と突っ込んだのはいうまでもない。

「設計者は替わっていませんよね」

「ええ、設計者まで替えると、市役所や消防など行政手続が大変でしょう」

「大幅な設計変更に当たるだけでなく、業法上の手続き、どれひとつとっても、大変なことです」

窪田は刑事事件の捜査であることを忘れ、工事途中で施工業者が替わることがいかに大変なことなのか、ひとり憤慨している様子だった。

「赤津先生はこの地方では三代続く設計事務所の先生です。役所には顔が利きますし、重要お得意先の宇佐美さんのいうことなら何でも聞くイエスマンでもあります。私どもは設備工事だけを請け負った一業者ですから――」

そんなことは設計者に聞いてくれといわんばかりに口早にいい抜けると、

「でも、なぜうちの鍋倉が……。残念です。本当に残念です。親御さんも本当に悲しんでいます。刑事さん。犯人はなぜ鍋倉を殺したのでしょうか」

沼尾は被害者の死を悼む、被害者側の代表然とした態度に変貌した。

沼尾のなかでは、これは事故ではなく殺人であることが決まっているようだった。そして「くそっ」と、本当に悔しがっているように苦渋の表情をもう一度みせるのであった。

＊＊＊

翌日、警部と窪田は早朝から、再び百白荘のゲストハウスの四階――さらにウォークインクローゼットのなかにいた。

「ハンドルのT字が横を向いた形をしているときはストライクという軸が枠にはまって、かっちり窓がロックされているときだ。逆に九〇度回転し、ハンドルが正しくTの形を作っているときは、窓のロックが外れ、開いていることになる」

警部は窓を開け閉てしながら、誰かに説明するように話す。

「おまけにこの窓だけスチール製だ。他の窓はアルミなのに」

「開閉するから耐力のあるスチール製にしたのだと思います。それがどうかしましたか」たしか昨日も同じことを確認していた。

警部はその問いかけには答えず、窓の外へ視線を延す。視線の先には本館の瓦屋根がみえる。

「本館の一番高い棟《むね》なら、キューブハウスの四階床ぐらいの高さになるんじゃないか」

「ええ、そうですね。でも、瓦屋根の分の勾配がありますから、四階の床の高さから真っ逆さまに落ちるのと同じ衝撃を受けるわけではありません」

「だが、頭蓋なんてものは簡単に割れるし、首の骨だって折れる。何より、瓦を滑った分、勢いがついて、キューブハウス寄りの――死体があった辺りまで、跳ぶのではないか」

「うーん、位置エネルギーからすれば、ありえない話ではないですね」

窪田の理系寄りの話に、警部は首をかしげるだけだった。

ふたりは部屋を出、螺旋階段を下りた。

死体の位置が裏庭のキューブハウス寄りであったことと、屋上にパラペットのない建物だったため、キューブハウスから転落したものと単純に考えていたが、足跡の問題を考慮に入れるなら、本館の瓦屋根から落ちたと考えた方が正解ではないだろうか。

「ハウスの屋上へ出る扉の鍵は南京錠とはいえ、掛けられていたんだろう」

「ええ、女将と使用人の証言だけですけど、そのように申しています」

「何より、裏庭の雪の上はもちろん、キューブハウスの屋上の雪の上にも全く足跡はなかった。四階、そして三階のドアの鍵もかかっていたということだろう」

「そうです。そのとおりです。ちなみに二階も一階もドアは施錠されていました」

「無理に難解な、密室状況に事件を誘導してはだめだぞ」警部は少し皮肉った。

「決して密室に拘泥しているわけではありません。玄関ドアは閉じれば施錠するホテル錠で、しかもシリンダーは普通のタイプです。ディンプル錠でない分、複製は簡単です」

「そうかもしれん。だが、やはり、こっちの方だろう」

と警部は鼻息も荒く、本館を見上げる。

「ですが、どうやって、そして、なぜ瓦屋根に上ったのですか。そこが全く分かりません」

「それはどっちにしても、同じだよ。いまのところ分からない。だが、どうやってかは分からなくもない。本館は一般的な日本家屋の二階建てに比べれば、高い方ではあるが、三連梯子を持ってくれば軒先には届く。そうすれば、誰でも上れるだろう。梯子がどこにあるかは不明だが。何かの目的があって、上った。そして、足を踏み外して落ちた。そういう可能性を考えればいい」

「でも、被害者は凍傷になっているのですよ。屋根に上って、かなりの時間、何かをしていたのです。それはなんでしょう」

昔読んだB級本格ミステリに同じような事象を描いた作品があったのを思い出したが、窪田に笑われるだけだと思い背中を向けた。そうして、

「理由は分からんが、そうやって屋根の上にいた。ところが、何らかの理由で梯子が外された。しばらく屋根に留まっていたが予期せぬ降雪に見舞われ――、そのときに凍傷にかかったのだよ。そしてこのままでは凍死してしまう、どうやって降りようかと考えている矢先、足を滑らせて落ちてしまった」

「でも、それならなぜ、南側から降りようとしなかったのでしょうか。軒の高さは南の方がわずかですが低いです。落ちても怪我の程度は軽くて済みます。それに、南には外壁に近いところ、軒があるところに外灯が建っているではないですか。それに飛び移るようにして降りるのが一番簡単じゃありませんか。なのに、なぜ北側から降りようとしたのか」

「外灯は軒の高さより低いから、屋根の上にいた鍋倉からは見えなかったのだ」

「ここに一年半近く通っていた男ですよ。知らないはずがない」

窪田のいうことは至極尤もだった。

「だとすれば答えはひとつだ。北側の屋根の方が、若干勾配が緩やかだ。だから、北側から滑り落ちた」

使用人、浜崎《はまさき》の案内で警部と窪田は本館の内部、二階へ赴く。陰気な猫背の後をついていく。

昨日も検証したとおり、何もない広さ四〇畳の畳の間だ。ここはまだ買収したばかりで、宇佐美家としてはいまのところ使用していない。今後どのように利用していくのか、検討しているといっていた。大規模改修を計画しているようで、設計者はキューブハウスを設計した赤津設計事務所代表の赤津丸人《まると》だ。

北側にある障子を開けると、アルミサッシ窓越しにキューブハウスが見えた。窓のすぐ外にはやはりアルミ製の格子がある。

「よくできているよな。これがアルミなんて」

窓を開けて、格子に触れる。その竪格子は、一本が二〇ミリ×四五ミリの細長い形状で、一〇〇ミリ間隔で設けられている。視線と日光の直射を遮る役目だ。当然防犯機能もある。

「アルミの角パイプに木目のシートを貼ったものです。触れない限り、見た目では金属か木なのか区別がつきません」

「そうだな。これなら年数がたっても劣化しないし、丈夫だし、燃えないしな」

「よく分かりますね」

窪田は驚いたようにいう。

「お前と一緒にいれば、少しは建築に詳しくなる」

「ほめてくださっているんですよね」

「さあ、どうだかな」

「材質は違いますが、螺旋階段をぐるりと囲っている格子も同じ形状ですね」

「ああ、スチール製だろ、あっちは。とっくに気づいていたさ」

「さすがです、警部」

窪田は手帳を閉じ、ポケットにしまうと、

「それより、ここにはもうみるべきものはないですよね」

「うむ、そうだな」

警部は格子を両手で強く握りしめ揺する。やはり、簡単には外れそうになかった。


署に戻る車中。

「宇佐美晃子の事件当日の行動はどうなっている」

「井熊工務店の接待で赤津氏と伊豆のゴルフ場でラウンドした後、温泉宿に泊まっています」

「ふたりでか？」

「いいえ、井熊社長も一緒です。あと、浜崎氏も」

「あの、目を合わせようとしない陰気な使用人か」

「ええ、運転手兼ボディガードみたいなものでしょうか、基本どこに行くにも連れていくようですね」

「あんなので、頼りになるのかね」

「まあ、いるというだけで、牽制にはなりますよね。いい寄ってくる男どもに対して」

信号待ちで停まった車窓から見える外の景色は、すでに冬枯れていて、街路樹のポプラは葉をすべて落とし、灰色の樹皮がむき出しになっていた。冬はどんどん本番になっていく。横断歩道を渡る女子高生たちは顔の下半分が巻きつけたマフラーで隠れていて、そのマフラーの柄だけが華やかに色づいていた。

「金に困っていた鍋倉は、例えば窃盗目的で忍び込もうとしたのですかね。新築工事に携わっていたら、設計者にゼネコン関係者、サッシ工、その次に設備担当者が、建物の鍵を入手しやすいのです」

「んっ、どういうことだ。詳しく説明しろ」

「建物が完成に近づくと、当然、各戸に錠前がついて、キーが合うかどうかのチェックもしなければなりません。それが終わると、サッシ工からゼネコンの工事担当者にキーが渡ります。ですが、今度はエアコンの調整だとか電気機器の調整だとかで、設備担当者も建物内に入る必要がありますから、現場監督に鍵を借りに行くことになります。現場監督のほうも、それが毎日だと面倒くさくなって、予備の鍵を預けたりするのです。短期間に限ってですけど。その際に鍵の複製を作ることは可能です」

「なんだ、ずさんだな」

窪田はただうなずく。

「鍋倉もそうしていた可能性があるというんだな」

「可能性ですけど」

「いや、十分だ。……でもそうすると、転落したのはキューブハウスからということになる」

「そういうわけでもないと思います」

「ん？」

「本館も改修したいといっていたでしょう。そのためには本館にも入らなければなりません。現地調査が必要ですから。宇佐美さんに確認したのですが、誰も住んでいないし、ちゃんと戸締りをしてもらうという条件で、赤津先生には、マスターキーを預けていたそうです。三幸設備も最初は赤津にキーを借りに行っていたそうですけど、だんだん赤津を通すのが面倒になって、直接宇佐美さんに借りに行くようになったそうです。宇佐美さんの方も信頼していたのでしょう。何も考えず、貸していたそうです」

「つまり、本館もゲストハウスも鍵管理はずさんだったということだな」

「はい」

警部は肘掛に肘をついたまま、ハンドルを握る窪田に一瞥を投げると、

「鍋倉は盗むものもない新築のキューブハウスに侵入するより、まだ本館の方が金目のものがあると判断したのかもしれないな」

何やら意味ありげにつぶやいた。

五

二〇一〇年　大座敷の密室　首吊り死

昨年の鍋倉の死は、転落事故ということで落ち着いた。

後の捜査で分かったことだが、鍋倉という男は、金遣いが荒くて、計画的な金銭管理ができない男だった。欲しいと思った物は、車でもスーツでも高額なものを後先考えずに買ってしまう。そのうえ他人からよくみられたいという思いが強いのか、気前よく人に奢《おご》ったりもする。だから、消費者金融数社から借金していた。

その鍋倉が雪の舞う深夜になぜ、百白荘にいたのかは依然不明のままだった。恋人や同僚には高崎で急な仕事ができたから、一日の早朝に松本に帰ると虚辞を連ねていたそうだ。宇佐美にも今一度訊ねてみたが、鍋倉が百白荘へ来る用事はない、誰も呼んだ覚えはない、と繰り返すばかりだった。使用人の浜崎も同様だった。

一体鍋倉は、何をしていたのか、何をしようとしていたのか。

また第一発見者の立ち会いのもとに詳細な検証が行われ、雪上に鍋倉の足跡しかなかったことが再度確認された。これによって殺人ではないことが確定となった。

では、借金返済に困った鍋倉が、窃盗目的で忍び込もうとして足を滑らせた事故、ということになるのだろうが、確たる証拠はない。特にキューブハウスについては、ドアも窓もすべて施錠されてあったので、キューブハウスからの転落事故は否定された。

次に、本館は買収したばかりで、施錠状態の確認は取れなかったが、二階の窓からは格子があるために、落ちることはもちろん、突き落とされた可能性もない。残された可能性として、二階建ての瓦屋根から滑り落ちたとされる案件（事故）だけが残ったのである。

屋根に上るための手段だが、三連梯子がなくとも短い梯子がひとつあれば可能であることがその後の検証で判明した。まず、平屋部分の屋根に上る。次にその梯子を手繰《たぐ》り上げ、一階の屋根から二階の屋根へ梯子をかけ、上る。こうして二階の屋根に上ることはできる。短い梯子は物置の横においてある状態で誰でも持ち出せたし、梯子を立てかけた痕跡は依然確認されていなかったが、表の駐車場に回ってアスファルト面に立てかければ、痕跡など残らないことは火を見るより明らかだった。ただそれは何のためか。屋根に上がったところで、室内に侵入できなければ意味がない。さらにその梯子は誰が外し、また元に戻したのか。

結局、何のために屋根に上ったのかは明らかにされなかったが、梯子を使えば上れないことはないこと、瓦屋根全体に雪が積もっていたわけではなかったことから、本館の二階屋根上からの滑落事故に落ち着いたという次第である。

いずれにしても、誰も被害を被っているわけではなく、——強いてあげるならば宇佐美家かもしれないが——被害届が出されない以上、鍋倉の死は事故死として片付けられた。

だからといって、川崎警部はそれを受け入れていなかった。窪田刑事も同様である。

そして、年が変わって一〇か月後の今日、二〇一〇年一〇月一日、今度は本館の二階、四〇畳の大座敷で首吊り死体が発見されたのである。

信州にも温暖化の影響が出てきたと感じる昨今にあって、一〇月に入っても気温は下がらず、夏のように蒸し暑い日だった。さらに、外は霧雨で、シャツがべったりと肌にまとわりつく不快指数満点の夜であった。

警部が現場に駆け付けたとき、死体はすでに運び出されていた。よりによって今回もまた県外にいて、到着が遅れたのだ。しかも私用だ。沖永良部島《おきのえらぶ》で娘の結婚式があり、予定どおりなら、帰着しているはずだったのだが、運の悪いことに天候の悪化で、船も飛行機も欠航してしまった。そして、やっと運航した船のなかで事件の第一報を受けることになったのだ。不可抗力な出来事で、仕方のないことではあるのだが、昭和生まれで現場叩き上げの川崎警部にとっては不体裁この上なしであった。

警部は、すぐに二階へ上がった。大座敷には、数人の警察官しかいなかった。すでに大半の検証が済んでいるからに違いない。

「思ったほど、騒ぎにはなっていないいな」

警部ははめた手袋をなじませるように合掌しながら窪田にいった。

「ご苦労様です。大変ですね。お嬢さんの結婚式のときぐらいゆっくりしても罰《ばち》は当たらないでしょうに」

「ん、そうでもないさ。――で、どういう様子だ」

「はい、死体は先ほど運び出されたばかりです。でもまだ、鑑識が調べることが残っているようです」

ああ、と大きくうなずくのを確認して、窪田は説明を始めた。

「布団が敷いてあるところに赤津設計事務所代表の赤津丸人氏の首吊り死体が横たわっていました」

と指さす南側の窓の近くに布団が敷いてある。

「足は南の窓側、頭は北の方に向けて、布団の上でこと切れていたようです」

窪田はそういって、デジカメの写真データを見せた。敷布団の上に仰臥《ぎょうが》している赤津は背筋をピンと伸ばし、絶命していた。長身であるがゆえに足が布団からはみ出していて、顔にはチアノーゼがみえる。死後数時間が経っていることが分かった。【図㊢参照】

次に、顔のアップを見せられたが、それが赤津だとは俄には信じられなかった。一〇か月前に会ったときは、〈柔和〉を絵にかいたような顔つきだったのだが。

「赤津丸人に間違いないのか」と思わず呟いてしまったほどだ。

それほど写真で見る赤津は、苦しみ抜いたという顔つきで、目は飛び出んばかりに見開き、口からは、自らの頬を舐めまわすかのように、舌がだらんと、垂れ出ている。なかでも一番目を引いたのは、伸びきった首にワイヤーロープが食い込むほどに深く巻きついていたことだった。

「苦しそうな顔のわりには、体は直立不動だな」

「ええ、そこなんですよ、おかしいのは。手は、指で首を掻き毟《むし》っていますから、血だらけで、よほど苦しんだのでしょうが、体は真っ直ぐです」

窪田は難しい顔をして首を捻る。

「死後硬直は？」

「始まりかけていました」

【図㊓】2010 本館大座敷首吊死

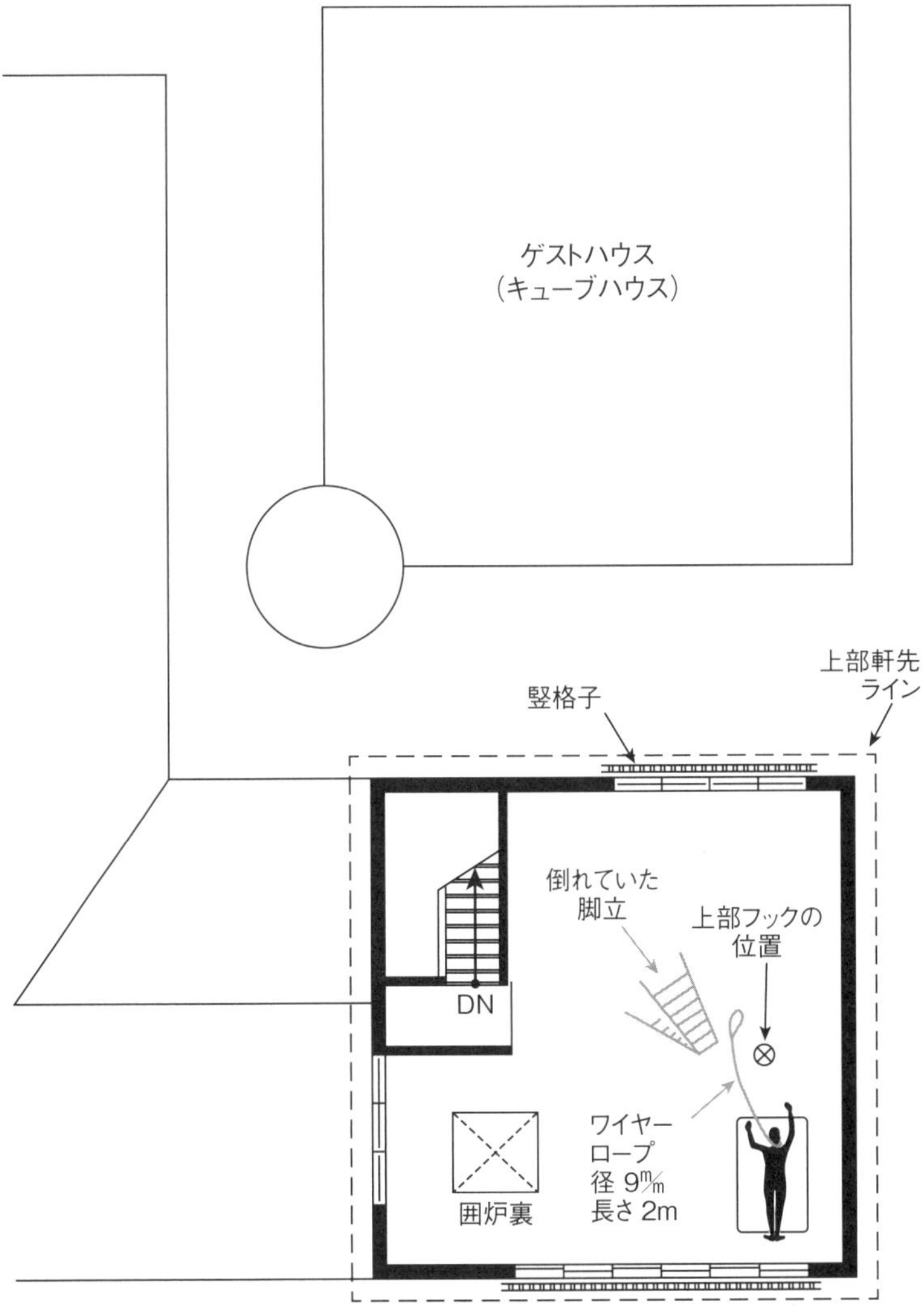

「2F 40畳の大座敷」（本館）
首吊り死体発見時の状況

警部は死体があったという敷布団を見てから、枕元の横に倒れている脚立に目をやった。おそらくこれが首を吊る際に使用した脚立なのだ。

「とすると――」

「死後、六時間ぐらいだと杉さんはまじめにいっていましたよ。違ってもプラスマイナス三〇分だとも」

杉さんとは鑑識歴三〇年を超す鑑識の主《ぬし》だった。口数が多く、言葉使いも乱暴だが、決してあいまいなことを口にする男ではなかった。

警部にすれば、盲目的な信頼は何人《なにびと》にもおく気はなかったが、それでも、杉本という男の判断には一目置いていた。鑑識の見立てが正確だとすると、死亡推定時刻は昨夜の二二時から二三時の間ということになる。

「もうひとつ、問題なのは、首を吊ったロープがワイヤーだということだな」

窪田が大きく点頭する。

「首吊り自殺にワイヤーロープを使用するなんて、聞いたことがありません」

「俺も聞いたことがないさ」

畳の上に置かれたワイヤーロープを見つめながら、屈む。

長さ二メートルはありそうなワイヤーロープには両端に小さな輪が結んであり、その片方の輪にもう片方の端部を通し、大きな輪を作っている。

「この大きな輪に首を入れていたのだな」

デジカメ画像と交互に比較しながら、警部は断言する。窪田はただうなずくだけだった。

「ワイヤーの太さは、径一センチはありそうだな」

「ええ、直径九ミリのワイヤーですね。一～二トンぐらいのものは楽に吊れますよ」

ワイヤーロープというのは、素線といわれる細い鋼線を何本も縒りこんでストランドとし、そのストランドを数本編み込んで作り上げる。引張強度が高く、重い資材の荷卸しや揚重のために使われる。多くの場合、建設現場などで用いられ、ワイヤーロープを吊り上げたい資材に胴巻きして絞って、残りの端の輪を、クレーンのフックにひっかけるのだ。

人間の体重を吊るには十分すぎる太さだった。そんなものを自殺に使用するものだろうか。一センチに満たない太さのワイヤーロープとはいえ、扱い難いことは想像するに難くない。縄の方が軽いうえに結んだり絞ったりするのに扱い易いのは考えるまでもないことだ。ワイヤーである必要は全くない。

「なぜだ」警部は独りごちた。窪田も無言で腕を組み、目を固く閉じている。

「で、死体を布団に寝かせたのは誰なんだ」

「いえ、発見当時には、布団の上で仰臥した状態だったと、第一発見者はいっています。デジカメ写真のように」

「なっ！」

警部は声にならない声を上げた。

「自殺に見せかけた殺しか」

「最初、私もそう思いました」

「違うというのか。電話ではここも密室だったっていっていたよな」

窪田は深くうなずいて、「私は常に不可能犯罪を求めているわけではありません」

いつかの皮肉に対する切り返しをしてから、「警部、あそこです」

窪田の指し示す上方を見上げた。二階の大座敷はもともと天井がなく、屋根裏がむき出しになっていた。これは意匠的に小屋裏をみせるためのものだ。

そのむき出しの小屋組みを支える大きな桁下にC字形をした小さな金具が見える。

「あそこに、ワイヤーロープの一端の輪をかけていたものと思われます」

警部はそれを見据えたまましばし、腕を組んで考え込んだ。たしかに、布団の端から少し北に行った辺りの、その真上にフックがあり、少し変形しているようでもある。

「あの金具に一方のワイヤーロープの輪がかかっていたというのか」

「誰も見たものがいませんから、あくまでも可能性です」

「だったらなぜ落ちた。誰かが外さなければ、落下しないだろう」

「フックは昔、照明設備をかけるためにあったようで、見てのとおりワイヤーをかけるには小さめですし――」

「変形しているということは、死体の重さに耐えかねて歪み、落ちたというわけか」後を引き取った。

「ええ、しかもうまい具合に布団にまっすぐ収まってしまった、というわけです」

窪田としても信じかねている仮説だった。

「おい、メジャーを持っているか」

「はい、もちろんです」

窪田はスチール製の巻き尺を取り出し、渡した。

「そもそもワイヤーロープが短くないか」

警部はそういって鑑識の許可を得てから、脚立をフックの真下に立て、その天辺《てっぺん》に上った。巨体にアルミがしなる。そして、巻き尺の先端をフックまで伸ばし、今度は手に持っていた巻き尺本体を窪田に預け、畳まで伸ばす。

「フックから畳までは五メートルジャストです」窪田が答える。

「畳から俺の足元までは？」

「え？」

「脚立の高さだよ」

「一・八メートルですね」窪田が答える。そして、警部の意図をすべて読み取り、

「赤津の身長が、やはり一・八メートル。ワイヤーロープの長さは先ほど測りましたが、二メートルジャストです」

「俺の首からフックまでが一・七メートルだから、首に巻いたとしても二メートルのワイヤーなら何とか十分な長さだな」

「そうなりますね」

「しかし、赤津の方が俺より身長が低い分、かなり窮屈な自殺だな」

警部は、脚立の上で腕組みし、しばし考えてから、

「いや待てよ。やはり無理だろう。俺が爪先立ちで手を伸ばしても、フックまではまだ七、八〇センチある。フックに手が届かないのに、どうやってワイヤーをかけることができる？　自殺は不可能だ」

警部は興奮気味に、一層鼻の穴を膨らませた。

「おっしゃるとおりです。警部。しかし――」

窪田の丁寧な物言いは、十分検証した結果であり、これからその反証が始まることを意味していた。

「だからこそワイヤーを選択したのだと思います。やってみれば分かりますが、ワイヤー自体にそれなりの自立性がありますから、ゆっくりそっと上へ上へと持ち上げれば、四、五〇センチぐらいは、自立した状態を保っています。そうした上で、ワイヤーの輪を投げ上げるようにすれば、何度目かには引っ掛けることは可能です」

川崎警部が到着するまでに、窪田は何度もこの検証を行っていたのだろう。

「そこまでは、分かった」

警部は顎に伸びた無精ひげを指先でさすってから、

「仮にそうやって自殺したとして、どうすれば、ワイヤーが外れるのだ」といいながら脚立を下りた。

「難しいのはそこです。実証してみる必要があるでしょうが、フックが体重を支えきれなくて曲がり、外れた結果、――」

「ちょうど布団の上に倒れたというのか、真っ直ぐな姿勢のまま」

そこが、一番違和感のある現象だった。窪田も決して自殺説を受け入れているわけではなく、事実

を突き止めるために、反証し合っているのだった。だから、警部と一緒になって腕を組んで首をひねっていた。

「第一発見者は誰だ」

「ここの使用人です」

「浜崎か」

窪田の視線が動いたので、振り返ってみると色黒で中肉中背の、六〇がらみの男がいた。浜崎だった。

相変わらず微笑みとも悲しみともとれるような意味不明の表情を作っている。そうすることが、世間のトラブルに巻き込まれないと、悟りを開いたかのような顔つきにみえた。

「ほ、本当です。私が発見したときは、この布団の上で倒れていました。お顔がのぞけるまで近づいて……、ぐっすり休んでいるように思ったほどで……」

この男はいつも語尾をごまかす。去年の鍋倉の事故（？）のときもそうだった。

「首にワイヤーロープが巻きついているのに、か」

「い、いいえ、お部屋に入った瞬間は……、まさかワイヤーロープとは……。よく分からなかったのでございます」

いましがた入ってきた入り口の方を振り返ったり、落ち着きがなく、しどろもどろだ。

「ワイヤーロープの所在に心当たりは」

「一階の工作室に置いているもののひとつだと思います。いえ、そうに違いありません。ですが……」

「他にもあるのですか」

窪田が代わって訊いた。警部のどすの利いた重低音より、窪田の優しく細い声の方が緊張をほぐすと考えたのだ。

「ええ、木彫りの像を作ったり、——そういった木工品の原木を荷卸ししたりするのに必要なんです。お分かりいただけると思いますが……」

「そこにあったはずのワイヤーロープがなくなっていたのですね」

「はい。先ほど確認しました。未使用の新しいワイヤーロープです」

「倒れていたアルミ脚立も、ここのものなんですね」

「はい、同じく一階の工作室に置いてあるもので、間違いないです。庭木の剪定など、用途はいろいろで」

「すべて、ここにあるものを使って自殺を図ったということですね」

窪田が口添えする。

「ワイヤーロープ以外の紐もたくさんあるのだろう。ん」

警部はイラついていた。

「……は、はいそうです。あるにはありますが……」

「なぜ、首を吊るのにワイヤーロープを持ち出さなければならなかった」

「そ、それは……」

浜崎が答えられる質問ではない。

「それについては、よく、分かりません……。で、何といいますか、警察という、専門の方に失礼かと存じますが……」

さらに前置きが長く、

「首を吊った後に脊椎反応とでもいうのでしょうか、人間の体が、体内のタンパク質か何かに反応するのでしょう――ぴくっ、ぴくっ、と動いたのではないでしょうか。私が小学生のころはカエルの解剖が理科の授業でありまして、そのとき、死んだカエルに電気刺激を与えると、ぴくっ、ぴくっ、と痙攣するように動いたものでした。カエルと人間を一様に論じてはいけないとは思いますけど、赤津先生も絶命した後、同じように体が痙攣したのではないでしょうか……それで外れたのでは……と思います」

そのわりにいいたいことは、はっきり主張する男だと川崎は再認識した。大座敷に入ってきたときに、警部たちの会話は聞かれていたのだ。

窪田は少し離れたところに警部を連れて行くと、

「鑑識にいわせると、監察医に確認しなければ分からないがとの注釈つきですが、ありえない現象ではないそうです。それにC形フックといっても、金物は比較的小さいものですから、外れることはあるでしょうと」

「だから、お前まで自殺だというのか。自殺を決意した人間が、あんな小さくてもろいフックを使うものか」

警部はイラつく原因が自身にも分からなかったが、あとになって考えてみると、腹心の部下である窪田が自殺説に傾き始めているからだった。

「私もあの使用人の言葉を一〇〇パーセント信じているわけではありません。ですが、他にも理由があります」

「分かっているよ。この四〇畳にも及ぶ大広間が密室状態だったというのだろう」

またしても、密室だ。忌々しい密室だ。

「いつまで待たせるつもりだ」

振り向くと、こちらを指さす片木《かたぎ》県議がいた。宇佐美晃子の姿はない。

六　二〇一〇年　大座敷の密室　捜査

「そこの若い刑事が、警部が到着するまで待てというから待っていたんだが、三〇分待っても現れりゃしない。女将のためとはいえ限度があるぞ。こっちにも用事があるんだ。君らのために県政が滞ってしまったらどう責任をとるんだ」

銀鼠色のスーツを着た色黒で小柄な片木は、腕を組んだままふんぞり返る。

「いやあ、失礼しました。すぐに片付けますから、もう少しお待ちを」

警部はこれぞ破顔一笑といった表情を満面に浮かべ、頭を深々と下げてみせる。後ろ手に組んだ拳《こぶし》を突き合わせた、窪田が初めてお目にかかるお辞儀だった。

「警部、第一発見者は使用人の浜崎氏だけではありません。宇佐美晃子氏と県会議員の片木義春《よしはる》氏も一緒だったのです。一階の階段の出入り口はカマ錠がかかっていました。しかも格子戸ですから、扉の反対側にも誰も隠れることはできません。錠を外したのは浜崎氏ですが、宇佐美晃子氏も片木県議も、その時の状況を一緒にいて見ています」

片木は、背筋を伸ばしたまま瞬きで返事をした。

「では、順序を追って話します」

といって窪田は話し始めた。

その内容は以下のようになる。但し、片木に関する情報はあとでこっそり教えられたものを付け加えた。

昨夜、宇佐美晃子と片木県議は松本市内のホテルで会食をすることになった。宇佐美には予定があったが、重要顧客でもあり、いろいろと世話になっている片木の誘いを断ることはできなかった。予定とは、百白荘本館の改修工事の打ち合わせを、赤津並びに沼尾とすることだった。そこに片木が強引に割って入った形になった。打ち合わせの日時を変更しようとしたが、各人の調整がつかず、赤津の、夜遅くなってもかまわないから本日中に済ませましょう、という提案に乗ることにした。

改修工事は一階の喫茶室を閉め、店舗を広げるためのものだったので、赤津は宇佐美が帰ってくるまでに、沼尾とともに基本的な調整確認をしておくことに時間を費やした。工作室にて沼尾との調整が終わりかけたとき、宇佐美から片木先生とのお話が長引きそうなので、本日の打ち合わせは、やはり延期しましょうとの連絡が入った。二〇時ごろのことだ。

しかし、事務所のある飯田から出向いている赤津は、泊めてもらうことを条件に、宇佐美の帰りをひとりで待つことになった。キューブハウス新築時も含めて、そういうことは過去にも幾度かあったので、遠慮しない関係にあったのだ。設備に関しては赤津にすべて理解してもらっていたので、沼尾は辞去することにした。これが二一時だ。

浜崎は、宇佐美を車で送り、会食場所のホテルのロビーでずっと待機していた。宇佐美にすれば、浜崎を待たせることで、片木との食事、その後の飲酒を早く切り上げる目的だった。片木は宇佐美を口説き落としたい、宇佐美の方はそれをうまくかわしたい、というのが双方の意向であった（これは後で得た情報である)。

浜崎は赤津の宿泊の準備を整えるためにいったん百白荘本館に戻った。赤津は勝手を知っているから戻ってくる必要はない、女将の傍についていてあげなさいといったようだが、親しきなかにも礼儀ありである。浜崎は差し入れを持って、百白荘に戻り、二階の大座敷で寝床の用意を整えた。二〇時四〇分から二一時一〇分まで本館にいたことになる。その後三〇分かけて、再びホテルに戻り、引き続き車のなかで宇佐美の帰りを待った。二一時四〇分から宇佐美と片木を乗せてホテルを出ていく二三時まで、浜崎が車に待機していたことは、駐車場の管理人の証言がとれた。

宇佐美と片木のふたりを乗せた車が、百白荘の従業員駐車場に停まったのは二三時半過ぎ。予定よりかなり遅れてしまったのだ。片木がついて来たのは、改修工事の話をした途端、がぜん興味を示したからだ。おそらく赤津とふたりきりで深夜に打ち合わせることに、嫉妬心がうずいたというのが本音であろう。

裏庭を通り、裏口から本館に入る。明かりは消え、静まっていた。赤津は宇佐美の帰りを待ちきれず眠ってしまったのだと思った。

それでも二階の大座敷へ上がろうとしたが、一階の階段内部からカマ錠が下ろされていて入れない。どうしたものか思案したが、片木もかなり酔っていることもあったので、三人共キューブハウスで眠ることにした。一階が片木、二階が浜崎、三階が宇佐美である。使用人部屋は本館階段室の奥にあるのだが、改修工事が完了するまでの間、浜崎はキューブハウスの二階を居室として使用していた。

「それで、どうして事件の発覚が午前三時になるのですか」

警部は窪田の説明を途中で遮り、いつの間にか座椅子に座っていた片木に訊いた。睡眠不足で大きなあくびを繰り返し、眠そうであった。

「使用人に起こされたんだ。浜崎とかいったかな、詳しくは彼に聞いてくれ」

そういって指さす階段口の方に浜崎が再び現れた。警部と窪田刑事が話し込んでいる隙に黙って姿をくらましていたのだ。

「こちらで、いいのでしょうか……」とわざとらしく問いかける。

「他にどこがある？」

「女将さんはまだキューブハウスで休んでいます。かなりショックを受けたご様子で……。できればそのままにさせてやってください」

宇佐美の様子が気になったため、仕方なくこの場を離れたのだといいたいようだった。

「ああ、了解した」

警部は浜崎と話すとき、ぞんざいになる。

「さあ、立ち話も大変なんで、座って話しましょう」

窪田が南側に置かれた座卓の周りに腰掛けるように促した。片木がすでに座椅子を引っ張り出して座っていたからでもある。

「午前三時に発見したんだよな。そのときの様子を聞かせてくれ」

「え、えーと、簡単なことなんです。布団を敷きに戻ってきたときに、赤津先生から、『明日はどうしても外せない約束があって、早朝五時にはここを出たい。朝食も何もいらないから、二時間、いや、最悪一時間あれば女将に確認できるから、打ち合わせる時間をとってほしい。それが二時でも三時でも私は構わない。もし寝ていたならば、起こしてくれ』と強く頼まれたからです。帰り着いたのが〇時近かったですし、すでに眠っておられると思ったものですから、五時から逆算して三時過ぎにお起こしすれば、打ち合わせをして、軽い朝食も摂っていただけると考えました。女将もそう申しておりましたので……、そのようにいたしました」と唇をなめ、

「それで、三時に起き、部屋を出ますと、女将も起きていらっしゃいました。ついでに片木先生も起こすことにしました。おやすみ前に『俺にも意見がある。百白荘は県をあげて、県の名物となるような、そういう店にしたい』そう熱く語られたものですから、気は引けましたが、一緒にお起こしすることにしたのです」

片木は首を振っている。否定の意ではなさそうだった。覚えていないだけなのだ。

「三人で本館の一階まで来ますと、昨夜同様、扉には鍵がかかっていました。それを――」

「鍵はどこに？」

「いつもは店舗のカウンター下に置いてあります」

「鍵の管理状況については、建物の出入り口は女将と浜崎さんがそれぞれ持っています。その他の鍵はキーボックスに入れて、いまいったカウンター下に無造作に置いてあります。普段なら誰もが手にできる状況下にありました」

窪田がまとめた。すでに確認済みなのだ。

「階段室の一階の戸は格子戸でどちらもシリンダー錠だな」

「そうです。見てのとおり格子戸といっても隙間はわずかな空間しかありませんから、指を差し込むことぐらいしかできません。ですから、鍵を使わなければ施解錠できない戸だったわけです。その鍵のひとつはご遺体のポケットに入っていました」

「私が、お貸ししたものです」

浜崎が顎を突き出すようにうなずく。

「で、普段でない昨夜は、キーボックスに入ってなかったというのだな」

警部が窪田から浜崎へと目を移し、詰問するようにいう。

「俺が持っていたんだよ。階段室入り口の鍵はマスターキーと一緒にポケットに仕舞ってあった」

片木は苦虫を嚙みつぶしたような顔で、

「百白荘の改修計画は県にとっても大事な計画だ。俺のいないところで、わけの分からん設計士と勝手に進められても問題があるんで、預かることにしたんだ。女将からもよろしくと頼まれてもいたからな」不機嫌さを隠そうともせず証言した。

自分が寝入った後、赤津と女将がふたりきりで……と下衆《げす》な想像でもしたのだろうか。いい年した男のやきもちなど知りたくもない。

「そういうわけで、お起こししなければならなかったのでございます」

浜崎はまた顎を突き出し、微かに笑いながらうなずいた。

「とにかく、戸には鍵がかかっていて開かなかったのは間違いない。俺が確認した」

「さようでございます。最初、先生はご自分が持っていることをお忘れでして、何度も強引に開けようとなさいましたから」

「つまり、一階の階段室の扉の鍵をかけたのは、赤津本人ということになるのだな。他に誰もいなければ」

警部は窪田の方を向いていった。窪田は無言でうなずいた。

「それから――」浜崎に続きを促す。

「あとは、もうお話しすることもございません。二階に上がりますと、布団の上に、私が敷いて差し上げた布団の上に、仰向けに寝ておいでした。最初、亡くなっているとは、ぱっと見では分からなかったのでございます」

そのときの光景を思い出したのか、浜崎は両腕を抱えて身震いをした。

「俺は少し遅れて階段を上ったので、浜崎君の叫び声と、女将の顔色が真っ青になったことで、事態を把握できたわけだ。詳細は彼がいったことを裏付けるだけだ。後は彼が救急に電話し、俺は女将を介抱していた。それより、もういいかな。午後から会議があるもので、ここで失礼したい。県警の捜査課長には断ってはいるがな」

「お疲れでしょうが、もうひとつお伺いしたいことが」

「何だ」

「マスターキーと階段室の格子戸の鍵を持って、一階のゲストルームに入っておやすみになるとき、鍵はどこに置いていましたか」

「どこにも置いていない。ずっとズボンのポケットだ。もっといえば、ズボンも脱いでなんかいない。

穿いたままで、しかも二時まで起きていた」

警部も窪田も浜崎までも驚いた顔をした。

「俺にも分からん。眠れなかっただけだ」

片木の口調は明らかに怒っているときのそれだったが、何に対して怒っているのか自分でも分かっていないようだった。

「誰か不審な人の出入りなどはなかったですか」

窪田が、さりげなく質問をはさむ。

「知らん。見張っていたわけではないからな。だが、暑くて寝苦しいから玄関ドアも開けて外を見ていたが、誰も通らなかったぞ」

「間違いありませんか」

「くどい」片木のこめかみには血管が浮き出ていた。

「おい、質問はひとつだけじゃなかったのか」

自分が寝入ってしまってから宇佐美と赤津が逢うのではないかと疑心を抱いていたのだろう。そう思うと少しだけかわいそうに思える。頑張って起きて、見張ってはいたけれど、二時までが限界だったようだ。

結果、片木は一時間しか寝ていないのだ。このあたりが潮時だろう。

警部は窪田と顔を見合わせてから、恭しくうなずいた。

片木は頭を振りながら帰っていった。二日酔いと睡眠不足で足元はふらついていた。

「ところで、二一時前後の赤津さんの感じはどうだった。差し入れを持って帰ってきたときの様子だが」警部は再び浜崎に視線を投げた。

「一階の工作室には、まだ、沼尾社長がいらっしゃいました。差し入れはふたり分ありましたので、腹ごしらえをと、お誘いしたのですけれど、沼尾さんは『車だし、早く帰って奥さんの料理を食べないと怒られるから』といって、そそくさと帰っていきました」

「あとでご覧になれると思いますが、五〇〇ミリリットルの缶ビールが二本、焼き鳥の盛り合わせと餃子、冷酒の五合瓶が置いてあります。缶、瓶とも空でした。赤津氏がひとりで飲まれたのでしょう。ご遺体はアルコール臭くもありましたから」

窪田が補足する。浜崎は落ち着き払った態度で首肯した。

「私の責任かもしれません。私がお酒さえお持ちしなければ、酔うこともなかったでしょうし、飲みさえしなければ、自暴自棄になることも、なかったのかもしれないと……」

何だろう。何か違和感がある。

浜崎にさっきまでのしどろもどろな感じがまるでないのだ。あらかじめ用意した返答をしているからだろうか。

「ほう、自殺とお考えか。自殺の原因に心当たりでも、おありかな？」

警部は目をむいて顔を近づける。

「いっ、いえ、自殺ではないのですか……。てっきりそうだと思ったものですから。自殺の原因なんて私は知りません。赤津先生にお会いするのは一〇か月ぶりのことですし、深い付き合いをしたこともありませんし、ましてやプライベートなことなど存じ上げません」

あたかもプライベートに問題があるようないい方をする。食えないやつだ。

「それにしても、こんなフックでは」

警部は再び小屋裏を見上げた。

「警部、もともとそこにあったものを利用したのです」

それを聞いて浜崎が隣の照明を指さす。

「あそこにある照明器具と同じものを吊るしていたのです」

そこには、同じ桁材の、二メートルほど西に離れたところに、和紙で作られた大きな紙風船のような照明器具が吊られていた。同じフックだ。

「最初は同じ照明器具がつけられていたのですが、部屋全体が明るくなりすぎるもので、間引いたのです」

だから、そこにフックがあった――理由は分かった。

「だが、――」

警部は何かいいかけたが、言葉を呑み込んだ。今はまだ結論を出すべき段階じゃない。

「浜崎さん、あんたたち三人が戻ってきたとき。えーと何時だったかな」

「夜の一一時半過ぎですけど」

「そのとき、赤津さんは、諦めてもう帰ってしまったとは思わなかったのかな」

「い、いいえ、泊まり慣れていらっしゃいましたし、お車も置いてありましたから」

そうか、と警部はうなずき、

「浜崎さん、とりあえずこれで結構です。もう少し調べてからまたお伺いします。一階の喫茶室でお待ちいただけますか」

喫茶室が仮の捜査室として使われていたからだ。

「はい、分かりました」と浜崎は立ち上がり、

「あのう、女将のところに行っていてもよろしいでしょうか。ゲストハウスの三階ですが」

「ああ、構いませんよ。でも、まだ外出はなさらないでください」

浜崎は頭を下げて出て行った。


警部は窪田ともう一度、大座敷の室内を見まわした。

北及び南には大きなアルミサッシが組み込まれている。サッシは床上すぐから、高さ三〇センチの窓があり、一〇センチ幅の無目材をはさみ、その上部に高さ一・五メートルの窓を持つ。その窓を開けると、アルミ製の竪格子があり、侵入並びに脱出を阻む。格子は上の窓だけでなく下の窓も併せた通しである。いま見る限り、上の窓は閉まり、クレセント錠もかかっているようだった。

「下の小さな窓はどうだった」

「下にはクレセントは下りていませんでした。上の窓は閉まっていたようですが」

「外側には通しの竪格子がついていて、誰も出入りできないから安心していたのだろうな」

「そのようです。下の小さな窓は普段からクレセントを下ろしていないと、証言を得ています」と窪田。

「少なくとも、密室ではないな」

少しだけ口元を緩めた。警部にはその事実こそが、事態を打開できる唯一の材料である気がしていた。どのような打開策かは分かっていなかったが。

（人が出入りできなければ、密室に変わりはない）

窪田はそういいたげなまなざしで見つめ返してきた。

「赤津には、ここで首を吊らなければならない理由があったのだろうか」

警部は窪田に疑問をぶつけた。

「いまの段階では、何も分かっていません。これからの捜査です」

窪田は正論を放った。

「掛け布団は見当たらないが」

「あそこです」窪田が指さす、大座敷の南東の隅にそれはあった。

「随分と寝相が悪いことだな」


警部は二階の捜査を終え、階段を下りて、一階の工作室に入った。ドアを開け、入って右側の窓ガラス越しに外を眺める。大きなヒグマの剝製の背中が見えた。某スポーツ用品店の立ち上がったグリズリーの模造品よりは小さいし、立ち上がってもいないが、本物である分リアリティがある。一番下の娘の学校では、このクマが動くのだという都市伝説が流行っているらしい。

作業台の上には、聞いていたとおり、缶ビールと日本酒の瓶が転がっていた。そばにはブリーフケースと樹脂製の大きな手提げバッグがある。

「なかにはここの改修計画設計図が入っていました」

なるほど、打ち合わせする気でいたのは間違いないのだろう。

部屋の北側の一角に造り付けの棚がある。そこには木工品作りに使うのであろう原木を始めとして、丸鋸やノミ、カンナなどの手工具のほかに、細かな装飾を施すルータなどの電動工具もおいてあり、麻紐、麻縄はもちろん、ビニル紐なども鎮座している。それらのロープ類が置いてある最下段の棚の並びに、例のワイヤーロープがあった。長さ毎に揃えてあって、二メートルの他に、三メートル、四メートル、五メートルまで（二本）一組ずつ置いてあった。当然二メートルのものは一本しかない。どのワイヤーロープも光沢があり触ってみるとべたついた。錆を防ぐためにオイルが塗られているのだ。

また、高さの違う脚立も壁際に立てかけてあった。低いものは六〇センチから三〇センチ刻みで、二・七メートルのものまであった。

「なぜ二メートルを超える高い脚立もあるのに、それを使わなかったのだろうか」

「階段を使って二階へ運ぶには、面倒な大きさですからね」

当然、そういう結論になるよな。

「おやっ、これは」

脚立に紛れて、最初は分からなかったが、

「サスマタがあるな。珍しい」

半円形の金属フレームに丈夫そうな木の柄が付いたサスマタが二本立てかけてある。

「防犯用ですよね」

犯罪者を捕り押さえるときに使うものだが、一般家庭に備えてあることはあまり聞かない。

後で確認したところ、九条家が残していったものらしい。脚立や一部のワイヤーロープに工具類も、九条家が残したものをそのままにしているようだった。


その後、警部は先にひとりで外に出て、裏に回った。鑑識が地面に這いつくばっていたが、敷石が敷き詰められているので、何の痕跡も期待できないだろうと思えた。正面側も全面アスファルト舗装しているので状況は一緒だ。係員のひとりが梯子を使って二階の腰窓を調べていた。アルミ格子の指紋採取でもしているようだった。

のちに分かったこととして、地面に梯子を立てかけた痕跡は発見されなかった。

昔読んだミステリのなかに格子窓越しに首を絞めるといった密室トリックがあったが、今回の場合に応用できるだろうか。しばし考えてみたが、閃きはなかった。

危なっかしい梯子上での犯行になるし、何より、北側の窓から死体があった位置までは離れ過ぎている。かといって南正面側の窓からでは、死体の向きが逆で首まで手が届かない。

警部はキューブハウスの方を見上げ、そして首を振った。表情は晴れなかった。

キューブハウスの周りを反時計回りに回る。従業員駐車場には赤いレンジローバーとハイエースワゴンが停まっている。宇佐美の自家用車と送迎用の車だ。

そこへ窪田が遅れてやってきた。

一緒にさらに回ると、キューブハウスの北面の西側に小さな小屋に着いた。

「ボイラー室兼物置ですね」窪田の説明は迅速且つ的確だ。

さらに少し進むと、右手にうっそうと茂る木々を二分するように小さな径《みち》があった。立ち止まって視線を延ばすと、奥へ、奥へと誘っている気がしてくる。

「これを数百メートルほど行くと、百白池に行き当たりますよ」

警部は咳払いをひとつ入れ、そのまま本館の北西を歩き、来客者用の駐車場へ出た。

「宇佐美、浜崎、片木の三人の動向だが、鑑識の話では、死亡推定時刻には、まだここへ戻ってきていないんだったな」

「ええ、二二時から二三時の間に殺されたというのが現段階での見立てですから、そのとき三人はまだ松本にいたことになります」

警部はにやりと口角を上げ、

「やはりお前も自殺ではないと考えているんだな」

「私だけではありませんよ。鑑識だってそう思って、調査しています」

「そうか、それならば話は早い」

不謹慎だが警部は指をパチンと鳴らした。

「殺人だとした場合、赤津が昨晩、大座敷で寝ているということを犯人は知っていたことになる。その事実は、あの三人しか知り得なかったのではないか」

「残念ですがそうともいい切れません。去年キューブハウスが竣工するころには、すでに本館の買収も終わっていましたから、赤津氏はときどきここへ泊まることがあったそうです。事務所が飯田にあって通うのが大変なことと、竣工前で様々な行政手続があるもので、多忙だったから泊まることにしたそうです。ですから、今回も本館の改修工事が始まれば、赤津を知る関係者なら、泊まることもあるのだろうと予想はつきます」

「具体的に誰だ」

「赤津設計の社員――三名ほどいます。あと、ご家族。そして三幸設備の関係者、ですかね」

「そんなものだろうな。ところで、お前ならどう思う。あんな広い座敷にひとりで眠れるものかな」

「そのためにキューブハウスがありそうなものでしょうけど、その点を女将に質すと、打ち合わせを工作室で行う予定だったので、本館の二階の方が何かと便利だと赤津さんがおっしゃっていたといっていました。工作室の方が図面を拡げたり、見本を提示したりするのに広くて便利だからだそうです。また赤津氏はキューブハウス建設中、完成間際で忙しいときもあの大座敷で休んでいましたし、それに四〇畳の座敷を独り占めできるのは気持ちいいともいっていたようです。なので、浜崎は布団を敷いて寝床の準備をしたということでした」

なるほど、理由《すじ》は通っている。

「表の駐車場に停めてあるアウディが赤津の車か」

「ええ、そうです。いつもは従業員用の駐車場へ停めるのですが、今は営業を休止しているので、表の駐車場を使わせてもらったらしいです」

窪田とこうしたやり取りを通じて推理を絞っていくのが川崎警部のいつものやり方だった。

「建物への出入り口の鍵は、女将と浜崎が管理していますが、建物内部の鍵は店舗のカウンター下に置かれたキーボックスのなかに入っています。そのボックスには鍵がかかっていません。計画的な犯行なら事前に鍵を入手しコピーすることは可能だったと思われます。さらに悪いことに、本館の鍵はまだ付け替えを行っていないのです」

「つまり――？」と先を促す。

「元の持ち主の九条家、あるいはその関係者が鍵の複製を持っているならば、誰でも開けられるでしょう」

「なるほどな。となれば、腰窓のクレセントが開いていたことといい、完全無欠の密室とは程遠いようだな」

「そうですね。何か中途半端で、気色悪いですね」

窪田は両手で首筋を擦《こす》った。

「密室でなくて残念とは、相変わらずだな」

警部は、この緩い密室は、何か簡単なことを見落としているだけで、すぐに解明できるだろうと考えていた、このときまでは。

「残念だなんて思っていませんよ、警部。そんなことより、赤津氏が自殺だとしたら、なぜワイヤーロープなどを選択したのでしょう。工作室には麻縄やビニル紐もあったのに。これは完全に殺人で、自殺ではありえませんよ」
そういう窪田が頼もしくみえた。

七
二〇一〇年　大座敷の密室　鑑識

翌日、警部は窪田と三幸設備の事務所に向かった。沼尾の昨晩の動向を確認するためだ。一〇か月ぶりに会う沼尾は、淡水色のカーディガンを着、それに比例するようなさわやかな笑顔で迎えてくれた。

「ご無沙汰していますという挨拶は、こういうときって、失礼になるのでしょうね」

挨拶が失礼に当たるとするなら、その作り笑顔も失礼に当たりそうだと警部は思った。だから警部は捜査のときは、できるだけ無表情を心掛けている。ところが、

「そんなことはありませんよ」

差し出された手を握手だと思い、窪田は両手で握り返す。彼も笑顔だ。なぜか気が合うようだ。ふたりともあっけらかんとして何をしても憎まれないタイプなのだ。

招じられて応接ソファに腰を下ろす。

「今日お伺いしたのは、昨夜の詳しいお話を訊くためです」

窪田が切り出す。ここは窪田に任せよう。

「と申しましても、お電話でも申しましたように、これといってお話しすることはないのですが――。

質問していただけませんか、その方が話しやすいですから」

「そうですか」といって窪田はスマホを取り出し、メモ機能を開く。

「百白荘を出られたのは、正確に何時ですか」

「二一時ちょうどですね、浜崎さんが差し入れを持って戻ってきたあと、二〇分ほどいました。食べていけば、と勧められたのですが、嫁の飯を食わないと怒られるので、断りました」

浜崎の証言とも一致する。

「それで、浜崎さんが赤津さんの寝床をつくるために二階に上がっている間に、辞去しました」

「どこから退出されましたか」

「一階の店舗側の入り口です。正面の駐車場を使わせてもらっていたので」

「赤津さんは何かいっていましたか」

「明日は名古屋で別件の打ち合わせがあるから、どうしても今夜中に済ませたいのだとおっしゃっていました。今回の打ち合わせは、弊社にとってはそれ程重要ではありません。新築の場合と違って、大きな変更のない内装改修ですし、私はコンセントの位置だとかＬＡＮ配線だとか、宇佐美さんの要求を赤津さんが訊いて、そのとおりに対応するだけです。大きな容量の機器を置くわけでもありませんし、本当はいなくても済むんです。赤津さんとさえ打ち合わせできていれば……」

「でも手配しなければならないものはあるのでしょう」

「そうですね。一階店舗拡張に伴う照明器具は新調しなくてはなりません。そのためのカタログは持参していましたから、それを置いていくだけです。あとは赤津さんに宇佐美さんと決めていただくだけなのです。決めていただければ発注して二週間ほどで入荷しますし」

「特にこれといった問題はない？」

「ええ、特には」

「赤津さんとは懇意にしていましたか」

「宇佐美家絡みの仕事以外でも、一緒になったことはあります。県下で仕事していれば、私どものような零細企業は人とのつながりがないと生きていけませんから。というか、そうやって仕事の幅を拡げていかないとダメなのです」

「何か悩みを抱えているようなことは」

「赤津さんが、ですか？　いいえ、あの人が何か悩みを抱えているとは思えません。大学生のお嬢さんがいらっしゃるんですが、頻繁にメール交換をされているようで、仲良さそうでしたし、就職祝いを何にするか悩んでもいました。それぐらいですよ、悩みなんて」と沼尾はいったん口ごもると、

「去年の鍋倉の事故は……、今回の件と何かつながりがあるのでしょうか」

窪田はその質問には答えず、警部を見た。

「私はあると思っています。ただ、いまのところ分かっていません」

国家公務員がこういうことをいってはいけないと思いつつ、つい口をついて出てしまう。これが警部のいいところでもあり悪いところでもある。窪田は苦笑いしていた。

「最後の質問ですが、お帰りになるとき、お酒は飲んでいたのですか」

「えっ、……正直、ビールはコップ二杯ほど飲みました。でもそれは浜崎さんが持ってきた差し入れではなく、厨房から持ってきた瓶ビールです。飲んだのは一九時ごろでしたから完全にアルコールは抜けています」

「では、浜崎氏が持って来たお酒には？」

「一切手を付けていません。本当です。勧められましたが、車を運転しなければなりませんから」

「じゃあ、工作室にあったあの空瓶は赤津さんひとりで空けたということですな」

最後に警部が口を開いた。

「そうだと思います。でも、別れるときは、いたって普通でした」

「ふむ、で、浜崎さんの様子は、どうでしたかな」

「様子といわれましても……。彼は飲み物と腹ごしらえできるものを持ってきて、すぐに二階に行きましたから。布団を敷いて差し上げるといっていました」

「あなたはその後直ちに、車を運転して帰ったのですね」

「はい、それで表に置いてある車に乗って帰ったのです。隣には黒のアウディとコーラルレッドのレンジローバーがありました。赤津先生の車と宇佐美さんの車ですね。その二台だけで、他に不審車とかはありませんでした」

新情報はなかった。これまで得られた事実が補完されただけである。唯一新しい情報らしきものといえば、赤津には自殺する動機がなさそうであるということ、ぐらいか。


帰りの車中。

「それで次は、予定どおり、赤津設計事務所に足を運びますか」

「そうだな。あまり成果は期待できそうもないが、行くしかあるまい」

とハンドルを高速へ向けて切ったとき、携帯電話が鳴った。鑑識の杉本からだった。すぐさま車載スピーカーに繋ぐ。

「杉さん。結果が出たかい」

「あー、当たり前だ。出るに決まっている――」

食べながら話しているのか、声がこもって聞き取りにくい。

「それで――」構わず先を促す。

「仏さんは、目ん玉も、タンも、飛び出ていたから、のたうち回って、苦しみながら死んだんだろうな。指先は一〇本ともワイヤーによって傷だらけの油まみれだったわ。必死の思いでワイヤーを外そうとしたんだな」

タンとは舌のことをいうのだ。別に隠語ではない。

「ほう、覚悟の自殺にしては、じたばたしたんだな」

「それは往々にしてあるものだ。およそ自殺者の半数は、本当は死にたくないもんじゃよ」

「杉さんは、自殺だと思うのかい」

「そうはいっていない。儂《わし》は、事実に基づくことを君らに示しているだけだ。それが鑑識課員の心得だ」

「分かったよ。他には」

「頸椎が外れて首が伸びていたんだから、ずいぶん長い間吊られていたはずだ」

「どれぐらい」

「索状痕等と併せ考慮すると、一時間から二時間は吊られていた。そうじゃないと、ろくろ首のように伸びたりしないわ」

「ろくろ——？」若い窪田には何のことか分からなかった。

「ちょっ、ちょっと待ってくれ」

「気がついたかい」

「ああ、死んだのは——」

「殺されたのは、二二時から二三時の間で間違いない。現場で話したとおりだ」

敢えて殺しだといいなおすあたり、鑑識も同じ考えなのだ。

「最短でも一時間吊られていた人間が、そのあとで、脊髄反射によってワイヤーロープがフックから外れるということは——」

「そうだ、まずない。通常脊髄反応は死後、長くて数分の内のことだ」

「他に、そういった反応は」

「死後硬直があるが、これは知ってのとおり、ゆっくりした反応だ。痙攣のような反動を伴う運動は聞いたことがない。もうひとつ、ラザロ徴候っていうのがあるにはあるが、脳死した場合の脊髄反射といわれているもので、この場合当てはまらない。儂が保証する」

「じゃあ、繰り返すが、赤津は二二時から二三時の間に殺された。そして、一時間から二時間は吊るされていた。つまり、二三時から翌一時までの間に吊るされている赤津を下ろした人間がいるということになる」

「そのとおりだ」

「フックは、フックはどうだったのですか。もしかしたら、何の痕跡もなかったのではないですか」

「その声は嬢ちゃんだな」

窪田の声は高音で細いので、杉本からはいつもそうやって揶揄《からか》われていた。

「残念ながら、ワイヤーロープを引っ掛けたと思われる痕跡は残っていた。ワイヤーロープを錆びさせないように塗っている機械油と同じ成分が付着していた。またワイヤーを構成する素線という細い鋼線も、わずかながらフックに残っていた」

「くそっ」

「そんな下品な言葉を使うんじゃないぞ。ワイヤーを引っ掛けた痕跡はあったが、それが、ワイヤーを使って首を吊った痕跡だとは限らない。フックに細工など何とでもできるだろ」

そのとおりだ。

「他にはどうだった。窓のサッシとか」

再び警部が代わる。

「残念ながら、何も出てこなかった。きれいなものだった」

「きれいとは」

「きれいにふき取ってあったということだ。毎日掃除を欠かさないとできないことだ。あの使用人、浜崎だっけ、訊きもしないのにそう答えていたぞ」

「杉さん、それは、外の格子にも埃ひとつなかったということか」

「そのとおりだ。窓ガラスもサッシの枠も――。内外ともにな」

杉本は断言した。

「ありえない。いかにきれい好きでも、まだ商売は再開されていないのに、そこまできれいにするものか」

「まあ、あとは、警部、あんたのやることだ。だが、儂がこれは殺しだ、といったのには他にも理由がある」

「――！」

「赤津から睡眠薬が検出された。薬品名をいってもいいが、どうせ覚えないだろうから省く。ただ、非常に吸収が早く、あと三〇分調べるのが遅れていたら、検出されなかった可能性がある」

だが、するとどうなる。赤津が死んだのが二二時から二三時。この間、容疑者三人は松本市内にいた。殺しは不可能だ。アリバイが成立する。

その後、一時間から二時間吊られたとして、最短で二三時、最遅で午前一時まで、赤津は吊るされていたことになる。そして、誰かの手によって赤津の死体は下ろされ、布団の上に寝かされた。

その間、三人はキューブハウスにいた。三人とは宇佐美、浜崎、片木だ。死体を下ろしたのは三人のうちの誰かだと思われるが、片木の証言を信じるなら、午前二時まで、ふたりとも螺旋階段を下りなかったことになる。そうした場合、これは完全な密室だ。

だれが何のために、そして、どうやったのか。

さらにもうひとつ、去年の鍋倉の転落死との関係は何だ。同一犯だとすると誰だ。ふたつの事件で確実に、かつ唯一重複するのは、宇佐美だけだ。次に浜崎か。いや、浜崎は去年の転落事件のときは完全に圏外だった。あと、沼尾も絡むといえば絡んでいる。それとも転落事件の犯人は赤津で、今回は本当に自殺しただけなのか。

杉本との電話を終えた後、警部も窪田も無言で考え込んでいた。

赤津設計事務所では、新しい情報は得られなかった。赤津はプライベートでも問題は抱えていなかったようである。

八

集う客　二〇一五年九月二二日　一五時過ぎ

「さあさ、こちらへ」宇佐美に招じられて大座敷に入ったのは予定の時間より三〇分ほど遅れてだった。キューブハウスに宿泊する他の三人は既に囲炉裏端で寛《くつろ》いでいた。

「宮村先生、お上着を」宇佐美がハンガーを手に持って待ち構えていたので、オレンジ色のMA－1ジャケットを脱いだ。パーカーだけでは少し寒い気がした。

「そちらの――」

「いや、このままで結構」

蜘蛛手《くもで》がぶっきらぼうにいったので、私が代わって説明した。

「蜘蛛手先生は少し風邪気味なので――。それと杖もこのままで。これを手放すと、いろいろ不便なもので――。あ、先端は先ほど専用のカバーを付けましたので畳を傷めることはありませんから」

「杖ではなく感知スティックだ」

冷たくいい放つ蜘蛛手を宇佐美はしばし呆然と見つめた。

吊り上がった形の真っ黒なサングラスをかけ、風神の如き長髪をなびかせ、グレンチェックのコートを羽織り、手には木刀並みの太さと長さの杖を持つ、長身の男が何者なのか不思議がっているようだった。同伴する旨は承知しているはずなのだが、異様な風体とあまりにも尊大な態度が想定外だったに違いない。

「蜘蛛手先生は私の師で――、いまは、ちょっと創作中の事故で目を怪我しているんです」

そういって、私は申し訳なさそうに頭を下げる。注目を浴びてしまった囲炉裏端の客人たちにも同様に会釈をした。

「さようですか。それはご不便でございましょうに――。さ、ともかく、こちらへおかけください」

招じられるままに私は蜘蛛手の腕を引いて、空いている囲炉裏の西側に歩を進めた。蜘蛛手は杖をいったん私に預け、コートの裾を両手でうしろにはね上げると、どっかと腰を下ろし胡坐を組んだ。その所作は本当に目が見えないのかと疑心を起こさせるほど大胆だった。私は冷や汗を流しながらまた頭を下げ、腰をおろした。

囲炉裏は各面にふたりが並んで座れるほど大きく立派だった。

「作家さんって、お聞きしているのですけど、どのような作品をお創りになっていますの」

早速、水上《みずかみ》ミキが自身のベスト盤CDジャケットでみせるような笑顔で訊いてきた。

「私は美濃和紙を用いた和工芸を、先生は金属板を使った抽象的――、彫像などを創っています。南米や中東、ヨーロッパをはじめ世界各地を巡って活動しています。日本に帰ってくる前はロシアを中心に活動していました。海外では日本の工芸は珍しいらしくて、私のような修業中の者の習作でも地方都市に行けばそれなりに売れるものなんです」

用意した答えを喋り切って安心していると、

「いろいろですよ。形や既成概念にとらわれない、そのときその場所で、最も感性にシンクロした素材を用いて表現するのです。それが芸術です」蜘蛛手は組んだ胡坐の上に水平に杖を置き、その先端で私の太腿を小突いてきた。蜘蛛手からすると、満点の答えではなかったらしい。

私は腿に当たる杖の先端を軽く握りしめ、左隣の水上ミキ、正面の早田独《はやたひとり》、右の牛野勉《うしのつとむ》、そしてミキの斜め後ろで傅《かしず》く宇佐美に向かって、その中性的で柔和な笑顔——蜘蛛手にいわせると世界レベルのいかさま笑顔らしい——を最大限に振り撒いた。好意的とまではいかないまでも、とりあえず受け入れられた、と思う。

私、宮村は決して嘘などついてはいない。蜘蛛手探偵&建築事務所の共同経営者であることは黙っているが、それは訊かれないからであり、悪意を持っての虚言ではない。美濃和紙を紙漉きから行って創ったことがあるのも事実だし、蜘蛛手が廃棄してあったバイクの部品や家電、どこからか拾ってきた板金を集めて未来都市のオブジェを創ろうとしているのも事実である。その際、サングラスも保護眼鏡もなしで溶接したものだから目が焼けてしまったのだ。だから目が見えないのではなく、開けられないだけなのだ。一時的なものなのでおとなしく養生していれば、一週間ほどで治る。

杖に関しては、当初私が用意したアルミのスポーツスティックでは気に入らないらしく、高円寺で仕入れてきた木刀ほどの強度を持つ杖を持っての訪問となった。

また南米やロシアも蜘蛛手が若いころ放浪していた地であるから、これも嘘には当たらない。唯一、芸術家というところが引っかかってはいるが、芸術家はすべて創作活動で生計を立てているわけではなく、自分が芸術と思うものを創っていればそれが芸術なんだ（蜘蛛手の言葉）と自分を納得させている。

何より私たちには壮大な目的がある。小さな嘘に心を痛めている場合ではない。その目的とは、六年前、並びに五年前、この百白荘で起きた密室殺人事件を解明するというものだ。当時のマスコミを賑わせた事件は、私にも大いに関心事だった。しかし、何の関係もない東京の探偵事務所が、事件に立ち入るわけにもいかず、忸怩《じくじ》たる思いをしていた。そこへひょんなことから事件の調査依頼が来たのだ。蜘蛛手が過去に解決した難解且つ不可能犯罪を知った人物が調査を依頼してきたのだ。蜘蛛手のことはネットで調べたものらしい。表立った活躍はなくても真の実力が評価されるいい時代になったとは蜘蛛手の言葉である。

依頼主というのは六年前の事件で死んだ鍋倉の婚約者である。また、捜査に当たった県警警部が、蜘蛛手が懇意にしている警視庁警部の双子の弟だったこともあって、一気にこの摩訶不思議な事件に関与することになったのである。

「今回は、お仕事の関係でいらしたの？」ミキが小首をかしげる。

「いえ、いえ、違います。皆さんと同じウォーカーのひとりです。昨年、宇佐美さんと偶然お会いする機会がありまして、今年は塩の道、千国《せんごく》街道一二〇キロ歴史ウォーキングに参加することにしたのです」

「あ、あの時の、あの嵐のウォーキングのときの君か」

思い出したとみえ、早田が声を上げた。

「ええ、そうです。宮村達也《たつや》と申します。ご無沙汰しております」

満面の笑みで返す。

この百白荘並びにキューブハウスに合法的に侵入するために、私は一年前から計画していたのだ。とはいえ、警察からの協力は一切得られない。得られるとしたら、久しぶりに再会した川崎警部兄弟が居酒屋で酒を酌み交わしているとき、たまたま同席し漏れ聞こえてくる情報ぐらいだ。

だからやっと摑んだこのチャンスを、変に疑われて追い返されでもしたら、すべてが無駄になる。一年かけた努力が水泡に帰すのだ。作り笑いでごまかすのも大変な心労なのである。

そのことを隣の相棒はどう思っているのか分からないが、蜘蛛手はいつどこに行っても、蜘蛛手だった。尊大なること神のごとしだ。別に遜《へりくだ》る必要はないが、もう少し愛想があっても罰は当たらない。だから芸術家に扮したのも、それはそれで正解だったかもしれない。芸術家と政治家くらいだ、こんなに不遜でも許されるのは。


さて、他の訪問客の紹介をしておこう。

正面、東側に正座して座っているのが早田独。『独』と書いてひとりと読む。変わった名だ。TT大を首席で卒業し、その大学で教鞭をとった後、現在の＊＊医療機器メーカーに役員として引き抜かれた。ビジネス週刊誌の「次世代を担う新業種特集」で次期CEO候補のひとりとして紹介されていた。全体に禿げ上がった頭と、鋭い目つきはいかにも、といった感じか。

「よくあの嵐のなかを歩き切ったよね。華奢に見えて、立派なものだ。ねえ」

と早田は隣の牛野に同意を求める。私は笑顔のまま、いえ、そんな——と首を振る。

しかし、牛野はそのだぶついた口元を歪めるだけだ。

「さあ、覚えていないねぇ。俺は途中で切り上げたからな。それに去年のあれは中止すべきものだ、へっ」

牛野勉は、名は体を表すがごとく、牛のように大きな男だった。そしてその動きも牛のように鈍重だ。

こちらは建機リース会社の取締役で、ありそうでなかった新規機械工具を開発して成長著しい会社だと聞いたことがある。

胸元が大きく開いた黒のニットを着、長い黒髪が麗しい水上ミキは、今年五〇歳になる音楽アーティストだが、最近の活動はあまり耳にしない。海外へ完全に居住場所を移したのが原因か。

ミキは二〇歳そこそこでデビューすると、そのエキゾチックな顔立ちと斬新なダンススタイルでたちまち人気者になった。半年でデビューアルバムを出すとダブルミリオンセラーとなる。いったん休業をするまでの三年間は、テレビにコンサートにと世に出続け、その活躍を知らない人はいない。その繁忙がたたったのか、体調を崩し、休業を余儀なくされる。

二年ほど休んで、復帰すると、一時の超の付く人気はなくなり、ただでさえ少ないメディアへの露出はさらに少なくなったが、それでもリリースする曲はヒットチャートの上位を占め、コンサートを開けば、ドームクラスが満杯になった。それもこれもミキが単なるかわいいだけのアイドルではなく、作詞作曲もこなす本物のアーティストだったからだ。別名義で複数のアイドルグループへの楽曲提供もこなしている。そうして四〇歳になるまでトップアーティストとして安定した人気を誇った。

ところが、四〇歳を機に一切の活動を自粛し、海外移住する。ここ一〇年の活動はアルバムが二枚、知人のアーティストのコンサート出演が一回あるのみだ。印税収入があるから安定した生活は送れるのだろうが、全盛期を知るファン、関係者からすれば現在の活動状態には決して満足していない。国外へ移住したのは、結婚のためだとか、いや、その後別れて、妊娠出産し、子供と静かに暮らしているとかのうわさが流れたが、どれも信憑性を欠く。ミキ自身がマスコミサービスを殆どといっていいほどしないからである。

囲炉裏上部の煤竹天井をくり抜き、小屋裏から吊り縄と自在鉤に吊られた南部鉄瓶からはすでに白い湯気が上っていて、それで、コーヒーを淹れてくれる。晩秋とはいえ、昨今の日本は温暖化の影響か、都心部ではまだクーラーを入れるほどに蒸し暑い。しかし、この辺りは陽が陰ってくる時刻になると、肌寒いぐらいだ。だから囲炉裏の炎の揺らぎと温かいコーヒーは最高のもてなしだった。

宇佐美は早田の隣の空いたスペースに膝をつくと、鉄瓶を外し、キャスター付トレイに載せられたドリップポットにいったんお湯を移し替える。そして、おもむろにペーパードリッパーにてコーヒーを淹れてくれた。コーヒーの香りが鼻腔をくすぐる。受け皿付きのその器もおそらくどこか有名な陶芸家の作品なのであろう。渋みがかった緑がいかにもといった感じだ。

「あんたも、歩くのかい」牛野が顔を近づけじろじろ蜘蛛手をなめる。

「ああ、この感知スティックがある」蜘蛛手はスティックを握った手を少し上げた。

「僕もいますから、大丈夫です」私はすかさずフォローする。

「運動場を歩くのとはわけが違うぞ。倒れたって介抱してやれないぜ」

「は、は、は、心配は無用ですよ、牛野さん。体力には至って自信があるし、高々、一〇〇キロでしょう。それよりご自身の心配をなさっては」

と蜘蛛手が馬鹿にしたようにいったので、

「――！　どういう意味だ」牛野はその眼を剝いた。「おい、まさか……見えているのか？」と眉間にしわを寄せ、値踏みするように睨《ね》めつける。

「見えない分、耳が良くなってね。震える声で喉、顎周りに付いた皮下脂肪がだぶついているのが分かるんですよ」

牛野はしばし唸るような声を上げていたが、

「ふん、もともとダイエットで始めたものだからな」

他者の外見には無遠慮に視線をめぐらし、思ったことを口にするが、自らが同じことをやられると途端に不機嫌になるタイプの男だった。

「皆さん、まだ人生これからですから、お互いお体には気を遣った方がよろしいですよ」

宇佐美が口に手を添え、微笑む。ミキと同じ五〇歳のはずだが、五歳、いや一〇歳くらい若くみえる。

「お代わりをもらえないかな」

早田が正座をしたままカップを差し出す。捲られたワークシャツからはたくましい前腕が覗く。気づかれない程度に観察してみると、肌艶も良い。頭部に惑わされがちだが、見た目より若い。後で聞いたところによると五一歳だった。

「牛野さんもいかがかしら？」

女将は牛野にもコーヒーを勧めたが、牛野は差し出された盆を手で払いのけ、

「今日の豆は、コロンビア産だろ。俺はインド産が好きなんだ」

とすでに空になっていたカップを乱暴に置いた。

（お代わりが欲しかったから、空のカップを握りしめていたんじゃないんですかね）

私は口元を手で隠しながらミキに囁いた。


「それで、今回の塩の道——千国街道はいったい何キロあるのですか」

ミキが誰にともなく訊ねる。

「約一二〇キロね」

宇佐美がドリッパーに湯を差しながら答える。

「そんなにあったの？」知らなかったとばかりに目を見開く。長いまつげが躍る。

「ええ」

「そうだったっけ？　何だかアキにいいくるめられた感じがしないでもないな」

「だめよ。知らないとはいわせないわよ。この質問は、覚えているだけで三回目だからね」

宇佐美晃子と水上ミキは松本市で育ち、高校まで同じ学校に通っていた幼馴染だった。当時から親しくしていたが、ミキがデビューしてから、お忍びで帰省したとき、世話を焼いたのがきっかけで、さらにどんどん親しくなっていった。忙しすぎてストレスにさいなまれるミキの話し相手になったの

が、ほかならぬ宇佐美晃子なのだ。

今回の『塩の道、千国街道一二〇キロ歴史ウォーキング』は松本市の北に位置する大町市主催で、一五〇〇組がエントリーしている。大町市生まれの宇佐美は開催実行役員のひとりなのだ。今回で二〇回目を数えるが、ここ数年は宣伝不足のせいか、昨今のウォーキングブームでありながら、参加者が減る一方で、開催すら危ぶまれた。そこで目玉として水上ミキの参加が画策されたのだ。宇佐美はそのために役員として加わることになったとさえいわれている。

そして、第二〇回記念大会に参加するべく集った、晃子と所縁のある面々は、キューブハウスに前泊し、明日に備えることになったのである。宇佐美は一〇年以上も前から、こういった全国のウォーキング大会に参加していた。早田や牛野とは五年前に、四国佐田岬半島の突端までの一〇〇キロを、徹夜で歩ききってからの知り合いだ。この時の牛野は今より三〇キロも痩せていたらしい。

一〇〇キロもの距離を、夜を徹して歩き切るということは、かなり過酷な運動で、参加者の半数は途中でリタイアする。逆に歩き切った者たちの間には特別な達成感と連帯感が生まれるようで、以降も全国のウォーキング大会で再会することになるのだ。その結果、宇佐美を中心に旧知の仲間が集い、こうしてウォーキングを楽しんでいるというわけだ。

「今回は前より少し長いんだね」

早田は正座を崩さず、両手でカップを握りしめるように持つ。

「そうですね。でも、雨が降らないだけましだと思いますよ」

去年、過酷な環境下で歩き切った、愛知県の『半島めぐりの旅一〇〇キロウォーク』のことをいっているのだ。

「そうだ、台風××号だ。あれの影響で散々だった。あんな日は即中止にすべきだ」

牛野は火箸で炭を引っ掻きまわす。灰が舞い上がる。

「とにかく去年は迷走台風が多かった。上陸するのが間違いないのなら中止すべきなんだ。事故があってからでは遅すぎる。ところが一五〇〇〇円も参加料をふんだくっているから、今更中止できないんだ、主催者は。あれも一四〇〇人が事前受付を済ませている。ということは、一四〇〇人掛ける一五〇〇〇円で二一〇〇万円だ。スタッフは二〇人程度だし、スタートとゴールは運動公園だから使用料もしれている。道中に配置されたガードマンは外注なので一番経費が掛かっているかもしれないが、もともと彼らの単価は低い。残業代込みで一五〇〇〇円も払えば十分。それがやはり三〇人程度で四五万円の出費だ。消耗品はゼッケン程度だし、広告宣伝費等どう計算してみたって、ぼろい商売だよ」

牛野が恨み節をたたみかける。

「でも、途中のトイレや休憩などに、道中のコンビニやスーパーや個人商店などを利用させてもらっている。そういった迷惑料というか、目に見えない経費もかかるものではないか」

早田が疑問を呈する。

「ふふん」と牛野ははなを鳴らし、「逆だよ。コンビニや商店で大勢が飲食するんだ。金を落としてくれる客なんだよ、我々ウォーカーは。トイレぐらいただで提供して当たり前さ。もっといえば、わざわざ自分の店がある通りを歩いてもらうよう働きかけてもいる。だからそこで経費なんかかからな

い。逆だよ。ふんっ」ともう一度はなを鳴らすと、

「それに、チャリティーも兼ねていると謳っているが、果たして、どうだか怪しいものだ。それとも何のチャリティーなのか、知っているのか」

　早田は、困ったように首を振る。

「今回は大町市が主催ですし、私も実行委員のひとりです。皆さんの参加費を使途不明なことに使ったりしませんよ」

「そ、それは分かっているよ。それに費用は一万円を切っているし……。だから、去年のやつがおかしいって、いっているだけだ」

　宇佐美に責められると途端にしおらしくなる牛野だった。

「それよりも、貴女が一緒に行けないのが、残念だ。本当に無理なのですか」早田が問う。

「ええ、ごめんなさい。私の代わりは、浜崎が皆さんの道案内をさせていただきますから」

「いや、そういうことでは……」

　貴女がいなければ意味がないんだよ、という言葉でも呑み込んだか、早田は渋面を作ってみせた。予期せぬ宇佐美の不参加を早田以外の面子は誰も知らなかったらしく、みな一様に驚いた顔をしていた。

「アキ、どこか、具合が悪いわけではないよね」

　水上が口を開く。

「ええ、本当にのっぴきならない急用ができまして――。実は、母が糸魚川《いといがわ》の病院に入院しているの

ですが、少し調子が悪く――。今夜にはここを発たなくてはならなくなったのです。危篤とか、そういった大げさなものではないのですが、高齢で気が弱っているもので――。本当にごめんなさい。その代わりではありませんが、浜崎が皆さんのお世話はちゃんとさせていただきますから、何も心配なさらないでください」

宇佐美はそういって、何度も頭を下げる。

「そういうことじゃないですよ。あなたがいないんじゃ……」

早田はまた何かをいいかけたが、口をつぐんだ。表情も姿勢も崩すことがない。

「まあ、まあ、仕方ないじゃないですか。決まったことなら。その代わり今回は新しい仲間が増えたんだから」

牛野がそういって私と蜘蛛手を交互に見やった。

九　晩餐前

宇佐美家がいまでも中信地区を代表する名家であることに異論はないが、九条家ほど劇的ではないにしろ、宇佐美家もやはり衰退の一途を辿っていた。ところが晃子の両親が亡くなったとき、旅館と松本市内のマンションのように、地価の下がらない不動産だけに絞って、それ以外のすべての不良債権を処理したことが功を奏した。そういった先見の明と決断力が晃子には備わっていたのだ。その旅館というのが、松本城を眼下に見渡せる笙燃館である。宇佐美晃子は、そこの女将だ。

松本城を眺めながら、全室異なる種類の信楽焼の浴槽に浸かることのできる露天風呂付き客室で有名な宿だ。三年先まで予約で埋まっていると聞いた。宿泊料も破格で最安価でも一泊五万円は下らない。私なんかが一生泊まることはない。

晃子の行動範囲は広い。日本各地に出かける精力的な女性だ。初めて会った際、どうしてそんなに出かけるのかと訊ねてみたが、じっとしていられない性分なのですと笑っていた。

宿泊客をもてなし、懇意になり、その顧客に招待される形で、いろいろなパーティー等に参加しては、さらに顔を売り、リピーターや新規顧客を開拓していく。そうやって売り続けなければ、古いだけの旅館なんて、すぐ寂れてしまうとは彼女の言葉だ。

早田が新しい創傷被覆材の開発で学会賞を受賞すれば、その受賞パーティーに出席したり、牛野が昇進すれば、やはりお祝いに駆けつけたり、水上に至っては誕生パーティーを開催したりと、かなり忙しいようだ。そういった行為が、新しい客を連れてくるものなのだ。

老舗旅館の女将とは、銀座のやり手のホステスと同じなのだ。全国のウォーキング大会に参加するのも、そういった営業の一環なのかもしれない。

「さあさ、人心地つきましたら、ゲストルームにご案内させていただきます。粗末な部屋ですが、お食事までの間、荷物を解いてお休みください。ご用意でき次第、お声がけいたします」

「お食事は、この囲炉裏端にご用意させていただきます」

女将の背後から、いつの間にか姿を現していた、浜崎と名乗る陰気な男が猫背を一層かがめながら、いった。本人はお辞儀のつもりらしいが。


集った来客たちは、裏庭を抜け、螺旋階段のあるキューブハウスに向かった。

四階が水上ミキ、三階が牛野勉、二階が早田独、そして一階が蜘蛛手と私だった。

「水上ミキ、牛野勉、早田独、そして宇佐美晃子もみんなセレブだ。何が楽しくて夜通し歩くなんてことをするのか、金持ちの趣味嗜好は理解できない。贅を尽くしたから他にすることがなくなってしまったんだろうな」

蜘蛛手は荷物を解くこともままならず、ベッドに横になった。

「杖を離したらどうだい」私はいった。

「感知スティックのことか」

「そう、そのスティックのことだよ。蜘蛛さん」

「君は目の不自由な人の気持ちすら推し量れない了見の狭い人間なんだな」

「狭い部屋で振り回されたりしたら危ないじゃないか」

蜘蛛手はベッドの上で片腕を頭の後ろに回し、

「暗闇のなかで生きる孤独な人間には、この感知スティックが命を繋ぐ剣《つるぎ》なのさ」

そういって杖を私の鼻先で振り回す。

「牛野もいっていたけど、本当は見えているんじゃないだろうね」

私は思いっきり口を歪めて、不快感を表してみせた。

「君まで疑っているのか。嘆かわしいね。信頼関係が築けないと共同経営者とはいえないぜ。ま、それはおいといて、正直にいえば、人影があるのは分かっている。それが誰かまでは、認識できないのが現状だ。まあ、あと数日すれば、感知スティックもいらなくなるだろう」どうやら相手の表情まで、見えていないのは本当のようだ。

「でも、どうして、僕が先に買ってきたスポーツスティックを使おうとしなかったの」

高価な出費だったが、蜘蛛手のためならばと、プレゼントしたのだが、爺《じじい》のウォーキングじゃないと受け取りを拒否された。

「あれでは、いざというとき身を守れない」

いざというときなどやってこないよ、座頭市じゃあるまいし、といおうとしたが、やめた。不毛なやり取りが予測できたからだ。

「それよりも、みんなといるときは目が見えないふりをしているんじゃ、なかったっけ。あんなに大胆に動けば逆に怪しまれる」

そう打ち合わせたはずだ。事前に宇佐美にも伝えてあったのだ。目の不自由な師を同伴してもいいかと。

「分かっていないな。あれこそが、目の不自由な人が行う、自然な行為だ」

私は目を細め、軽く首を振った。だが、蜘蛛手には見えていないことを悟ると、やや声高に、

「もう少し、大げさな身振り手振りをしたって良かっただろう。あれならサングラスを外していた方がまだましだ。僕に手を取られるのが嫌だからって、あそこでは素直に従うべきだ」

蜘蛛手は私に先導されることを極端に嫌う。プライドが許さないのだ。道案内をするときも、自分より先を歩くなと小うるさい。だから、歩道の縁石で躓く。そして躓いたぐらいでは、私を先に行かせないのだ。

「君の和紙を使用した工芸作家よりもましだ。観光客相手の体験程度で、よくも、あんなことを恥ずかしげもなくいえたな。つっこんだ質問されたら、何も答えられないくせに」

「それをいうなら、蜘蛛さんの板金を使ったオブジェなんて——」

「いったのは君だ。それに僕は本当に芸術に没頭している」

だからいけないのだ。暇だから、仕事がないから、そんな芸術ごっこに翻弄されるんだ。

「今日ここに来ることが分かっているのに、なぜ、防護眼鏡もかけないで溶接なんかしたんだよ。六年前の未解決事件を解明するために現地確認に来たんだろ。一年もの時間をかけて準備したのに。本

末転倒だよ」

　蜘蛛手はスティックで私を指し、

「嘘はいけないな。結果が出てから、自分は知っていましたと安全地帯に逃げ込むのは。溶接火花を直に見つめると角膜に傷がついて目が開け辛くなるなんて、君も知らなかったはずだ。もちろん僕もだ。まさか、こんなに痛いとはな」

　少しかわいそうに思えた。昨日も同じ話をしたのだ。それを思い出して、私たちは笑い出した。

「大座敷の様子は、撮っておいたよ。後で見られるように」

「ああ、分かっている。やたらとデジカメを取り出しては、記念なんで、って、カメラ小僧もどきを演じていたのは評価するよ」

　少しは私の努力を認めてくれているらしい。


「早田独ってのは、名前のとおり、独身なんだろうな」

「いかにも堅物って感じだったね。髪の毛は薄いけど、筋肉質で締まった体をしていたよ」

「牛野の方は妻子持ちだろう、きっと。女将相手に不倫でも企んでいるのか」

　見た目で判断すべきではないだろうが、その予測はおそらく当たっている。早田、牛野、ふたりとも宇佐美に恋心を抱いているのだ。

　蜘蛛手はベッドから起き上がると、コースターを重ねたような扇子を拡げ扇ぎ始めた。暑ければコートを脱げばいいのにと思うのだが。

「コートを脱いだらどうだい。蜘蛛さん」

「熱いのは顔だけだ。元々寒がりなのは知っているだろう」

そういえばそうだった。アーク溶接の火花は、皮膚にも火傷を負わせているのだ。

「それより、キューブハウスの様子を説明しようか」

「ああ、是非そうしてくれ」

私は蜘蛛手の目となって室内の様子を説明し、続けて、外に出て外観の特徴を説明する。

蜘蛛手は左手をキューブハウスの外壁に沿わせ反時計回りに歩いていった。その傍を私は心配そうについて歩く。見ると、蜘蛛手の額にはうっすらと汗がにじんでいて、扇子を激しく動かしている。

「その変な扇子を見たから、和紙を用いた工芸作家って、口をついて出たんだよ」

「ん？」

蜘蛛手は扇ぐ手を止め、扇子を見やる。いや、見えていないのだから、見る振りだ。

それは小さな方形の厚紙を数枚重ねたもので、一隅にある紙製の軸を押さえ、回すように拡げると、簡易な扇子が出来上がる。折りたためば数枚の紙の厚さしかないので、書類と一緒にバッグに入れても嵩張らないというのが売りの代物だ。

「西急ハンズで買った優れものだぞ」と自慢げだ。

蜘蛛手はこの手の珍品に目がないのだ。

一〇　百白池　九月二二日　一六時過ぎ

　私は、夕食まで時間があるので、蜘蛛手を残し、ひとりキューブハウスの北側にある百白池まで足を延ばすことにした。獣道と見まがうほどの小径に入って一分も歩くと辺りはすでに色づいた木々に囲まれる。振り返っていま来た径の方に目をやるが、どっぷりと木々に覆われ、その径さえ森に溶け込んでいる。日没後にひとりで歩いたとしたなら、間違いなく迷子になってしまうことだろう。蜘蛛手の気持ちが分からなくもない。人は光を奪われるだけで不安になるものなのだ。

　行く手を案じ、速くなる鼓動を感じ始めながらも、一〇分余り歩くとやがて視界が開け、水の流れる音と風を感じた後、細長いひょうたんのような形をした池の端にたどり着いた。

　ホッとする自分がいる。

　百白池は北アルプスからの雪解け水が湧水として流入していて、犀川《さいがわ》の支流である清流薫川へと流れ込んでいる。見るからに冷たそうな水が、勢いよく流れていて、透明度はこの上なく高い。

　池の縁に沿ってさらに歩くと、右手に少し開けたところがあって、ベンチが設えられてあった。そのベンチにひとり老齢の女性らしき人物が座っていて、池に向かってイーゼルをおき写生していた。性別がよく分からないのは、その服装――白地に赤ドットのフリル付きワンピースと水色のスパッツ、しかもところどころほつれと汚れが目立つ――と、猛禽類のような目つきに鷲鼻、深く刻まれた無数の顔のしわが識別を困難にしているからだ。

私はその人物の視界に入らないところの係留デッキで足を止め、池に視線を移した。小さなボートが浮かんでいる。誰も乗らなくなって数年は経っているのが一目瞭然で、ボートのなかには苔が生えていた。

デッキの先端まで足を進め、手すり越しに水面を眺める。透明度が高く、水面に浮かぶ落ち葉が宙に浮いているように見えた。水深は浅く、池底の水草の揺らめきや、そこから顔を出している川魚の目の動きさえ見て取れた。

私は今回の依頼には何か因縁めいたものを感じていた。六年前に起きた雪密室事件、五年前の大座敷首吊り死事件、どちらも未解決のままだ。それぞれ事故、自殺へと警察の捜査は傾きかけているが、五年以上時間をかけても結論に至らなかったというのは、不可能犯罪であるとの証しでもある。特に首吊り死に関しては、他殺で間違いないと思っている。理由はいろいろあるが、ワイヤーロープを自殺に使う心理が分からない。いやありえない。だから、蜘蛛手と一緒にここへやってきたのだ。目の見えない蜘蛛手の代わりにここの状況を正確に伝えれば、密室事件は解明されると信じている。

だから、川崎警部兄弟から今回の仕事を遠回しに依頼（？）されたときは驚いた。狂喜乱舞したといってもいい。ハロウィンとクリスマスとバレンタインが一緒に来たぐらいの感覚だ。普段クールを装っている蜘蛛手もかなり興奮していたと思う。今日ここに至るまでに何度も川崎兄弟と会合を重ねた。しくじるわけにはいかない。非公式であるだけになおさらだ。

「おいっ、お前っ」

いきなりだったので、驚くと同時にその場で飛び上がっていた。見ると絵を描いていた老婆だった。いつの間にか背後をとられていた。

「この先に行くのか」手に持っている白い絵筆のようなもので池の東を指す。

「――い、いえ、……というか、まだ決めていませんけど」

突然、ひっ、ひっ、と笑うと「行くな。行くな。行かん方がえぇ」また、ひっ、ひっ、と唾を飛ばして笑う。前歯がごっそり欠けている。

乱暴な言葉使いと、ひきつった喋り方、そして甲高いだみ声、性別だけでなく、得体が知れない。分からないが故にふつふつと不安が萌芽する。

「な、なぜですか」(誰ですかと訊けない)

「クマが出る。人喰いグマが出るんじゃ」白く長い絵筆を目の前で振り回し始める。

「こんなところに、……ですか」(誰ですかと訊けない)

「馬鹿、馬鹿、馬鹿たれ。嘘じゃない。数年前に小娘たちが噂していた与太話とは違うっ。人喰いグマが出るんじゃ」

「……ですが、本州にはツキノワグマしか――」ヒグマならともかく、ツキノワグマが人を襲うなんて、ありはしない。

「ひっ、ひっ、愚かだから、喰われるんじゃ。嘘じゃない。先月もおなごが喰われてしもうた。骨も残らんほどにな」

「ば、馬鹿な」(誰ですかと訊けない)

老婆はきーっと奇声を放ち、白い絵筆を十字を描くように高速で振り回し、さらに詰め寄ってきた。襲われると思い、顔を背け両手でブロックすると、急に静かになった。恐る恐る目を開けて見ると、そこにはすでに老婆の姿はなかった。消えてしまったのだ。きょろきょろ辺りを見渡すが、気配さえない。残されたイーゼルがあるので幻を見ていたわけではない。

近寄って覗いてみると、真っ黒なキャンバスに赤く途切れがちな細い線がランダムに引かれている絵——といえるかどうか分からないが——だった。先の尖った棒に赤絵の具を付けて、むやみに描いたような代物だ。

その時ふと思った。あの白い絵筆はわずかに湾曲していた。そして先端は鋭く尖って見えた。あれは絵筆ではなく、何かの骨だったのではないか。人間の指の骨を数本つなぎ合わせたようなものだったのではないか。——なぜかそう確信した。

気味が悪くなって、百白荘へ戻ろうと再び森に足を踏み入れた途端、

落ち葉を踏みつける音がした。まさか、クマが——⁉

牛野だった。クマでなく牛だったので少しホッとする。

こちらに気づいているはずなのに、わざと辺りをきょろきょろ見回しながら、ポケットに深く手を突っ込んで、落ち葉で敷き詰められた小径をやってくる。すり足で歩くから落ち葉が舞い上がる。木の根のようなわずかな突起でもあったら、転倒するだろうなと思いながら、私は目の端にその姿をおいた。

「散歩ですか」

「そんなことより、何をそんなに驚いているんだ」

「いえ、あまりにも静かなところで、物音がしたもので」

「ふっふ、芸術家だったよな。何をしているのか知らないが、些末なことで驚いていたんじゃ、世間には通用しないぜ。なあ宮村君」

何がいいたいのか分からないが、大きなお世話だ。

「牛野さんは、建機リース会社の、たしか社長さん？　でしたよね」

すっとぼけて話頭を変える。

「あ、……うん。まあ、まだだけどな、いずれ……そうだ」

しっかり口を開けて話すと、威厳がなくなるとでも思っているのか、ぼそぼそと籠った喋り方をする。

「最近もまた、新商品を出したみたいですね。えー、足場の、何とかいうの」

ウォーキング参加メンバーの基本情報は既に得ていた。探偵の基本だ。一昼夜を共に過ごすことを考えた場合、どこでどういう展開になるか分からないし、私たちの素性がばれないためにも、接する人間の情報はできる限り集めるものなのだ。有名な企業の幹部とかになると、ネット検索するだけである程度の情報が手に入る、真偽はともかく。便利な世の中になった。

「おっ、次世代足場のことか。よく知っているな」

牛野は興味を示した。少しホッとする。好感の持てない男とふたりっきりになったとき、会話がなくなることが一番気まずいのだ。

「ええ、私の大学時代の友人が建築関係の仕事をしているんです」

これはいつもの嘘だ。蜘蛛手と「探偵&建築事務所」を開設している以上、建築に詳しくて当然だが、深く突っ込まれると、経験値が浅いが故のほころびが出てしまうのだ。それを防ぐために身分を隠しているときは、友人が建築関係者だということにしている。

「安衛法が改正されることになってな。これからの建設業界はいままでの足場では対応できなくなってくる。おまけに日本人の平均身長はこの五〇年で一〇センチ以上も伸びているっていうのに、枠組み足場なんていうのは、昔の規格のままだ。時代を先取りしないと取り残されてしまう。少子高齢化の世の中で生産性向上を考えない企業はどんな業種であれ淘汰されていくんだ」

牛野は専門分野の特異な内容をつらつらと話し、相手に理解させることを端《はな》から考えようともしない、傲慢な態度だった。

「次世代足場より前に、特殊な足場のリースをしている会社の社長が、モデルで女優の＊＊と結婚しましたよね。あの社長さんはフェラーリに乗っていて羽振りが良かったですが、牛野さんも同じように儲かっているんでしょ」

「ん——？　は、は、は。あいつのところは今度の法改正で頭打ちになるだろうな。はっ、はっ」ともう一度乾いた笑い声を上げてから、

「まあ、でも、なんとか勝ち逃げ組のひとりにはなるだろう」

「やっぱり、うらやましいですか」

私はあえて厭らしい質問を浴びせてみる。

するとやはり牛野は口を歪め、「ストレートな訊き方をするんだな、いまどきのやつは」と顎を引き、肩をいからせた。分かりやすい反応だ。

「すみません。ひとりっ子だから甘やかされて育ったせいなんです」

少し怒らせたかなと思ったときは、すぐ謝る。この種の返しが通用するのも童顔のおかげかもしれない。

「ふん、ひとりっ子もそうだが、末っ子っていうのは、もっと、だめだな」

としみじみ発する。牛野の何の琴線に触れたのか。

「あれ、牛野さん、ご兄弟は？」

「たくさんの兄弟がいるよ。男四人兄弟だ。ガキの頃は貧乏だったからな、晩飯のおかずは兄弟で奪い合って生きてきたものさ」

「へえ、でもいまは裕福だ」

「ばーか、女優を嫁にしたり、派手なことばかりやっている会社もあるが、うちのように、堅実に細々とやっている会社だってあるんだ」

「ご謙遜を。派手にテレビコマーシャルを流しているじゃないですか」

「五年前まではな。あの頃は新しいものを開発しては、それがヒットした。自慢じゃないが、俺が開発したものも結構あるんだ」

「それで、取締役になられたのですよね」

牛野はまんざらでもないといった笑顔を返すと、

「まあな。でもここ最近はぱったりだ。次世代足場といったって、同業他社も同じような製品を開発しているし……。製品重量とか強度とか、本当はうちの商品の方が優れているんだが、価格が高くなりすぎた。ゼネコン各社への根回しにも遅れた」

牛野の会社が開発した次世代足場は、業績回復の起爆剤にはなり得なかった。他社に先行して開発にこぎつけたのはいいが、すべての足場部材を新規のものに変えなければならなかったからだ。それに比べ、他社は一部既存の材料が転用でき、汎用性が高かったのである。

「建設業界がみんな儲かっているわけじゃない。うちなんか、じり貧で自転車操業の会社になってしまった。女優と結婚したやつの会社だって、仕掛けた事業がたまたまタイミングよくはまっただけに過ぎない。奇跡なんだよ」

牛野からは、さっきまでの自信満々の態度は消え失せ、大きな体をすぼめていた。

「……だからというわけではないが、俺もそろそろ潮時だと思っている。引退して、老後はゆっくりしたいと考えている」

「ええっ、でもまだまだ、お若いじゃないですか」

勢いやまず、ブイブイいわせていると思っていたが、そうでもないようだ。

「いいんだよ。人生一〇〇年時代とかいっているやつがいるが、年金制度が破綻することと少子高齢化で人手不足になることが分かっているから、年寄りを働かせようとしている政府の口車に乗っているだけだ。これからは若いものに任せなきゃ。老兵は消え去るものさ」

と殊勝なことをいってのけた。

私は百白池をあとにした。百白荘本館へ入る前、裏庭の東屋に立寄ると、蜘蛛手がいて、コーヒーを飲みながら、ウォークマンで音楽を聴いていた。鼻歌からするとキングラスホッパーズの〈38℃〉のようだった。

牛野との会話の内容を聞かせると、

「会社が火の車ってことは本当らしい。経営陣としての座は譲り渡したみたいにうそぶいているが、実態は追い落とされたみたいだな。元々は小心者で、人間関係だけで取締役まで上り詰めた男との評判だ。部下に説教するだけで、自らのパフォーマンスは皆無という日常を過ごしている。先頭に立って問題を解決しようなどとは絶対にしないタイプだ。おまけに、下請け業者からのキックバックで小銭を稼ぐことしか頭にない。だから、大悪にも成れないどうしようもない幹部だと聞いた。会社を成長させた新商品の開発は、実際は直属の部下が行ったものらしいよ」

「すごい怨嗟のこもった情報だね。でも、どうしてそんなことが分かったの」

「ここで休んでいたら、訊きもしないのに教えてくれたよ。浜崎が」

裏口から本館に入ると、声がしたので、工作室を覗《のぞ》くと、水上ミキがいた。ついさっきまで宇佐美晃子とおしゃべりしていたようだ。

「ミキさんのベストアルバムにサインしてもらったことがあるんです。覚えてないですよね。二〇〇一年の日本武道館公演のときなんですけど。実は私、大ファンなんです、信じてください」

思わず声をかけてしまったが、最後の一言は余計だと、我ながら思った。別に誰も嘘だとはいっていないのだ。あえて強調する必要はない。ではなぜ、ことさらファンであることを強調するのかというと、それはここ七、八年のミキの人気凋落ぶりが激しいからである。飛ぶ鳥を落とす勢いだった歌姫が、いまやすっかり影をひそめてしまった。だから、ここ数年の活動を知らない。そういう後ろめたさが、「実は——信じてください」という言葉となって口をついて出てしまったのである。

「あらっ、そうなの。うれしいわ、宮村さん」

ミキは屈託なく笑みを返してくれる。

「確か松本の女鳥羽《めとば》のご出身でしたよね。そっくりな妹さんもおられたんですよね」

「よくご存じね」

「ええ、昔の雑誌の記事か何かで読んだんです。ふたり並んで写っている写真と一緒に」

「それって、ずいぶんと、古いものよ」

「はい、デビュー時からのファンです。だから、ここへ来る前に女鳥羽川沿いを散策してきたぐらいです」

「あら、そう。でもね、本当の生まれは青木村といって、もう少し北東にある田舎村なのよ。私としてはどっちでもよかったんだけど、松本の方が、響きがいいっていうんで、事務所が勝手に雑誌社に書かせたのよ。でも、多感な時期を過ごしたのは女鳥羽にいたころだから嘘ではないね」

うんうんとミキの一言一言に相槌を打ちながら、自分の感情が高ぶっていくのが分かる。大座敷では事件解決への使命感と皆の目、特に蜘蛛手の目が気になって感情を抑えていたが、いまは完全にファン心理に浸っている。

「マスコミ嫌いのミキさんでも、デビュー当時は、確かインタビューを受けていたんですよね」

「そうね、デビューしたてのころは何も知らなかったからね。でも、マスコミなんて信じちゃいけないわ。狭量的な好き嫌いで記事を捏造したりするもの」

「そういうものですか」

「言葉を切り取って、自分たちの都合、雑誌の売れ行きを考えて、新しい虚実を作り上げるのよ。だから、絶対抵抗しないのが一番。でもそれだけじゃあ腹立たしいから、協力もしない、一切ね」そういってからからと笑う。

かなりマスコミに対し深い恨みがあるように、私には思えた。それが何に起因するものなのかは知り得ないが、おそらく結婚に関するものだと推察する。その昔、音楽関係者と結婚するも、格差結婚ですぐに離婚するだろうといわれた。そして事実となった。

話題を転じた方がよさそうだ。

インタビューでは何でも欲しがる妹がいるといって笑顔で迷惑がっていた。たしか、ミキに続いてデビューするとかいう噂もあったはずだが、

「妹さんがデビューするというお話が、あったと思うんですが？」

ミキは鼻頭に思いっきりしわを寄せ、

「すぐに立ち消えたわ。駄目よ、なんでも二番煎じは。実力をつけなければどんな世界でも通用しない。特に女ひとりで生きようと思ったら、大変なんだから。こうみえて私はかなり努力しているのよ。

そうはみえないかもしれないけど」

「ええ、知っています、知っていますとも。独学でギターを学び、作詞作曲の力を身につけ、路上ライブは年間二〇〇回にも及んだって。それでスカウトされた」

「宮村さん、もういいわよ、それぐらいにして。恥ずかしいから」といいながら、ふふ、と笑うと、

「でも、そこまで昔のことを覚えてくれているって、まんざらでもないけどね」

「あ、はい、ごめんなさい」

私は、辺りを憚って見回す。蜘蛛手に、憧れの芸能人に会って、舞い上がっている姿を見られでもしたら、この先、何とからかわれるか。

「宇佐美さんとはどういう御関係なのですか」

「簡単よ。幼馴染なのよ。小学校から高校まで一緒だったの」

「女将さんっていまでもすごい美人じゃないですか。若いころはきっともてていたんでしょうね。それに、同じ高校にミキさんもいたのなら、毎日、大変な騒ぎだったのでしょう?」

「そんなことはないわ。私の場合はギターオタクだったし、アキもホッケーやってたからね。しかもアイスじゃなく草の方ね。だから全身アザだらけで全く色気もなかった」

「そうなんですか。知らなかった。だとすると全然接点がないですね」

「そうよ、学生時代は特に仲がいいわけではなかったのよ。ただ、お互い、知っているな、っていう程度。アキと仲が良かったのはどちらかというと妹の方ね。昔の同級生なんかも勘違いして記憶しているみたい」

「でも、あの女将が、ホッケーですか。なんか、想像できないですね」

私は腕を組んで天井を見上げた。

「でしょ。でも性格は男前だよ。ハ、ハ、ハ」

ミキは豪快に笑う。真っ白な歯が輝く。ミキも男前である。

「ところで、どうして街道ウォーキングなんかに参加しようと思ったのですか」

「幼馴染の頼みを断るわけにはいかないでしょ。今回の企画に参加してくれるだけでいいっていうしさ。デビューして間もないころ、忙しすぎて行方不明になったことあったでしょう。そのとき、かくまってくれたのが、彼女なの。昔の旦那とのデートにもよく協力してくれたわ」

「そうだったんですか。でも、街道ウォーキングに参加するなんて知れれば、マスコミは黙っていないでしょう」

「だから、一度は断ったの。それだけはできないって。すると今度は秘密にするから――。その代わり後日、水上ミキも参加していたのだとの情報を公開させてほしいという条件を出してきたわけ」

「それによって、来年も出てくるかもしれないという宣伝になるわけですね。すると参加者が増えて大会運営も安泰――でも、それって」

「詐欺とかいわないでね。ひょっとしたら来年も本当に出るかもしれないし、出ないかもしれない。それに、こういうのって私、結構好きなのよ。知っているでしょ」

確かにミキはダンスもやっていて、ストイックなほど自分を追い込むトレーニングで評判だった。

「キャップにサングラスを着ければ、ばれっこない、まさかあの水上ミキが参加しているとは誰も思わないから――そこまでいわれりゃ断れないでしょ」

「でも、早田さんや牛野さんからミキさんが参加することが漏れないですか」

「大丈夫よ。彼らはアキの頼みなら、何でもいうことをきくから」と、ふ、ふ、と笑い、

「それに私は二〇キロほどでリタイアしてもよいという条件での参加なの」

「えっ、そうなんですか。でも、そういうこと、あまりいわないほうがいいですよ」

私は顔の前で腕をクロスさせ、

（わたくし、宮村達也はすべて了解していますから、何も気にしないでください）

といわんばかりに大きくうなずいてみせた。

二　水上の独白

幼いころは私の方が可愛がられていた。クマのぬいぐるみ、フリルのついた赤いワンピース、ピンクの長靴、花模様の筆箱、全部私だけに与えられたものだ。それがいつからだろう、確か兄が長期入院から帰ってきたころが転機ではないだろうか、私への待遇は変わってしまった。両親の愛情はすべて兄が持っていった。本来私に買い与えられるべきだったものはすべて兄が持っていく。新しいブレザー、新しいランドセル、新しい雨傘、すべてが兄だけに新調される。

決して私には何も与えられないというわけではない。愛する母の名誉のためにも訂正しておかなければならない。兄が病院から退院してからも、私にも同様に物だけは与えられた。お兄ちゃんだけずるいと泣き叫び、年なんか違わないのに、差別をするなと汚い言葉で罵った記憶がある。その結果として、物だけは平等に与えられるようになった。

それでも「お兄ちゃんのものが欲しい」といつも、いつも訴えていた。

母は同じもの、あるいはそれ以上のものを与えているというのだが、明らかに差があった。品質、デザインあるいは価格だとかの優劣上下のことをいっているのではない。

何がどう違うのか、子供の言葉ではいい表せなかったが、いまならいえる。それは笑顔の量だ。そこに上乗せされる愛情量が明らかに違ったのだ。表層ではなく心の奥から湧き出る本当の笑顔の量が。

仮に私の着ているセーターが、兄のそれより高価であるとしても（母はときどき値札のついたままの洋服をふたつ買ってきては、あえて安い方を兄に与え、高い方を私に与えたりしたものなのだ）、私は許せなかった。私は自分のセーターを脱ぎ捨て、びりびりに破き、兄のセーターが欲しいと泣き叫んだ。兄が着ているセーターを奪い取ろうと引っ張った。しかし兄は冷静だった。自ら脱ぎ、私に渡すのだった。

それがまた私を刺激した。そもそもなぜ、先に兄に与えるのか。私に選択させないのか。どちらかといえば、私は父子で兄は母子だったのかもしれない。男親は娘を大事にしてくれるというが、女の子は母親に懐く。仕事でほとんど家にいない父親より、母親に気遣ってほしいものだ。ましてや男は女の感情に疎い。理解できずにあたふたするだけなのだ。

「あなたは、パパに愛されているからね」

と母からいわれるたびに、

「だから、母には愛されていないんだ」

といわれているようで、無性に腹が立った。

小学校を卒業し中学生になっても、兄――アイツのものを欲しがった。腕時計、革靴、携帯、すべてが欲しかった。ギターだってそうだ。同じものを買ってもらっていても、アイツが持っているものの方が高価にみえた。価値があるように思えた。

それは高校生になっても変わらなかった。いや、感情を表に出さなくなった分、深く闇に根差すようになっていった。周囲からは落ち着いたようにみえて、安心したことだろう。

高校卒業後は知ってのとおり、渡航した。日本にいて大学に通うという選択肢は、私にはなかった。早く仕事がしたかったし、するなら小さな日本ではなく、最初から海外で、と考えていた。母と口を利かなくなる高校入学当時から考えていたことを実行に移したのだ。

ギターひとつ持って日本を離れた。初めての海外生活だったが、ニューヨークでの生活は新鮮で、すぐに友人もでき、気づけば五年が過ぎていた。その間に結婚もした。夫は堅実な銀行マンだった。

仕事の成功と離れて暮らしたことで、家族間の微妙な関係も次第に変容していった。些末なことに過敏に反応していただけだったのかもしれないと思えるようになったのだ。

久しぶりに帰省を考えていたある日のことだった。クリスマスを翌週に控えた、初雪の降る夜、夫が死んだ。暴漢に襲われたのだ。車が故障して、立ち往生しているときにチャイニーズマフィアに襲われ、命を落とした。抵抗を試みた結果だと警官はいった。まだ、四〇歳だった。

心の傷を癒そうと、ニューヨークを離れ、故郷、日本の地を踏んだ。母親の愛に飢えていたのだ。これまで諦めていた、抑えていた感情が、伴侶の死をきっかけに、急激に膨張し爆発寸前まで膨らんだのだった。ところが偶然とは重なるもので、アイツも同様に伴侶を失っていたのだ。首吊り自殺らしい。

そんなことも知らず、帰国した私を待っていたのは、アイツの悲しみだけを癒す母の姿だった。

アイツは、高校生のころからバンド活動をやっていた。過激な内容の楽曲を得意としていることもあって、両親は許さなかったが、学生時代の戯れで、卒業すれば自然と落ち着くだろうと予測していた。現に、アイツは、見た目は地味で、髪は長髪を後ろで無造作に束ねているだけだったし、服装も黒を基調に、まるで幼稚園の面接に同伴する父兄のようだった。だがそれは偽りの姿で、ただただ厳格な両親を刺激しないように隠していただけなのだ。

バンドのキーボードと付き合い始めたのもこのころだ。挨拶もろくにできないやつで、一度だけ家に連れてきたことがある。付き合うことに対して両親は当然反対で、別れることを勧めた。耳以外の顔面にまでピアスを入れた輩を、首筋の爬虫類のタトゥーを隠そうともしない輩を、家に連れてくる感覚がどうかしている。反対されるのは火を見るよりも明らかだった。

ところがアイツは親の反対を受け入れた。別れると約束したのだ。バンドまで辞めると断言した。だが、それは嘘だった。

別れると約束した後も付き合いは続き、週末は隠れてバンド活動にいそしんでいた。そのバンドも、見るからに変貌を遂げた。反戦や政治ネタ、あるいは何をいいたいのか分からない歌詞、少なくとも色恋とはかけ離れた歌を歌うグループになった。それをひた隠すためにアイツはまじめな学生を演じていたのだった。卒業後も関係は続いた。

そういったことがばれたときもアイツは悪びれなかった。しかも結婚するとまでいい出したのだ。バンドのあのピアスと。両親は大反対したが、そのときすでに妊娠していた。

ふたりは勘当を覚悟で、両親に申し入れた。それでも両親は許さなかった。母は狂ったようにわめき叫んだ。やがてアイツは家を出て行った。バンドは鳴かず飛ばずで、音信は途切れた。月日が流れ、バンドは解散した。原因は知らない。幸いにも子供はいなかったようだ。妊娠したというのは、結婚の許しを得るための狂言だったのだ。

そのピアスがなぜ自殺したのか知らない。知る由もない。

そんなアイツに、母は未だ構うのだ。母を裏切り続けたアイツなのに、母はまだアイツを包み込むのだ。


五年ぶりの帰郷も、母との和解、そして抱擁……といった、期待していた展開にはならなかった。アイツのことで涙する母と殆ど話をすることはなく、一週間の滞在もただ悲しみを倍にしてニューヨークへ戻る羽目になった。

夫との思い出のあるアパートメントを引き払ったとき、今度は私の妊娠が発覚した。ところが、疲れが溜まっていたせいで、体調を崩し、流産してしまった。もう少し早く体調の変化に気づいていれば、助かった可能性があったとは、あとで聞いたドクターからの言葉だ。何度も気をつけるようにとアドバイスしていたといったが、慣れない上に、事務的に早口で語られる英語が、日本人である私に理解できるはずもなかろう。そういうところの気配りが、アメリカ人には欠けているのだ。このときから仕事もうまくいかなくなった。わずか数か月休んだだけだったのに。

私は重なる不幸を嘆いた。こんなとき、母が傍にいてくれたら、流産しなくても済んだのかもしれなかった。夫に先立たれ、初産で、他に頼るべき身内もいない異国の地では、体調の変化に気づかないのだ。気づいてもどうしようもないのだ。

あれからずいぶん時間も経った。時が過ぎればすべては忘却の彼方だとか、すべては良い思い出に変わるとかいうけれど、それは全部嘘だ。何年、何十年経とうと、厭なものは厭だ。憎いものはやはり憎いままなのだ。これは変わらない。変えようがないのだ。

だから、私はここで、人生をリセットする。不運に恵まれた人生をすべてきれいさっぱり捨て去り、いまここでやり直したいのだ。すべてを浄化して生まれ変わりたいのだ。私ももう五〇歳。あわただしい人生を送ってきた。別の人生を送ってみたいのだ。悪いものをすべて切り落として、違う人生を送りたい。

父親は一昨年すい臓がんで亡くなった。発見されたときは末期だった。すでに余命半年を切っていて、母はそのときのショックからか鬱を発症し、いまは特養に入居している。認知症もあり、自分の娘のことも分からなくなりつつある。アイツは自分勝手な生活を送り、費用こそ負担はするが、面会にも来ない。


多くを望みはしない。華やかな世界は必要ない。あんなものに価値はない。いまはただ、ひとりで、私のことを誰も知らないところで新しい人生を穏やかに過ごしたい。高層ビルのネオンも、おしゃれなカフェも、ネイルサロンも必要ない。ただ静かに暮らしたいだけだ。

年老いた母を引き取って静かに暮らしたいのだ。しかし恥を忍んで正直にいおう。私にはその財力がない。流産後、すべてのことがうまくいかなくなったのだ。うまくいっているようにみせかけているだけなのだ。

（直筆サイン）……『水上』

二　晩餐――本館二階大座敷　囲炉裏端

一八時。本館二階の大座敷には、ミキや早田、牛野もすでに姿を現して、囲炉裏端に陣取っていた。先ほどと同じ配置で座っていた。

囲炉裏を囲う板縁上には、見るからに新しい白木のテーブルが組み込まれていて、これなら、囲炉裏を囲みながら、ゆったり食事ができる。

晩餐の用意は整っていて、前菜は既に配膳されていた。宇佐美の姿は見当たらない。

改めて天井を見上げると、小屋裏がむき出しで、棟や桁方向の木梁や屋根を造る母屋材などが、武骨に組み込まれ、炭に燻《いぶ》され黒ずみ、古《いにしえ》を偲ばせる雰囲気を醸し出している。その梁から和紙で作られた照明器具がアトランダムに配置され、冷たい感じのする蛍光白色と違って、室内全体を黄金色にぼうっと浮かび上がらせる。明かりの色と照度が自動調光されているようで、古いもののようにみせて、実は新しい技術がさりげなく導入されている。

内壁を見ると、真新しい杉板の一等材で全体が占められている。木の香りの源はこれなのだ。窓は一見すると木枠のようだが実はアルミで、木目のシートが巻かれてあるので、部屋全体の和風感は損なわれていない。気密性や断熱性、また耐久性、耐候性を考慮に入れると、最良の選択だと思える。そのサッシの外側に同じ木目のシートを巻いたアルミ製竪格子を設置してあるので、防犯性も申し分ない。

建物自体は築五〇年越えの古いものであるが、あちこち手入れされていて、丁寧に使われていることがうかがえる。それは一階の店舗や喫茶室にもいえることであった。

私はカメラを取り出して室内の様子を口述しながら撮影する。もちろん目の見えない蜘蛛手に説明するためだ。天井の写真なんかこういうときにしか撮れない。

「写真なら後でいくらでも撮れるだろ。早く座ろう」

蜘蛛手に促され、腰を下ろす。このあたりが潮時だということだ。

「随分と気に入ったようだな」

部屋に入ってから、ずっと室内を見回している私に、牛野が食前酒を一飲みしていう。

「こういった和風建築は、作品を造るうえで参考になるのです」

そう、私は工芸作家という設定なのだ。汁物の椀を両手で持ったまま、屋根裏を見上げ、もう一度眺め回す。

「いい心がけだな」

牛野はなぜか上から目線だ。何をもってして「いい」のか？

「建物って、使う人の感性や性質が反映されますよね。ということは女将さんの感性と結構相通じるものがあるかな」

「ふん、知った風なことを——。この百白荘は、元は他人——九条家の物だ。女将が建てたのはキューブハウスの方だ」

宇佐美晃子のことをからめると牛野は分かりやすい反応をする。牛野も百白荘に関することの経緯を知っていたようで、知らなかったのは早田だけだった。だから、えっ、と箸を止めた早田に、ミキが話して聞かせる。

「百白荘といわれるのは百白池があるからですが、この本館を建てたのが九条家です。中信の名士といえば九条の方で、宇佐美家はいつも二番手に甘んじていました。二番手といっても九条とはかなり開きがあって、華族の出身というだけで長く続いていたといってもいいでしょう。今日のように宇佐美を有名にしたのはすべて晃子の力、彼女一代で大きくしたのです。元々宇佐美家は女系の家系で、晃子の親の代もわけあって母子家庭だったんです。幼い頃はかなり苦労したようです。私もそうですけど」と眼差しを虚空に止め、

「高校を卒業してから、東京に出ていろいろなことを経験したそうですよ、詳しくは教えられませんけど。三五を過ぎて帰郷して、旅館経営を引き継いで、すべてがうまく転がりだしたっていっていましたから、どうやったんでしょうか、ふふ、本人に訊いてみてください」

と意味深なことを笑顔でいう。

「それで、九条家の方はどうなったのでしょうか」早田は表情を崩さず訊いた。

「江戸時代から続く由緒正しいお家だったのだけど、事業に失敗したと聞いています。バブルに踊らされたのね。その最後の当主は絵利花《えりか》っていって、しかも晃子の同級生」

「ということは、ミキさんとも同級生」

「もちろん。当時は晃子もそうだけど、そんなに親しくはなかった。うん、本当のことというと嫌いだった。多分晃子もね。お嬢様にありがちで、何でも上から目線で、自信家だったのね。お父様の力のお

かげだったことを、何を勘違いしたのか、投資話とかに乗せられて失敗しちゃったの。まあ、ご両親が交通事故で亡くなったのがそもそもの原因だから、かわいそうといえばかわいそうなんだけどね」

「それで、どうしたんですか、その絵利花お嬢様は」

「実はよく知らないの。私も芸能界にデビューして、それどころじゃなかったから」

「六年前にこの館を晃子さんに売ってから、亡くなったらしいな。自殺だと」

牛野が話に加わってきた。

「まさか、ここで――？」とミキ。

「違う、違う。それじゃあ、ここは呪われた館だ。六年前の雪密室殺人事件と五年前の大座敷首吊り事件だけでも呪われているのに、そのうえ――」

といったあとで、不謹慎に過ぎると思ったのか、牛野は慌てて口を塞ぐ。

「単なる転落事故と不幸な自殺があったに過ぎないのでは」

かつてここで起きた不幸な事件のことは早田の耳にも、届いているようだった。

「転落事故というからには、雪密室だったことの納得がいく説明が存在しない。同様に、自殺というからには、座敷に鍵がかかっていて密室だったことの合理性のある理由がない」

その二点を唐突に蜘蛛手が提示すると、みな口をつぐんだ。

世間を騒がせたふたつの事件に関しては、ここにいる全員が承知していて、関心は強いと思われるのだが、何をどこまで知り得ているのか、お互いが理解しあえていない。だから、次の言葉を呑んだのだ。

論理的な反証には早すぎたと蜘蛛手も感じていたらしく、

「同時に殺人であることの証明をしようにも、容疑者にアリバイが成立するんだなぁ」

箸をおいて肘を抱え、困った風を装うが、サングラスのせいで不自然極まりない。

「よく調べていらっしゃるのね」

「ええ、お互い推理小説が趣味で、こういう謎の多い事件には目がない方なんです」

私が代わって笑顔で返したが、その後、会話が弾むこともなかった。なぜなら、話したいのはやまやまだが、首吊り死体が発見されたのが、いま食事しているこの空間だったからだ。まだデリカシーを捨て去るほどの関係性が築けていないのだ。

「ねえ、宮村さん。食事のあと、部屋に来ない？　事件のこともっとお話しましょう」

ワインを注ぎながら、ミキが耳打ちしてくれた。目が輝いている。ミキのミステリ好きは有名で、だからここで起きた事件に強い関心を持っていたのだった。

会話が途切れたタイミングで、宇佐美と浜崎が次の料理を運んできた。馬刺しと大鍋だった。大鍋を自在鉤にかけ一言二言言葉を交わすと、ふたりはまた姿を消した。

料理はおいしく、しばらく箸の方が進んだ。

「宇佐美さんとは長い付き合いになるが、この百白荘は初めてだね」

シャツの第二ボタンを外しながら早田が口を開いた。

「それって、本館ですか、キューブハウスの方ですか」と私。

「どちらもだね」早田は早くから冷酒を飲んでいて、堅物そうで近寄りがたい雰囲気が取れ、ほどよく砕けた調子になっていた。

「キューブか――。笙燃――というわけにはいかないか」

宇佐美の経営する、あの有名な笙燃館に泊まりたいというのが本心なのだろう。ところが今宵の宿は、ゲストルームという名の安ホテルなのだ。明日のスタートが早いことと、ここならスタート地点まで車で一〇分余りで行けるので仕方がない。贅沢はいえない。

「ビジネスホテルに泊まり慣れている私としては、十分な広さがある分、ましだけどね」

蜘蛛手は馬刺しを口に運び、うまそうに目じりを下げる。顔が少し赤い。サングラスは頭にかけていた。

「事務所暮らしの身分では、立派すぎて落ち着かなかったよね」

海外で活躍する人気作家が事務所暮らしではおかしくないか――私は自ら設定ブレブレの状態に気づいて、慌てて言の葉を継ぐ。

「初めて招待されたので分かりませんが、二階にはこの部屋しかないようですね。宇佐美さんはどこに泊まるのですか。一階には喫茶室に店舗に工作室、ほかに部屋があるのですか」

「女将はここに住んでいるわけではないですよ。ここには元番頭の浜崎君を住まわせていて、彼女はセキュリティのしっかりした松本駅前のマンションに住んでいますよ」

うまくごまかせたことにほっとし、

「じゃあ、この料理も宇佐美さんが作っている――」

話がつながっていかない。蜘蛛手も私も酒には強い方ではない。少し飲み過ぎたか。

早田は、は、は、は、と笑うと、

「何もご存じないようだ。女将は笙燃館を息子夫婦に引き継がせてから、料亭経営に本腰を入れ始めたのです。今日のこの料理は、松本城の東にある、その料亭から取り寄せたものですよ」

「東京と名古屋にも不動産を持っていて――、そっちも高層マンションで、それぞれ一部屋ずつを自分の住まいにしているんだぜ。ふふん」

宇佐美のことは自分が一番よく知っているんだとの優越感が存在するようで、牛野は、生姜醤油にたっぷり浸けた馬刺しを塊にして一口で頬張った。

自在鈎から吊るされた大鍋からは湯気が噴き出ていた。

「それよりもね」と早田は慣れない笑顔を作り、

「どうしてゲストハウスを造ったかっていうことです」

「だから、地元ではキューブハウスって呼ばれているんだ」

牛野が口をはさむ。なぜか論点が違っていることに気づかない。こういう人はいつでもどこにでも必ずいる。

「本館は外壁に焼いた杉板を用い、屋根も立派な本瓦葺きだ。基本は純粋な和風建築です」

「鬼瓦も立派です」と私も早田に呼応する。

「そう、そうなんだ、宮村さん。ところが、ゲストハウスの方は、枡を四つ重ねたようなシンプルな外観。全く合わない。しかも一フロア一部屋だから、四組の客を招こうと思ったら、二階より上に泊まる客は鉄骨外階段を上り下りしなければならない」

「この本館が、元は九条家のものだったからでしょう。隣にゲストハウスを新築する宇佐美家としては、差別化を考えたとしてもしょうがないじゃないですか」

「とはいえ、笙燃館の女将ですよ。笙燃館はご存じのとおり、松本を代表する和風建築です。その女将が造るものとしては、あまりにも似つかわしくないと思いませんか」

早田は譲らない。

「晃子は、――そのことを質したことはないけど――、九条とは相反するものを造りたかっただけだと思います。対抗心ですか、いろいろ複雑な思いがあったって聞きます。事実あったでしょうし」ミキの話は、肝心なところはいつも曖昧で意味深だ。

「九条家に追いつけ、追い越せってことだろ。九条も開智《かいち》に旅館を持っていたから、少しでも負けたくなかったのさ。売上げでも宿別人気ランキングでも負けたくなかったって聞いたことがあるぜ」

ミキは伏目がちに微笑むと、長い髪を片耳にかけるように掻き上げ、ワイングラスを置いた。甘い香りが漂う。それはワインではなく、香水の香りなのだと私は感じた。

「そうね。昔はそうだった。先代のときね。まだあの頃は九条家が全盛だったから」

九条家と宇佐美家の間に一言ではいい表せない確執が存在したのは事実なようだ。

「ふん、でも、ホテルのような部屋の方が、やりやすいじゃないか」牛野が達観したふうにいう。

何をもってして、やりやすいのか、全く意味がつかめなかったが、誰も追及しなかった。

「洗面が広いから、ちょっとした料理ならできるわね。その方が招いた方も気楽だし、私のように気を遣われたくない人もその方がうれしい」

ミキはキューブハウスには肯定的だ。

そして「早田さんは笙燃館にお泊まりになりたかったのですね」と微笑んだ。

「いえ、そんなことはありません。ただ、どうしてこういった無機質な建物を造る気になったのかなと思いまして」

「ふん、さっきも誰かがいっていたじゃないか。九条家に対抗していたんだって。ここだって結果的に買い取ったらしいが、解体して更地に戻した方が、キューブハウスとのバランスがどうのとかいわれなくて、すっきりするんじゃないか。俺ならそうするね」

牛野は最初からビールばかり飲んでいる。口元からこぼれる泡が、唾液なのかビールのそれなのか不明だ。

「本当は解体したいけれど、例の事件——雪密室事件が片づいていないから、壊せないんじゃないですか。仕方ないから内部を改装して利用しようとしたけど、今度はこの座敷での首吊り死事件。いよいよもって壊せなくなった。風評もあって、ここを訪れる客も減少——という状況なんでしょう」

ミキはまた髪を掻き上げる。ミキの癖なのだが、さまになっている。

「でも私たちはここに泊まっている。そういう扱いの客だってこと、か？」

早田は不満そうに口を尖らせる。さらに、

「観た目のことだけではなくて、風呂の収まりだってなっていない。なぜ高床になっているのか。普通は浴槽を掘り込んで床をフラットにするものだが、それを怠っている。だから、いったん階段で上がりそれから風呂に入るということになってしまう。誤解してもらっては困りますが、何も女将のことを悪くいうつもりではありません。建築施工業者が手抜きをして、素人である女将を騙したんじゃないかと心配になりましてね」

「にしても、詳しいですね」私は建築に詳しい仲間が増えてうれしかった。

「ちょうど自宅を新築している最中でしてね。少し勉強したんですよ。だから、いい加減な設計というか、躯体工事を安く仕上げるために、施工業者が適当にやったんじゃないかと、納得いかないいんですよ」

「そうね、いわれてみれば使いにくいわ」

浴室の仕様に関してはミキも早田と同意見のようだ。

「安ホテルでもそんなではないな。ふん」牛野がはなを鳴らす。

「うん？　一階は内階段などなく、普通の造り付けの浴室だったけどな」

蜘蛛手が疑問を呈する。見えずとも段差のあるなしぐらいは分かる。

「それは一階だけ構造が違うからですよ」

そういう私の言葉を他の三人は理解できなかった。

「構造が違うと、何が、違うんだっ」

牛野は鍋に入っていた熱々のアンコウの身をほおばったが、熱すぎて思わずとんすいに戻してしまった。

「まず、コストが違います。次に重量が違います」

「どう、違うの？」

「一階の方が上です。コストも重量も」

皆、私の話についてくることができない。

「二階から上の方が、安上がりで、重さも軽いのね」

それでもミキだけが丁寧に訊いてくれる。

「そもそも枡を四つ重ねたような外観は、本館の日本の原風景になじんだ和風建築と比べれば無機質でどこか違和感があり、しかも貧相に見えてしかたない」

早田はよほどキューブハウスの設計者が気に食わないとみえる。

「凡人には分からないさ、へっ。金持ちの考えることだ。庭が空いているから、建てただけじゃないのか」牛野だけはよく食べる。箸を運ぶスピードは一向に衰える気配がない。

暫くして、皆がとんすいを置き始めてから私は立ち上がり、北側の窓を開け、鍋で暖まった空気を入れ換えた。火照った顔に夜風が心地よかった。

「見えますか。二階から上の外壁には目地が入っているでしょう」

通路を兼ねた裏庭に外灯はなかったが、本館のいまいる大窓から漏れる光を反射して、キューブハウスは——よく見ると、二階から上階の外壁には目地が等間隔に入っているのが分かる。六〇センチ間隔で縦に通っている。

「ふーん。一階はともかく、二階から上は、いわれれば目立ちますね」

続けて早田、水上が窓際に近づいて呼応する。

牛野さえもわざわざ立ち上がって、窓際へ寄ってきた。すでにデザートまで食い尽くしたようで、出張った腹を撫でていた。囲炉裏端に座っているのは蜘蛛手だけだ。

「それは二階から上がALCだからです」

「なんだ？　エー、エル、シーって」

「ALCというのは軽量気泡コンクリートのことで、板状の製品のことを指します。コンクリートというと重くて硬い、そして丈夫というイメージでしょうけど、軽量気泡コンクリートは軽くて柔らかいのです。釘とか鋭利なもので表面を抉《えぐ》れば簡単に削れてしまいます。でも柔らかい分、強度がないので、構造物として建物の荷重を支えうるものではありません。だから鉄骨で骨組みを組んで、それにALCを取り付けて外気を遮断するのです。郊外にポツンとある一軒屋のコンビニはみんなこれです。個人住宅にも増えていますよね。安くて早く工事が終わるのが特徴です」私は得意満面に続ける。

「一方RC造、つまり鉄筋コンクリート造ですね。鉄筋コンクリートが建物の耐力となりますから、それ自体が丈夫で構造的に安定しています。気密性にも優れています。鉄筋を組んでそれを型枠大工が合板で囲って、コンクリートを流し込んで固まれば完了ですから、一番信頼性がありますす。そのぶん時間はかかりますけど」

よく意味が呑み込めなかったらしく、三人ともぽかんと口を開けていた。蜘蛛手の方を窺うと、背筋をピンと伸ばし座ったままだ。再びサングラスをかけていて表情は分からなかったが、何もいわないところをみると、ここまでの説明に間違いはなさそうだった。

「ねえ、堅焼きせんべいが鉄筋コンクリートとすると、パウンドケーキがALCってことね。お菓子に喩《たと》えると」

「えっ、……」大好きなミキにいいようのない喩え方をされ、私はそのあとが続かなかった。

「ま、早い話、一階と、二階から上の階では造りが違うということだな」

牛野が身も蓋もないまとめ方をした。

「ま、……そ、そうです」

「目地があるだけで、何か、重厚感がなくて軽そうね」

「聞いた話ですけど、一階の施工が完了した段階で、工事が止まったらしいです。計画変更――平屋を四階建てにしたからだそうです。だから構造変更が必要だったし、ゼネコンも替わりました。浴室についても、一階以外が高床式で使い難いのも無理ないことなのです。二階から上階は予定のない増築をしたせいです。予め浴槽の部分だけ床を下げておくことができなかった。急場しのぎだから高床式にせざるを得なかったんだと思います」

「全部、コンクリートで造ればよかったのね？」

「はい、そうです。最初からすべて計画していればこんなことにはならなかったと思います。でも、二階から上もRC造にしようと思ったら、構造的に無理でしょう。一階建ての建物が四階になるんですから建物重量は当初の四倍になるかもしれません。そうなったら、それこそ建物が傾いたり――、そのために杭が必要になるかもしれません。壊して一から造り直すという羽目になりかねません」

私は薄い胸をこれでもかと張ってみせた。

「馬鹿野郎。それを早くいえ」蜘蛛手が杖を握りしめていた。

宴が終わった。
蜘蛛手は何に対して怒ったのか。

一三　牛野の独白

あの男はいつもそうだった。嫌なことからは逃げる。何のかのと、理由をつけては逃げる。急な仕事が入った。体調がすぐれず病院に行かねばならない。パフォーマンスのわりにリスクが大きい。だれが責任を取るのか。権限の所在を明確にしなければ手をつけることはできない。等々。自分がやらないためのいい訳は湯水のように湧いて出る。感心するほどだ。俺も似たようなものかもしれないが、少なくとも人のせいにだけはしない。

ところが、あの男は、ことがうまく運べば、自分の手柄、うまくいかなかったら、ほれみろ、俺がいったとおりになっただろ、とうそぶいてみせる。いや実際にそう思っているらしく、問い詰めたところで反省なんかしやしない。反省がないから成長もない。独善が服を着て歩いているようなものなのだ。

俺は男ばかり四人兄弟のなかで育った。三歳のころ叔父の養子になった。叔父夫婦には子供がいなかったからだ。そのことが人格を形成するにあたって悪影響を及ぼしたとは思っていない。養子になっても年の離れた兄たちとは連絡を取り合っていたし、かわいがってもらえたことも大きい。

叔父夫婦は俺を大事にしてくれた。叔父夫婦にはその後も子供ができなかったから、独りっ子として大事にされた。小遣いは小学生の頃で月五〇〇〇円もらっていた。周りの友達と比べても多い方で、さらに望めば上限はなかった。そしてそれが当たり前だと思っていた。

あとで聞いた話によると、すぐ上の兄は高校生になるまで小遣いなんてもらえなかったらしい。叔父は小さいながら、建設機械部品から空調機器部品までを製造する町工場を経営していて、サラリーマンである実の父より明らかに裕福だった。とはいえ、それは叔父が一生懸命働いていたからだ。依頼された仕事は、一切断らないというポリシーを持っていたからだ。そのために、いずれ無理が祟ってしまうと感じていながらも、続けるしかなかったのだろうと、工場経営を引き継いでから二〇年も過ぎたいまなら思える。

当時の俺が満たされていたことは間違いない。何不自由なく育てられたのだ。たまに親戚が集うときにもそれは感じていた。だから、養子に出されたことに劣等感はなかったし、生みの親を怨むこともなかった。特段意識したことはなかったのである。

高校に入学するころになると、すぐ上の兄から頻繁に電話をもらうようになった。お前は俺より贅沢な暮らし――といっても少々小遣いが多いだけ――をしている。お前だけがなぜ裕福なのだ。金を貸してくれ、という具合にだ。会う度いつも金がない、小遣いが欲しいとこぼしていた。俺にゲーム代や洋服代を奢らせたいのだ。かわいそうだと思って、たまには奢ってやっていた。そのことを叔父に話すと、余分に小遣いをくれたりもした。兄弟の仲を裂き養子にとったことに責任を感じていたのかもしれない。

予備校を経て、有名私立大学に行かせてもらった。都内の駅近マンションにも住まわせてもらった。

二留した費用もすべて負担してもらった。大学二年の夏に暴漢に襲われ、二の腕を二〇針も縫う大怪我を負ったときも、叔父夫婦は泣きながら本気で心配してくれた。大きな愛情を受け、甘やかされて育ったので、努力ということが嫌いだった。頑張る姿をみせることが厭だった。汗をかくのが嫌いだから、運動部にも属さなかった。団体行動が嫌いだから、友人と何かをすることも避けてきた。家でゲームをし、アニメに溺れる、そんな毎日だったような気がする。そして、そんな生活が俺を自堕落な人間にしていった。

それでも子供のころは勉強も運動もそこそこできた。だからいけなかった。何でもそつなく熟《こな》すものだから、少し遅れても、すぐに追いつけると信じていた。それが間違いだった。長い時間をかけて形成されていくはずの、努力するという行為そのものが、普通の人にはしみついているものなのだ。だが、俺にはない。だから、他者が努力と思っていない日々の行為が、俺からすればとてつもない努力なのだ。毎日同じ場所に時間に遅れずに行くということが、怠け者からしてみれば、大変な努力なのだ。大変なストレスなのだ。

大学六回生のときに叔父が他界した。六回生といっても医学生ではない。ただの政経の学生だ。女遊びとクラブに嵌って自堕落な生活をした当然の帰結だ。叔母は機械や経営のことは全くの素人だったので、俺が大学を辞めて工場を継ぐことになった。何をどうして良いか全く分からなかったが、死に物狂いで働いた。いままでの人生を反省しながら一生懸命に働いた。生活がかかっていた。自分だけでなく従業員の生活もだ。しかし会社はじり貧だった。それまでいた顧客は少しずつ離れていくし、新規の開拓などできるはずもなかった。

それでも残った仕事を丁寧にこなし続けた結果か、三年目から持ち直してきた。業績が上向いたのだ。離れた顧客も戻ってきた。

五年が過ぎたころ、あの男が現れた。転職してきたのだ。そしていまあの男は、俺の会社を乗っ取ろうとしている。同業者で年齢は一緒だが、社会に出たのが早いので苦労も重ねている。というより、俺が二〇代を半端なく怠けて過ごしていただけなのだが。

あの男も最初は、ただ、まじめにこつこつと業務をこなしていた。会社を乗っ取ろうなどという気配は露ほどもみせなかった。正直、感心したものだった。強力な右腕ができたと思ったのだ。俺は完全に信頼しきっていたのだ。

会社はやがて叔父が経営していたころ以上の売り上げを記録し、景気の回復もあって、業績はゆっくりとだが確実に伸びていった。単なる町工場からいまでは製品開発、レンタルまで事業を拡げ、製造に関しては委託するまでになった。一〇人しかいなかった社員も五〇人を越えた。会社も、地下鉄の駅がある都心に移した。ある意味、あの男のおかげといえるかもしれない。

だが、前から嫌なやつだった。

書類は細かく、正確に作るので、受けはいい。確かにそこには時間をかける。だが、結果のみえない仕事はやらない。守備範囲も非常に狭い。限られた仕事だけを、こつこつと一生懸命やる。一生懸命やるから、忙しくて他に手を出せないという風を装うのだ。プライドも高く、見栄っ張りで、決して責任を取ろうとしない。

業績が上がり組織が拡大してくると、仕事は全部部下にやらせ、うまくいけば自分の手柄、失敗すれば、部下が無能のせい。だからそれではだめだといったじゃないか、とまるで傍観者のように責め立てる。とことん下衆《げす》なやつだ。見抜けなかった。

だがこんなやつが会社組織では出世するものなのだ。気づけばいつの間にやら、会社の実権を握っている。怠け者の癖が出てきた俺が悪いのは分かっている。あの男を信じすぎたのだ。だからといって辞めさせるわけにもいかない。一部の顧客は取り込んでいるし、銀行筋の信頼も厚い。何人かの主要な部下の信用も得ている。抜け目のない男なのだ。

体はごつくて、顔つきも迫力があるので、頼りがいのある親分肌だと思われている。本当の姿はまるで違う。蚤《のみ》の心臓で、出世したいがゆえに、失敗を極端に恐れる。だからちょっとしたことでも切れる。切れるが、それすらも根性が据わっていないので、すぐに、いまのはいいすぎた、本当は君たちのことを思っているのだ、思っているから、厳しいいい方になってしまったのだと、張り付いた笑顔で取り繕うのだ。気持ちのこもっていない言葉で。

自分の出世と保身だけにしか興味がない、そんなやつが、そんなやつだけが世のなかをうまく渡る。そんな男に社長の座なんて務まるわけがない。他の男なら、俺は身を引く。いまいる五〇人もの従業員の生活を守れるなら、社長の座を譲ってやってもよい。

そもそも従業員が劇的に増えたのは、あの男の業績ではない。五年前に開発した、空気清浄機がヒットしたからだ。ちょうど中国からのＰＭ二・五が脅威になっていたのと、相変わらずの花粉症、そして朝鮮半島で流行したハンタウィルス熱が決め手となった。新しく開発したフィルターが効果的だったのだ。だが、これを開発したのは、若い三〇代の社員二名だ。彼らは直ぐそれぞれ所長、部長に昇格させた。ところがその半年後、横領で懲戒解雇することになる。業者からの水増し請求をキックバックしていたのだ。俺はかなりの衝撃を受けた。ところが、それはあの男の策略だったのではないかと疑っている。誰でもやっていることなのだ、残業代の代わりに小遣い程度の金をもらうだけだ、そんな甘言につられてしまったのだ。

あの男は若い研究者がどんどん幅を利かせてくることが嫌だったのだ。新しいことを始め、会社を大きくすることが不安だったのだ。自分の力が及ばない世界が膨らんでくることに、不安しか抱かなかったのだ。如何に自己中心的か。

だから、ふたりを貶め、解雇に誘導したのだ。いまではそれを確信している。

あの男は守りに入るだけで、それ以上の開発をしたり、会社を大きくしたりするという才覚や能力はない。度胸もない。あの男は現状維持が希望なのだ。だが、企業にとって現状を維持するということは、成長を続けることなのだ。成長していかなければ、維持すらできないということをあの男は知らないのだ。

業績はフィルターの開発から二年は成長したが、三年目である一昨年辺りからじりじりと下降線を辿る。

当たり前だ。そんなフィルターひとつなんて、すぐに他社が同等品、いやそれ以上の付加をつけて売り出すのが普通だ。

そして、下降線を辿り出してから、手を打っても遅いのだ。

今年になって新開発した水洗浄機を売り出したが、今度は他社に出遅れて二番煎じとなってしまった。逆にその会社に特許法違反で訴えられた。この業界は信用が一番だ。信用がなくなれば、うち程度の会社なんてたちまち潰れてしまう。

(直筆サイン)……『牛野』

一四
晩餐後　東屋にて

　夕食が終わって、私は蜘蛛手と東屋にいた。牛野は先にキューブハウスの三階に戻ってしまった。何をしているのか。ミキと早田はまだ本館にいて宇佐美と昔話を楽しんでいる。

「工芸作家が、建築の知識をひけらかして、何を考えているんだ」

　ベンチに腰を下ろすや否や蜘蛛手のダメ出しが始まった。

「和の内装だけならともかく、建物の構造の話をしてどうする。得意の美濃和紙の製法でも喋ったらどうだ」話せないことを知っていて蜘蛛手の嫌味は続く。

「おまけに事務所暮らし、とはどういう意味でいったんだ。海外で活躍する人気作家という設定だったろ。君がこんなにでたらめなやつだとは思わなかった」

「でたらめはないだろう。蜘蛛さんに建物の様子を知らせるために喋ったんじゃないか。それに蜘蛛さんこそビジネスホテルに泊まり慣れているとか、僕を引っ張るようにして階段をさっさと歩いたりとか、およそ目が見えない人がとる行動じゃない」

　蜘蛛手は持っている杖の頭を掌で摑み、回すように撫でる。

「海外で活躍している芸術家がビジネスホテルを利用することはおかしくない。セレブなんて一言もいっていないんだ。マリオットクラスのホテルに常泊しているようにみえるか、僕はともかく君が」

反論し返そうと口を開くと、「次に」とひときわ大きく、

「僕は失明しているわけではない。怪我をして目が開け辛く、物が見にくいだけなのだ。その事実を事実として伝えるはずだったろう。誰がいつ障碍者一級認定してくれと頼んだ」

「だけど、流れでそうなってしまったなら、そこは大人の対応で合わせてもらわないと」

「何っ」と蜘蛛手が立ち上がりかけたとき、水上と早田が本館裏口から姿を現した。

「あらっ、何かあったの？」

「いえ、別に。次の個展のことで、打ち合わせを」

蜘蛛手がまた余計なことを、という顔でこっちを見ている。だが、ミキは気に留めた風もなく、「喫煙所、ここにしかなくて。いいかしら」と缶ビールの入ったレジ袋をテーブルに置いた。ご自由にどうぞ、ということらしい。

「ええ、どうぞ。僕たちは吸いませんが、煙はあまり気にならない方なんで」

テーブルとベンチを、三面のみ高さ二メートルほどの竹垣で囲った東屋で、私と蜘蛛手は囲いがない方に移動した。これなら煙は風に排され易い。非喫煙者が気にならないタバコの煙など存在しない。情報収集のためには我慢も必要なのだ。

「早田さんも吸われるんですね」

見ると早田が黒いポーチからタバコとライターを取り出すところだった。

「実は会社では吸わないことになっています。今年の四月から全館禁煙になったこともあって」

「ああ、社内のタバコ狩りですね。喫煙派は抵抗しなかったのですか」

「社長命令なもので、どうしようもなかった。私も立場上、同意せざるを得なかったのです。忸怩たる思いはありましたよ」

「副社長でしたよね。なら、仕方ないかも。――電子タバコもダメなんですか」

「ええ」とライターを鳴らしながら、

「まず、アイコスに変えてみたのですが、やっぱり本物にはかなわない。食後に飲むコーヒーとアルコール摂取時に吸うタバコだけはやめられない」と美味そうに白い煙を吐く。

ミキも同様に火を点けて煙を吐き出したところに、トレイを持った浜崎が姿を現した。四人分のコーヒーに四人分のグラスワインが載っている。ミキと早川が注文したものに、どこからか見ていたであろう宇佐美が気を利かせて追加してくれたのだ。おそらく。

「ミキさんのデビューアルバムのなかの〈フラジャイル〉っていう曲が、僕は一番好きなんです。あれがきっかけで、大の、ファンになったんです」

私はやっと切り出すことができた。大座敷での食事の際は、その話をし始めたところで、話題があの痛ましい事件のことになって話せなかったからだ。

「ありがとう。あんな大昔に出したアルバムを知っていてくれるなんて、うれしいというより驚きだわ」

「アコースティックギターのイントロが一番印象に残っているんですよ」

「あの曲はね、はじめはピアノで考えていたの。私、ギターはうまくないし」

意外な告白だった。

「えっ、そうだったんですか。楽器は何でもこなせるのだと」

「ううん、基本はピアノだけよ」

「でも、それをギターに変えたのは……。あっ、アレンジャーですか、それとも――」

「当時、付き合っていた彼よ。音大出身で、ギターが専門の人だったの」

「あっ、それで、アルバムにもほかに三曲、ギターの曲が入っているのですね」

「ええそうよ。それ以降のアルバムは、二〇枚以上発表しているけど、アコースティックギターが印象に残る楽曲はなかったはずよ」

それほど水上ミキ＝ピアノというイメージが強い。

初期のころ限定のファンだと思われたくはなかったけれど、ピアノが印象に残っている曲名はすぐには思い浮かばなかった。

「でも、付き合っていた彼からギターを習ったなんて、そんなエピソード、聞かせてもらってもいいんですか？」私は申し訳なさそうに訊いた。

「かまわないわよ。もうカビの生えた話ですもの、誰に聞かれても。古参の芸能ライターでさえ飛びつかない」

その後、水上ミキの若いころについて一〇分ほど話し込んだところで、宇佐美がやってきた。トレイに追加のワインボトル一本が載っている。

「ミキ、これが最後よ。皆さん、明日は早いですから、そろそろお休みになったほうがよろしいですよ。一二〇キロは思ったより、応えますよ。私ももう少ししましたら、ここを発ちますので」

宇佐美は笑みのなかにも鋭い視線で刺していくことを忘れなかった。

「はい、そうします」裏口のドアが閉まったあと、私は、「なんか、美人だけど、迫力ある人ですね。宇佐美さんって」

水上ミキにも一切反論させなかったからだ。さすがに女一代でこの地で名士と呼ばれるまでになっただけのことはある。

「でも、寝ろというわりにはボトルを追加してくれる辺り、よく分かっていると思うよ。ハ、ハ、ハ」

ミキは豪快に笑う。そしてそれがさまになっている。

「本当に大丈夫ですか。早くお休みになりたいのなら――」

「晃子は大げさなのよ。まだ二〇時前だし、私は五時間も眠れば十分だから」

ミキはミキで宇佐美の忠告を守る気は全くみられなかった。ミキもまた小さなことにとらわれない、さっぱりした、いわゆる男前なのだ。

「こんな早い時間じゃ眠れない。寝るのはいつも〇時過ぎ。習慣は変えられないわ」

明日は朝食が五時だった。一二〇キロを完歩するためには、十分な睡眠をとる必要があるため、晩餐も早めの散会としたのだ。

「それに初めから二〇キロしか歩く気がないんだから」

驚く蜘蛛手に、ミキ自らが客寄せパンダであることを説明した。

「それより、あなたたちこそ大丈夫」とグラスを持つ手を止め、私と蜘蛛手の顔を交互に見る。私はこの色白痩身の見た目から、蜘蛛手はその視力障碍から。

「今回は私たちも、完歩は目指していません。無理をしないことにしています。せいぜい三、四〇キロが限界でしょう。いや、一〇キロもつかなあ」

「ア、ハ、ハ、ハ、ハ、一〇キロは歩きなよ」ミキは大笑いする。

「僕は完歩できるが、後は君次第だな。宮村」

蜘蛛手は股の間に斜めに立てた杖を肩に担ぐようにしていう。

「やはり見えているのですか」早田が訊く。

「怪我をしているだけで、失明しているわけではありません。瞼を開ければシルエット程度には見えます。日に日に快復もしているし、明日にはもう少しましになるでしょう」

これで、私をおいてさっさと歩くこととの説明ができた。早田もミキも納得の表情だ。

「でも、なぜこんなサイコロみたいなハウスを建てたんでしょうか。僕は純和風が好きなんですが」

私は話を晩餐時の話題に戻した。

「あら、食事の時は、立派すぎるとか褒めていなかったっけ?」

「あれは、あれとして、その、そういう流れで……。でも、首吊りのあった部屋で寝るわけにもいかないですし」ミキにいわれるとどぎまぎしてしまう自分を感じていた。

「妙齢の男女が大座敷で雑魚寝もないしね」

「だから、キューブハウスしか選択肢はないのでしょうけれど……、やっぱり笙燃館に泊まりたかったよなあ」

早田の本気の、砕けた本気の吐露にミキは「やっぱりね。ハ、ハ、ハ」ところころと笑い、ワイングラスを空けた。

「分かりました、我慢します。我慢しますけど、窓はなぜ北と西しかないんでしょうかね。ビジネスホテルでも窓は南向きにありますよ。少なくとも東向きとか」

「最近はそうでもないわよ。温暖化で南向きを嫌う人もいるし、紫外線はお肌の敵でもあるし、朝はゆっくり寝ていたいと思う人にはいいんじゃないかしら」

「そういうものですか」

うーん、と早田は首を捻ってみせる。普段は見せない仕草だと確信する。アルコールが入ったせいなのだろう。すでに三本目の缶ビールに口をつけていた。

「だって東側には道路があって、窓から道路を見てもしようがないじゃない」

「北と西側には何かありますか？」と私が代わる。

「森があるじゃない。都会の喧騒を忘れさせ、訪れたゲストをもてなすのよ。都会にない自然の緑を見せたいじゃない」

「でもすぐそばまで山が迫っているうえに、木々が多すぎて、逆に圧迫感がありますけど」

「それはあなたが都会人だからよ」

そういうものかなと思いながら、私は頭を軽く搔いた。

「でも、なぜ嵌め殺しなのだろうか」

早田は高床式浴室に続いて、今度は窓に文句を付けた。よほどこのキューブハウスが気に食わないとみえる。

「窓が南に配置されていないというのは、水上さんの意見が正しいとしても、窓は二か所以上設けて、風が通り抜けるようにすることが一般的です。そんなことは建築の素人でも分かることではないですか。だから、設計者の意図がよく分からないのです」

「赤津とかいう設計者ですよね。大座敷で、首吊り死体で発見された」

という私の言葉に早田はグビッと喉を鳴らして、

「亡くなった人間をとやかくいいたくはありませんけど、そいつにいいように騙されたんだと思いますよ、女将は」

空になったアルミ缶を握りつぶすと、早田はちょっとだけ凄んでみせた。宇佐美のことになると、彼も真剣だ。

「唯一の開閉窓はウォークインクローゼットにある。それこそ必要がない」

蜘蛛手が抑揚のない声でいった。

厨房の方から物音がした。後片付けが終わりに近づいているようだった。

その後、浜崎が裏口から出てきて、「明日は、お早いですから、そろそろお休みください」とゴミ袋を片手に物置に走り、すぐさま戻ってきて、「おやすみなさいまし」と、駆け足で本館に入っていく。

「では、そろそろあたしはシャワー浴びてくるね」といって水上ミキは灰皿にタバコを押しつけ立ち上がった。腕時計を見たら、まだ二〇時一五分前だった。だから私もその後を追うように立ち上がり、

「あとで写真集とCD持って伺ってもいいですか」と声をかけた。すると「ええ、いいわよ」に続けて、わざと小声で「まだ、殺人事件のこと聞かせてもらってないからね」と、耳元で囁いてくれた。

螺旋階段を上っていくミキを見送っていると、

「お前、完全に極私的モードに入っているな」と背中を杖で小突かれた。

それから私は早田と連れ立ってキューブハウスの二階に上がった。早田のいうところの欠陥建築——高床式浴室を見るためだ。もちろん今回の訪問の目的がキューブハウスの内部確認であることはいうまでもない。四階のミキの部屋を訪ねるのもそのためだ。

蜘蛛手は東屋で待機することになった。行ったところで見られないのでは意味がないからだ。

東屋に照明はなかったが、螺旋階段に設けられた水銀灯の灯りが格子から漏れ、蜘蛛手の孤独な姿を照らし出していた。

一五　早田の独白

彼はいつも私の前にいた。立ちはだかるようにいつも先を行っていた。学業にしろ、スポーツにしろ、私の成績より常に上位だった気がする。

同じような環境にいながら、どうして差異ができるのか。同じ学校に通い、同じような授業を受け、同じように遊んでいるのに、なぜ差がつくのか。何より私自身が不思議だった。

親同士の仲たがいから、口をきくこともなかったけれど、常に意識をしていた。向こうは、特段こちらを気にした風でもなかった。それでも何にでも少しずつ彼の方が、秀でていたものだから余計に腹が立った。

小学校の運動会でも彼はリレーのアンカーだったし、中学校の弁論大会では金賞をとる。私はといえば、足は速い方だったが、リレー選手には選ばれないようにしていた。弁論も得意な方だったが、大会当日、体調がすぐれないと休んだ。そう、私は少しずつ彼と同じ土俵に上がるのを避けてきたのだ。自分が劣っているという事実から目を背けてきたのだ。

それはいまだから認められるのであって、子供のころは劣っている現実を受け入れることはできなかった。だが、年を重ねるにつれ、避けて通れなくなる。避けて通っても、いずれ明確な現実の差となって目の前に突きつけられるときが来る。それは受験だ。

高校受験を控えたころからだろうか。いやな現実から逃げきれなくなった。受験のための夏季合宿で、起きてから寝るまで徹底的に勉強してみたけれど、夏休み明けの実力テストで一番をとることはできなかった。特別な努力はしていないと思えるのに、私の知る限り、彼は学内で常に一番だった気がする。そういった関係性は高校へ進学してからも同じだった。私はいつも二番手の男だった。

大学受験に及んだとき、このまま同じ道を歩んでも意味がないと思い、異なる大学を受験した。大学だけは一緒にならないよう選択したのだ。

そう、私は諦めたのだ、彼に追いつこうとすることを、完全に。負け犬の理論だが、それでよかったと思っている。誤解しないで欲しい。私は彼を意識してきたが、憎んではいない。否、尊敬——感謝さえしている。それだけは確かだ。いまだからそういえる。

しかし、それでも彼への対抗心——意地は、少しは残っていたようで、彼の進む大学より低い偏差値の学校ではあるが、学部だけはこだわって医学部を受験した。それが私の矜持だった。

彼は研究者になって遺伝学を究めたいという明確な意志があり、だから最高峰の大学を選択した。私は医者になんかなりたくなかったが、偏差値の高い難しい学部に入ることだけが目的だった。歪んだ目的だった。それがいけなかった。目先の目標しかなかったから、時間だけが無為に過ぎていった。だから、浪人して入学し、二留して卒業することになる。彼の方は大学も首席で卒業し、宣言どおり研究者になった。どこまで行っても、彼にはかなわないのだ。

それでもいま思えば、彼と離れていた数年間は平和だったのかもしれない。が、同時にそれは楽な方へ、楽な方へと流されていくことを意味していた。彼が眼の前の目標として存在していたから、私も頑張れたのだ。彼がいなくなった途端、私は努力をしなくなり、周囲に満ち溢れている享楽に溺れた。彼に追いつこうとして（結果追いつけなかったけれど）努力しているときが、私の一番輝いていたときだったのかもしれない。

大学に入ってからの私は、自堕落を絵にかいたような生活しか送らなかった。学校が休みになっても実家に帰らなくなっていった。地元に帰れば、地元の友達から、彼のことを聞かされるのだ。彼の近くで、彼を意識することが苦痛だったのだ。

そう、彼とは私の実兄のことである。

兄とはふたり兄弟で、長野で生まれた。私が生まれてすぐに両親が離婚したため、長野の記憶はない。私は母親に引き取られ、母の実家のある都内に引っ越した。ところが父親も仕事の関係で都内に引っ越してきたのだ。さらに練馬区と豊島区と、住んでいる区は違えど、兄も同じ小学校に転校してきたのだった。親同士の縁は切れても、兄弟の縁が切れるわけではない。ましてや同じ学校に通うのだ。

そんな両親も大学二年の年に亡くなった。ほぼ同時期だった。母親は教員をしていて貯金を残してくれていたことと、多額の生命保険に入っていてくれたおかげで、生活には困らなかった。また親戚づきあいもあまりしていなかったようで、しがらみが少なく、気楽といえば気楽ではあった。

私は精神科を専攻し、何とか卒業でき、国家試験にも受かり、運よく都内の病院に就職できた。七年ほど勤め、最愛の人に出会い結婚することができた。妻美代子は献身的に尽くしてくれた。多くを望まない女だった。身に着けるものも質素で、ブランド品にも興味がなかった。たまの休日もショッピングモールにいるだけで楽しいのとよくいっていた。昔のことは全くといっていいほど語らない女だったが、それはかなり苦労した時期があったからだと思っていた。学生時代の友人たちと会っているようにもみえなかったし、電話やメールで連絡を取り合っているようにも思えなかった。私も自分の過去はあまり話したくなかったので、お互いが程よい距離を保っていた。

出会いは偶然だった。京王線の八幡山駅にある商店街で酔っ払いに絡まれているのを助けたのだ。帰りにいつも食事をとっている店を出た直後だった。

そのとき私はむしゃくしゃしていた。勤務していた病院の理事長にこっぴどく嫌味をいわれたのだ。嫌味というレベルではない。誹謗中傷だ。黙っていい返さない私をターゲットにして、業績の悪さをすべて私のせいにしたのだ。

普段飲まない私もその日は酒を飲んだ。どれくらい飲んだのか記憶にはないが、管《くだ》を巻き、ガード下の通路の壁に八つ当たりをしながら、家に向かっていたのだ。そこに酔っ払いにいい寄られて困っている美代子がいた。男は邪魔されたと勘違いして、私に向かってきた。私はただ、何も見えていなくてレンガの壁をバカヤローといいながら蹴っていただけなのだ。避けることができないと判断した私は、ただ頭を下げ、前のめりに倒れるように男に向かっていった。その瞬間は少し勇気がいったのは事実である。人生で初めて暴力を振るった瞬間だった。

私の頭は男の心臓あたりにぶつかり、相手はその場に倒れた。胸を押さえ、息苦しいようだった。すぐに美代子の手を取り、その場を離れた。ガードを抜け、握っていた手を離したとき、その勢いでタクシーを止めてしまった。全くの偶然だ。幡ヶ谷でタクシーを降りると、私たちは見知らぬバーに入った。お互い興奮していたので、このまま帰りたくなかったのだ。明け方まで、飲んでしゃべって、朝を迎えた。人生で初めての朝帰りだった。美代子もそうだといった。それから付き合いが始まった。葛西で事務機器会社の事務員として働いていた彼女は、私の勤務する病院に叔父の見舞いにやってきていたのだった。その叔父ががんで亡くなり、唯一の身寄りがいなくなったのだと聞いた。私が知る彼女の過去のすべてだ。

私は妻を愛した。この上なく愛した。自分のこれまでのつまらない人生を捨て去り、過去のすべてを捨て去り、妻と歩む人生を、私のこれからの新しい人生としたのだ。

しかし、献身的な妻のおかげで、私はまた甘えてしまった。病院で嫌なことがあると、すぐに辞めてしまうのだ。医師という肩書があるからどこに行っても仕事にあぶれないと高を括っていたように思う。最初に勤めた病院が七年続いただけで、その後は一年と続かなかった。娘が生まれてからもそれは変わらなかった。

小学生のいつのころからなのか、何がきっかけなのかはいまも分からないが、娘はいじめにあっていたようだ。だが、それはいじめというより、悪ふざけの範疇でしかないと、私は考えていた。子供のころは誰しもが誰かをからかったり、ふざけたりするもので、いつの時代にもそれは存在する。それが行き過ぎたのがいじめだ。娘の場合はそこまで至ってはいないと考えていた。

いじめをする相手に少しくらいいい返せばよかったのだ。多少のいざこざはあるだろうが、その程度のことはこれから社会に出ていけば、どこにでもあることなのだ。いまのうちに免疫をつけておいた方がよい。妻から相談されたときも、その考えを押しつけた。

　しかし、妻は敏感だった。娘に対し敏感だった。甘やかしすぎた。少しぐらい放っておけばよかったのだ。なのに、都内から山梨の学校に転校させ、その娘の面倒をみるために、自らも山梨へ引っ越した、私を都内において。私まで引っ越すわけにはいかなかった。医師免許があるといっても、知己のない地方に行って職を探すリスクを冒す勇気はなかったのだ。都内にさえいれば仕事にあぶれることはないと思っていた。

　それでも、妻はかいがいしい女だった。

　三日に一度は戻ってきて私の面倒を見てくれた。結婚して一〇年以上経っても、妻を愛する気持ちは全く変わらなかった。否、ますます強くなるばかりだった。私はすべてを妻に捧げ、それが正解だと思った。

　その妻が死んだ。交通事故だった。山梨と都内の二重生活を始めて一年が過ぎたころだ。深夜の高速でスリップして中央分離帯に激突した。ブレーキ痕がなかったことから、居眠り運転であっただろうと教えられた。山梨では娘を学校に通わせ、自分はスーパーのレジのパートをこなす。そして、水曜日と日曜日の夜は、都内で私の世話を焼く。肉体的にも大変だろうから何度もやめろと命じたが、妻は忙しくしている方が落ち着くのといって、いうことを聞こうとしなかった。

　葬儀が終わり、娘を都内に呼び戻し、新たな生活が始まったが、妻美代子を失ってからは、さらにだらしなくなった。食事はすべてコンビニ、娘には金銭だけ毎月決まった額を与えていた。一緒に食べることもない。娘に対する愛情がなかったわけではないのだが……、喪失感の方が大きかった。妻が、彼女だけが、生きていくうえで、大事だったのだ。

美代子を亡くしてから、私は娘とほとんど口を利かなくなった。思春期の女の子だから、男親と話したくないのだと思っていた。いや、思おうとしていたのだ。

正直に言おう。事故の後、娘の通う学校の担任に聞いたところ、事故があった日は娘が体調不良で学校を休んだというのだ。そのために美代子は、寝ずの看病をしたのだとも。

だから、私は娘が許せなかった。娘が、単なるわがままで、仮病で学校を休んだだけで、それを妻が真に受けて、かいがいしく看病した。その疲れが溜まっての居眠り運転だった。だから、死んだ。娘がわがままをいわなければ、妻は死ぬことはなかった。そう考えた。口にすることはなかったが、娘が憎かった。娘に対する愛情はある。でも、許せなかった。

そんな心のなかの葛藤を娘も感じ取っていたのかもしれない。都内で再び一緒に生活するようになっても、娘との心の距離は離れる一方だった。

ひとつ屋根の下に住んでいながら、私は娘を、娘も私を避けるようになっていった。洗面所や台所にいても相手の気配がすると、自分の部屋に籠るようになっていった。お互いがお互いを避け始めたのだ。それはそれで辛く、私は仕事場を変えたこともあって、どんどん仕事に没頭するようになり、勤務先で寝泊まりすることが増えていった。

その娘が不治の病におかされた。

娘は今年一二歳になったばかりだ。恢復の見込みはなく、死を待つためだけに病院のベッドに入らなければならない。こんな理不尽なことがあるか。不憫で仕方ない。

体育の授業中に倒れたと聞いた。それまでにも顔色が悪く、何度も体調不良で体育の授業を見学していたことがあったそうだ。思えば、担任からそう聞いた覚えがある。

でも、それは、女の子特有の生理現象で、男親としては触れないほうが良い問題だと、あるいは、いじめがあったころの後遺症みたいなものだろうと、勝手に思い込んでいた。いや、そう信じ込もうとしていたのだ。ファッションにも興味がないと思っていた。いつもジャージだった。どこへ行くのもジャージ姿だった。これが楽だから。訊くと、そう答えた。たまにしかない会話もその程度で終わっていた。

でも、違った。

倒れて初めて、学校の友達に娘のことを聞いた。フィギュアスケートの女子選手が好きだったそうだ。自分でもフィギュアがやりたかったそうだ。H&Mのファッションが好きだといっていたそうだ。修学旅行の写真には友達から借りたトレーナーを着て、いままでみせたことのない笑顔で写っていた。それがショックだった。娘は我慢していた。私に遠慮して生活していたのだ。美代子も身なりに構わなかった。それはやはり私に遠慮があったのかもしれないと、いまではその可能性を強く感じている。娘も母親のそんな性質を受け継いでしまったのだ。いや、そうさせたのは私の責任なのだ。私は娘のことなど何ひとつ知らなかったのだ。

娘には自覚症状があった。あったはずなのだ。それを娘は黙っていた。いえなかった。私がいわせなかったのだ。

娘を助けたい。それだけがいまの私の望みだ。他には何も望まない。

むくんだ瞼、土気色の顔。医者なら気づいて当然だ。
私は私を許せない。娘が亡くなってしまえば、私は本当に独《ひとり》だ。

（直筆サイン）……『早田』

一六
水上の異変

二階の早田の部屋も、一階とあまり変わりはなかった。違うのはベッドの数と例の高床式の浴室だった。自分が高齢者になったつもりで想像してみた。裸になって浴槽に出入りする際、五〇センチの高さの浴槽を跨ぐ方が辛いし危ない。脱衣室で階段を上った方がまだましと思える。だから高床式浴室タイプの方に僅差で軍配が上がる。

その二階の、早田の部屋の様子は既に蜘蛛手に伝えてある。

私は浴槽に湯を張り、いつもの半身浴を終えてから、スウェットに着替えた。どんなに忙しいときでも、浴槽に張った湯に浸かることにしている。シャワーだけで済ませていた若いころとは違い、健康や美容にも気を付けるようになった。先に風呂に入ったのは、水上の部屋を訪問した後だと遅くなるだろうと考えたからだ。それに、蜘蛛手が東屋にいる間に済ませておく方がよい。

玄関ドアを開け、階段を上ろうとして忘れ物に気づく。今日のために持参した水上ミキのCDだった。当然サインしてもらうためである。写真集だけでは片手落ちというものだ。

踵を返し、部屋に戻る。

螺旋階段を駆け上がる前に、東屋から、蜘蛛手と早田の話し声が聞こえてきた。かなり盛り上がっているようだった。タイプの違うふたりだけど、話は合うみたいだ。視覚情報がカットされていることとで判断が滞り、いつもの毒を持った発言が緩和されていることも奏功しているのだろう。蜘蛛手は何かハンディがあるぐらいで人としてちょうど良いのではないか、さらに蜘蛛手には人の親切をありがたいと感謝させることが必要なんだ、と偏狭な思いが私の頭を過《よぎ》った。

キィキィ軋む鉄骨階段を四階まで上ってドアをノックした。一気に上ったので息切れがする。さらに鉄扉にサイケデリックな色彩で描かれた幾何学模様が、眩暈を誘う。

応答がない。

もう一度、ノックをする。今度は強めだ。

しばらく待つ。その間、階段の竪格子の隙間から下を覗くと、早田が缶ビールを持つ手を高々と掲げて、何度目かの乾杯をしていた。

三度目のノックをしようとしたところで、

「は、はーい。どうぞ」

と上ずった声が返ってきた。

招じられるままにドアを開け、足を踏み入れると、風呂上がりのようで、長い髪をタオルでターバンのようにして包み、幾分高揚した表情の水上が迎えてくれた。化粧を落としているせいだろうか、潑溂とした輝きが失せてしまっている。

「お約束に甘えて持ってきました」といって左手に持っていた写真集とCDを差し出し、

「ミキさん、もうひとつ、ビールも持ってきました。風呂上がりにはこれだろうと――」

今度は右手のレジ袋を掲げた。

「やく――？　ま、どうぞ」

靴を脱いで奥に進むと、凍えるほど寒かった。

「寒かったかしら。シャワーを浴びて火照ったものだから、冷房を効かせすぎたせいね」

彼女は、私が部屋に入った瞬間、その寒さに肩を抱いたのを見逃さなかったのだ。

部屋の内部は、二階と同じだった。例の高床式浴室は入ってみなければ分からないが、それも多分同じなのだろう。

「どうぞ」彼女はソファに私を座らせ、手渡した写真集とCDは造り付けのデスクの上に置いた。そして自らは、椅子を回し、私に対峙するように腰かけ、脚を組んだ。全身をくるむ真っ白なフードつきガウンの裾がめくれ、組んだ脚の脛には擦り傷が見えた。

こちらの視線に気づいたのか、慌ててガウンの裾を手で合わせる。下には下着だけしか着けていないようだった。豊満な胸元にいきがちな視線をあえて外した結果なのだ。

「あの、サインを――」どぎまぎしながら切り出した。

「ええ、分かっているわ。あとでしてから、明日には持っていく。それより、乾杯する？」

「そ、そうですね」

キャスター付きの小さなテーブルに、缶ビールを置き、「下のふたりに負けじと、乾杯といきましょう」各々プルトップを引き上げた。

「夕食前に百白池に行ってきたのですが、変なお婆さんに会いまして――」

会話の取り掛かりとしては申し分ないテーマだ。正直いまの私の一番の関心事がこれだった。蜘蛛手に話したところで馬鹿にされそうで、まだ誰にも話せないでいたのだ。

「いったい何者なんでしょうか？　いまもって謎なんです」

ことの顚末を話し終えると、ほ、ほ、ほ、と上品に笑う声が響いた。

「ここでは有名人なのよ。しかもお婆さんではなくて、実はお爺さん」

と、彼女はそこまでいい終えてから、悲しげな表情を作った。

「かわいそうな人なのよ。今から四年前かしら。お爺さんの当時中学生になるお孫さんが行方不明になったの。両親は早くに亡くなっていて、祖父に育てられた少女だったのね。家出だろうと思われていたんだけど、一年後、百白池の東側の山中から白骨死体で発見されたわ。お爺さんはお孫さんをとても可愛がっていたから、大変ショックを受けたみたいで、見ているこちらも辛かったわ。それからなのよ、精神を病んでしまったのは」

私は予想外の事実を知らされ衝撃を受けた。

「そ、それで、死因は何だったんです」

「クマに襲われたんじゃないかって……、そう聞かされた」

「本州にはツキノワグマしかいませんよ。ヒグマなら話は別ですけど、ツキノワグマが人を襲うなんてこと、ないでしょう」

「知らないの。今年の春先、東北でネマガリタケというタケノコを採りに来た男女四人がツキノワグマに襲われて死亡した事件があったばかりよ。クマは猟友会の手で射殺されたけど、胃のなかから遺体の一部が発見され、死体も欠損が著しかったって――」

残念ながらそのニュースを私は知らなかった。

「しかも、射殺されたのは体長一・三メートルの雌で、実はもう一頭、大型のクマ――雄がいるのではないかと新聞には書かれていたわ」

「でも東北でしょ、ここは信州ですし」

「シンクロニシティ――共時性っていうでしょう。全く違う場所で、何の因果もないのに同じような現象が同時に起きること。あれじゃないかしら」

私はまた肩を震わせた。冷房によるものではない寒さを感じたせいだ。人の血の味を覚えたクマが日本中にいるということなのか。

「ところでミキさん、日本に帰ってくるつもりはないのですか？」

これは私の偽らざる本心だった。ミキが海外移住して一〇年が経つ。ファンは帰国を待ち望んでいる。しかし返ってきたのは、望まないものだった。

「ええ、もう二度と帰ってくる気はないわ。向こうの方が、何かと暮らしやすいの」

「でも、ご家族とか……、日本にいらっしゃるのではないですか」

彼女は首を振り悲しげに視線を落とす。確か現在は独身で……、妹がいたのは間違いないはずだと思われるのだが……、悲しげに視線を外されては、これ以上訊けない。

「じゃあ、コンサート――日本公演とかで帰ってくることもないのですか」

「それもしばらくやめようと思っているの。でも、これは内緒よ」

組んだ両手の人差し指を立て、唇に添える。

「えっ、音楽活動をやめちゃうんですか⁉」

ファンである私には衝撃的な内容だったので声が裏返ってしまった。

「しばらく休止するというだけよ。今後は、スタジオ録音を中心にしたいと考えているの」

アルバム制作に軸足を移すということか。非常に残念だ。ただでさえ露出が減り、コンサート自体も減っている現状を考え合わせると……。

「まあ、まだ何を具体的に、どうするのかは、これからなのよ。だから、あくまでも希望ね。何も決まっていないの」最後はそう取り繕った。

私は気持ちを切り替え、

「さあ、――では、五年、及び六年前に、ここ百白荘で起きた事件の話をしましょうか」

これこそが訪問の本来の目的だった。

「ねえ、そろそろお開きにしない？　明日のための準備もしないといけないし――。あなたもそうでしょう」

彼女は唐突に話を打ち切った。

心外だったが、そのようにいわれれば、これ以上長居することはできない。その前に、

「トイレ貸してもらえませんか？」

部屋が冷え切っていたのとビールを飲んだせいで、トイレが近くなったのだ。一応、浴室が高床式か否か確かめることも忘れてはいない。

「ごめんね。洗面室、いまとっちらかしているのよ」

使うなら、自分の部屋でどうぞ、ということか。

そういうと、椅子を回してすっくと立ちあがり、そして、私を送り出した。

(自分から、呼び出しておいて)

私は閉じられた玄関ドアに向かって、舌を出した。

「それとも何か気に障ることいったかな？」

と呟くと肩を落として階段を下りた。

結局、彼女は、一口もビールを飲まなかった。

一七　水上ミキの殺害事件

四階の水上の部屋を出て、ふと腕時計を見る。二〇時半だ。結局彼女の部屋には一五分しかいなかったことになる。

「痛ーっ」螺旋階段に出たとたん、躓いて足の小指をぶつけてしまった。

一番地味で一番痛いやつだ。サンダルで来たのが失敗だったか。屈んで患部を押さえつつ、痛みが緩和するまで待つ。

慌てず慎重に螺旋階段を下りることにした。階段の竪格子に設けられた手すりに触れながら、一段ずつ確実に下りる。螺旋階段はただでさえ昇降し難い。慌てて下りると眩暈がし、転倒する可能性がある。おまけに今夜は酒も飲んでいるので要注意。自分を戒める。

三階へ下りている最中の出来事だった。

何かが、ドスンと倒れる音と、一瞬の悲鳴、いや、思わず声を上げそうになるのを踏みとどまったような、押し殺した男の声がした。牛野の声に違いない。

私は足を止め、一瞬躊躇したが、思い切って三階の部屋のドアをノックした。

「どうかされましたか？」数瞬の間、静寂があり、もう一度ノックしようか逡巡していたところで、やっと返事があった。

「ああ、何でもない。大したことは、ないんだ」

ドアがわずかばかり開き、牛野が顔半分だけ出した。とはいえ全身が見てとれる。

上半身裸で、シャワーでも浴びていたようで、髪が濡れ、赤ら顔がさらに赤くなり、締まりのない白い上半身はぷよぷよと震えている。赤ん坊がそのまま大きくなったような白い肌だった。もう少し鍛えろよという私の視線を感じたのか、腕を使って胸を隠すようなポーズをとる。

「ム、――浴室に、ちょっと、ムカデが出てね。お恥ずかしい話だが、それで驚いた拍子に転んでしまったんだ」

なんともバツが悪そうな表情も、それでうなずけた。

「大丈夫ですか」笑いをこらえつつ訊いた。

「うん、大丈夫だ。……じゃ、おやすみ」

「では、お気をつけください」

ドアは静かに閉められた。

再び螺旋階段を下り、二階を過ぎたところで、県道をゆっくり走り去る赤いレンジローバーが見えた。宇佐美の愛車に違いない。母親が入院している糸魚川の病院に向かったものと思われる。

一階まで下り、自分の部屋に入る前に、東屋に顔を出した。階段を下りる途中で、蜘蛛手のとんがった頭が見えていたからだ。

東屋のL字形ベンチには、片膝を立て物思いにふけっている蜘蛛手がいた。そこには早田の姿はない。サングラスは外され、切れ長の少し垂れた目は閉じられたままだ。どこか寂しげだ。私はわずかな時間とはいえ蜘蛛手をひとりにしたことに罪悪感を覚えた。

「大丈夫？」

蜘蛛手は（何が？）という顔をしてみせた後、

「盲目の探偵が思考だけで事件を解決する探偵小説があるが、あれは事実を詳細に調べ上げる優秀な助手がいてこそ成立するんだな、ということを考えていたんだよ」

「はい、はい。無能な助手で悪うございましたね」

少しでも憐憫の情を持った自分が情けなかった。怪我をしていても自信家の蜘蛛手はあくまでも蜘蛛手だった。

「無能とまではいっていない。才能はあるんだ。それが開花していないだけさ」

蜘蛛手の鼻先で中指を立ててから、「ところで早田さんは？」

「さっき、女将に怒られてな、『いつまで飲んでいるんですか。明日は早いのですよ。もう休んでください』って。そうしたら、何もいい返せず、すごすご帰っていったよ。螺旋階段を上っていく音が悲しげに軋んでいた。あれは、相当女将に惚れているな」

そういって缶ビールを口に運んで、一気に飲み干した。缶の底が天を向く。

「その宇佐美さんはいましがた出て行きましたね」

「ああ、あのV型6気筒エンジン音がそれだな。ところで、どうだった」

私は四階の水上の部屋からは早々に追い出されたこと、浴室には入れてもらえなかったが、部屋の様子は他と変わりないこと、三階では牛野がムカデを怖がって浴室で大こけしたことまで、微に入り細を穿ち、かつ面白おかしく報告した。

「で、蜘蛛さん。ここで起きた事件の真相には辿り着いたの」と意地の悪い質問をした。というのも私が報告している間、蜘蛛手が一瞬険しい顔をしたからだった。

「そうだな、全体の八〇パーセントだな」

平然といってのける。いつもながら驚かされる。

「だが、あと少し確認しなければならないことがある。ここでキーとなるのが優秀なパートナーの存在だ」

人をこき使おうとするときは、〈優秀なパートナー〉というフレーズを好んで使う。

「で、開花前の助手は何をすればいいのですか」と遜った。

「キューブの高さ、階高でいいから、測ってくれ。コンベックスは持っているよな」

私はポケットから建築現場で寸法取りに使われるメジャーを取り出した。

「二階から一階まででいいかい」

「ああ、それで構わない。メジャーの先端を二階の床レベルで押さえてくれ。一階までは僕が引っ張る」

「いや、ひとりで大丈夫だよ。水平目地は深いから先端のフックを引っ掛けられそうなんだ」

私は螺旋階段を二階まで上り、メジャーのフックを二階の水平目地にかけ、そして「ちょっと待って」「どうした?」「いやなんでもない。さっき階段を下りるときに足の小指をぶつけてね。血豆ができてしまったんだ。でも大丈夫」という会話をはさんでから、——そのまま一階まで下りた。

「三メートルと二〇センチだね」という私の報告に、「やっと開花したようだな」と蜘蛛手は破顔した。

「蜘蛛さん、僕はそろそろ休もうと思うんだけど」

「寝るには早すぎるな。二一時前だぜ。でも何もすることもないしな、飲む以外は」

蜘蛛手は上機嫌だ。

「一体どれだけ飲んだんですか」ベンチの下にはビールの空き缶が大量に転がっていた。

「いやこれは、大半は早田が飲んだものだ」

どうだか、分かったものではない。

「こうして、夜風に当たりながら、外で飲むビールは格別うまいぞ」

確かに、都内では暑さが残る夜であっても、ここ信州の山奥では冷房も必要もないほどに涼しくて過ごしやすい。

「浜崎さんの姿が見えないですけど、どこかにいるんですよね」

「ああ、後片付けをしているんだろ。さっきまで裏口から出たり入ったりしていたみたいだぞ」

＊＊＊

私はベッドに横になって、うとうとし始めた。

いやな夢で目が覚めた。

突然赤毛のクマが砂浜に現れて、ジリジリと迫ってくる。決して急がない。ゆっくり一歩、一歩、砂を踏みつけるように歩いてくるのだ。口からこぼれた大きな牙からは唾液が滝のように流れ落ちている。そしてゆっくり、その大きな口を開けて——そんな夢だった。

時計を見ると、まだ五分しか経っていない。私の体は休息を欲しているはずなのに、精神だけがそれを拒否している。金縛りにあいそうないやな兆候だ。

新たな事件の発覚は意外なところからだった。喉が渇いたので、水を飲もうとベッドから出たとき、

「うおっ、うーん」という声に続いて、

「あえ、おっ……お、おい、誰だ」と誰何《すいか》する男の声が聞こえた。

微睡《まどろみ》のなかでも、それが聞きなれた蜘蛛手の声であることはすぐに理解できた。もうひとつのベッドにも蜘蛛手の姿はない。毛布が乱れた様子もないことから、眠った形跡はない。

すぐに外に出た。まだ東屋で飲んでいると考えたからだ。

東屋には誰もいなかった。ビールの空き缶はさらに増えていた。

気配を感じ、東屋の竹垣を回り、裏庭へ出てみると、県道へ続く木陰に消えていく人影が垣間見えた。だが、追いかけるわけにはいかなかった。

その手前に両膝をついて頭を抱えている蜘蛛手がいたからだ。

急いで駆け寄って確認する。出血しているわけではなさそうだった。

「大丈夫！」

「う、うっ、うーん」返事なのか唸りなのか。

「蜘蛛さん、何があったの？」

「分からん。開閉窓のハンドルの大きさと材質を触って調べようと思ったら、いきなり襲われた」

そういってさらに頭を抱える。

「だ、誰ですか」

「分かるわけないだろっ。いきなりなんだから」と少し切れ気味だ。

「それより早く追えよ。まだその辺にいるだろう」

「もう行ってしまいましたよ」

そういうと初めて、蜘蛛手は目を開け、体を反転し、視線を樹木の方へ向けた。涙が滲んでいる。瞼を開ける痛みなのか、頭部打撲の痛みなのか。

「くそっ。いったい誰だ。どこの女だ」

「女なんですか。見たんですか」

「いやっ、見てはいないが……。そうだ、殴られたあと、キャッと甲高い声がした。いや……多分」

そんなやり取りをしていると、螺旋階段をカンカンと駆け下りる音とともに牛野が姿を現した。スウェットに革靴というアンバランスな格好だ。

続けて、早田も同じように螺旋階段を、パタパタ音を立てて下りてきた。ラフなスポーツウェアにスニーカーのかかとをつぶして履いている。鉄骨階段の踏み面は、チェッカープレートという一枚の鉄板で造られているので、少し歩くだけで、何かしらの音が発生するのだ。

蜘蛛手が何者かに襲われた騒ぎに気づいて、みんなが駆けつけてくれたのだ。ふたりとも、寝起きというよりは、服装こそラフだったが、ちゃんと着込んでいた。そのあとゆっくりと浜崎も姿をみせた。

浜崎は、辺りをうかがうようにして、本館の裏口から顔を出した。臆病な彼は、すべてのやり取りを確認してから、ようやくお出ましなのだ。

蜘蛛手がふたりに同じ説明をし終えたところで、私はハタと我に返った。

「女の声といえば、ミキさんはどうしたのでしょうか」

「そうだな。顔をみせないな……」牛野がいう。

「……ちょっと行ってみましょうか」


私を先頭に牛野、蜘蛛手、少しおいて浜崎、早田の順で階段を上る。渋る浜崎を早田が追い立てているのだ。ホスト側の人間として、本当は先頭を切っていかなければならない。

ノックしても返事はない。ホテル錠なので扉は当然開かない。

「ミキさん。開けますよ」

そう宣言するや、私は浜崎を呼びつけ、マスターキーで、扉を開けさせた。

部屋は相変わらず、冷房が効きすぎるくらい効いていて、思わず身震いするほど寒かった。

部屋の電気をつけるが、ベッドに人影はなかった。

浴室の扉を開けると、
そこに血まみれの死体が横たわっていた。背中にも傷があってどす黒い血だまりができている。死体が排水口を塞いでいたので、血の流れが滞ったのだった。

一八

水上ミキの殺害事件　捜査

浴室のドアは狭いため、私──宮村、牛野、早田、浜崎の順でなかを覗くことになった。決めたわけではないが、自然の流れでそうなった。尻込みしていた浜崎でさえ好奇心には勝てなかったということだろう。蜘蛛手には私から口伝《くでん》する。

そうして全員が浴室内部を確認してから、私は改めてなかを覗いた。可能な限り詳細に、もちろん必要以上に触れないようにして検分する。警察の捜査に悪影響を与えないためだ。

被害者は浴室の床にうつぶせに倒れていて、背中──ちょうど左の肩甲骨の右真横──を刺されたらしく、幅三センチから五センチ程度の細長い傷があり、そこから赤黒い血液が流れていた。致命傷はこれだと思われた。白い内壁の化粧パネルは、あちこちに血の飛沫があり、酸鼻を極めていた。

上半身は裸、下半身は綿生地で七分丈の白いガウチョパンツを穿いていたが、ずり下げられたのか、臀部が半分露出していた。ブラジャーは洗面台に無造作に置かれていて、浴槽に湯を張ろうとして後ろから刺された、という映像が脳裏に浮かんだ。

「凶器は見当たらないですね。犯人が持ち去ったのでしょうか」

あえて声にすることで、うしろのギャラリーたちに情報を伝達する。

「傷口から判断するに、刺身庖丁のような薄くて鋭利な刃物で一刺しした可能性が高いです」工芸作家の科白《せりふ》ではないと分かっていながら、致し方なかった。が、それを気にとめる者は誰もいなかった。皆が皆、興奮状態にあったのだ。

「本当に水上ミキさんなのか」

緊張に震える声がする。早田のそれに違いなかった。

「ええ、間違いないと思います。し、しかし――」

というのも、うつぶせに倒れていて、顔が確認できないばかりでなく、顔を含めた体の前面全体に傷を負っているようで、血だまりに浸ってもいたからだ。背中の方はきれいで、傷は肩甲骨の傍のひとつだけだった。

「構わない。非常事態だ、宮村。ひっくり返して顔を確認するんだ。だが、その前に写真を撮っておけ」蜘蛛手が助言する。

私はデジカメを取り出すと、数十枚の写真を撮った。手が震えだした。

それが終わると、入り口から一歩だけなかに足を踏み入れて、腰をかがめ、被害者の肩に手をかけた。私の腰を早田が両手で支えてくれている。鼓動が段々激しくなって、心臓が爆発しそうだ。あこがれのスターの死を確認しなければならないなんて――。運命を恨みながら、えいっ、と思い切って一気に反転させた。べりっ、という乾いた音とともに体の前面が露になった。

「うっ、ひどい――」私のうめき声の後に、牛野、早田が続けて覗き込んだ。浜崎だけは洗面所の入り口でじっと様子をうかがっている。

「殺されたのは水上ミキさんに違いないですね」

念を押すように発した早田の言葉に、異論をはさむ者はいなかった。しかし、あえてそう宣言したのは、死体に異常な行為が施されていたからだ。

顔面には幾筋もの切り傷が刻まれていた。正直見ただけでミキ本人であるか断定はできない。それだけではない。両胸と性器にも何度も切り刻んだような傷が残っていた。ナイフのような先端の鋭いもので繰り返し引き裂いたのか。それともクマの爪で引っ掻かれたとしたらこんな傷ができるのだろうか。

顔や胸、性器——性を示す特徴を切り刻むという行為は、恨み妬みとはまた別の偏執的な感情が根底にあるのではないだろうか。これらの行為の意味するものは……、何だろう。軽々には判断しかねる。

「血はかなり乾いています。殺されてから時間が経過しているのではないか」

早田は冷静だった。

血だまりを形成している血こそまだ完全には固まっていないが、浴室の壁や床に飛散・落下した血痕は既に乾いている。だから、死体を反転するときに剝がれるような音がしたのだ。顔や胸及び股間の血が乾いているのも、死後に切りつけたため出血量が少なかったからに違いない。出血量の多寡は別にしても、生きているうちに顔や股間を傷つけることは難しい。叫び声をあげられる可能性があるからだ。

「でも、殺してから、傷つけるなんて。犯人は相当な恨みを持っていたんですね」

だから私のこの推理は妥当なものだと思う。

「そうだ、どなたか警察を呼んでくれないか」

早田は顔を上げて依頼した。これ以上の検分は警察に委ねなければならない。

「ああ、俺が通報してくる。ここは電波状態が悪いから、本館の固定電話を借りるよ。浜崎君」

「ああ、はい、どうぞ、どうぞ」返事する浜崎の声が上ずっている。

牛野は手に持った携帯を振りながらドタドタと出て行った。

私はもう一度デジカメを取り出すと、死体の状況写真を撮り始めた。再び手が震える。続けて洗面所を撮ったあと、ウォークインクローゼットのなかも含め、室内の至る処を写真に収めた。ベッドにはミキが持ってきた大きめのスーツケースが開けられたままで載せてあった。私はそれも念入りに撮った。傍から蜘蛛手が細かく指示してくる。あれこれいわれる方が、心が落ち着いた。

「あのときのままで、変わりはないよ、蜘蛛さん。でも、羽織っていたガウンはどこへ行ったのかな」

と辺りをきょろきょろ見回すが見つからない。

「凶器らしきものは、浴室以外にも、見当たらないですね――」

早田は常に冷静だ。東屋で一緒に飲んでいたときの陽気さはみじんもない。

「そうですね。いろいろ確認したいことがありますが、とりあえず、ここを保存して、警察に引き渡しましょう。あとは一階の私どもの部屋で話しませんか」蜘蛛手が提案した。

四階の部屋を施錠し、螺旋階段を下りようとしたとき、牛野が上がってきた。

「電話してきたよ」似つかわしくない素直な報告だった。彼なりに緊張状態にあるせいなのだろうと思うことにした。

「いえ、ミキさんは八時半まで、僕とおしゃべりしていました。三〇分前まで生きていたんです」

一階の部屋に入るなり、私はそう主張する。血の乾き具合からすればもっと前のような気もするが、ミキが殺されたのは八時半直後、私が部屋を出てすぐということになる。

「ミキさんの部屋——つまり四階の部屋を出て、三階の玄関口で牛野さんと立ち話をしました。時間にして二分から三分程度でしょう。それからまた階段を下りて、東屋へ行きました。そこで蜘蛛さんと話をしたのが——」

「五分程度だ」

「そうして、一階のこの部屋に戻りました。その時刻は、だから、二〇時四〇分前後です。違ってもプラスマイナス一分以内だとの自信があります」

このときまでは、ここまで詳細な時刻が重要になるとは、だれも考えていなかったが、感覚的には正確な時間、時刻が求められることになるだろうと、ここにいる全員が確信に近い予感を抱いていた。

「私が部屋に戻ったのが、二〇時三〇分だ。ちょうど宮村さんが四階を辞去した時刻と一致する。そういえば、その後に扉の閉まる音と、失礼だが、何か独り言をいう君の声が聞こえた。ちなみに女将が東屋に立ち寄って、明日は早いですから、早めに切り上げて、おやすみなさい、的なことをいったのが、一〇分前の、二〇時二〇分になる」

「そのとおりです」

蜘蛛手は私と早田の証言を逐一確認しながら、うなずいていく。

「早田さんが東屋を離れて三分後には宮村が姿を見せた。間違いない」断言する蜘蛛手に、

「失礼だが、見えていたのですか」

「正確には彼がここへ来て話をしたのが三分後ということです。しかし何度もいいますが、目が開けられない――開けると光が差し、痛むからですが、わずかに開ければシルエットは分かります。幸い東屋は明るすぎないので今の僕にとっては一番居心地が良いのです。さらに仮に目を閉じていたとしても、怪我をしたことで視神経以外の神経は研ぎ澄まされています。通路を誰かが、足を忍ばせて通ったとしても、分からないはずはありません」蜘蛛手は自信満々に語る。

「それで、蜘蛛さん。蜘蛛さんの身に何があったんだい」そう、問題はそこだ。

「気になることがあって、キューブハウスの開閉窓を調査していた」

「材質って、いっていたけど――」

「その一連の窓だけスチール製であることは前から知っていたが、開閉ハンドルの形状とその大きさを確認したかったのだ。そこへいきなり背後から一撃を喰らった」

「気を失ってしまったのか」牛野がここにきて初めて口を開く。

「いや、それはない。昏倒したのは本当だが、一瞬のことだった」

「間違いないと思います。私はベッドでうとうとし、蜘蛛さんのうめき声で目が覚めました。時計を確認すると二〇時四五分を過ぎたところで、急いで外に出ました。まず東屋を見て誰もいないことを確認して、裏に回ると、蜘蛛さんが倒れていました。その視線の先、木が生い茂っているところを、人が逃げていくところでした」

「それが女だったのですね？」

早田の問いかけに蜘蛛手はうなずいた。

「襲われたとき、短い女の叫び声のようなものが聞こえた気がする」

するとどうなる。

私は頭のなかで事件を反芻してみた。

夕食後の一九時半過ぎから蜘蛛手だけは東屋、あるいはその周囲にいた。二〇時二〇分までは早田も一緒だ。途中早田と一緒に彼の部屋に行ったが、滞在は五分程度のものだ。浜崎は本館の裏口から外に出てくることはあったが、キューブハウスには入っていない。宇佐美も同様で、彼女は二〇時三〇分過ぎには車で出て行った。

一方、一九時四五分頃からキューブハウス内にいたのは、殺されたミキと私、その十数分前から部屋に入った牛野だけだ。だが、殺されたのが二〇時半なら、ムカデと対峙していた牛野には無理だし、早田にしても蜘蛛手をやりすごして四階に上がり、殺して、刻んで、また二階の自室に戻るなんて逆立ちしたって無理だ。

とするとやっぱり、蜘蛛手を昏倒させた犯人が殺人犯に違いない。そう考えるのが自然なのだが、猟奇的な殺人鬼が、しかも女？　何かしっくりこないものを感じる。ただ顔や胸のふくらみ、性器を傷つけるという行為は、女性特有の怨嗟と考えることもできないわけではない。水上ミキに強い恨みを持つ者の犯行には違いない。

私は頭を抱えた。悩みは他にもある。

「その女はいつキューブハウスに忍び込んだのでしょう」

早田が誰にともなく問いかけた。

(そのとおりだ。それこそが問題だ)

「夕食後は蜘蛛手さんと東屋にいましたから、見知らぬ人がキューブハウスに入っていけば分からないはずがない」

「早田さんが部屋に戻ってしまってからも、僕は東屋にいた。が、誰もあの螺旋階段を上ってはいない。注視していたわけではないが、あの階段は上に行けば行くほどきしむ音がするのだ。この蜘蛛手啓司《けいじ》が、気づかぬはずがありません」

重い沈黙が流れる。

逃げていく後ろ姿を現認した以上、犯人Xはその女だ。犯人Xがどこに潜んでいたか分からないが、Xは私が辞去すると直ちに殺害を決行した。一部の血が乾いていたからだ。螺旋階段を下りて、すぐにでも逃走したかったが、蜘蛛手が東屋にいたため逃げることができなかった。タイミングを見計らっているときに、蜘蛛手の姿が見えなくなった。いまだと思って飛び出したところに、開閉窓を調べている蜘蛛手がいた。勢いよく飛び出したがために、後戻りすることも叶わず、仕方なく襲い掛かった
——そういった絵を頭のなかで描き出す。

だがおかしい。階段を使えば音がする。県道に続く東通路を使いたいのは分かるが、蜘蛛手に見つかる危険を冒すものだろうか。北へ向ってキューブハウスの隅を曲がり従業員駐車場の方へ抜ける道を選択するのではないか。それに目に怪我をしているといっても、簡単に背後をとられる蜘蛛手では

ない。

「警察はあとどのくらいで来るのでしょうか」

早田が牛野に向かって訊いた。

「もう少しかかるといっていた。橋のたもとで多重事故があって、遅れるそうだ」

「遅れるって、殺人事件ですよ」

「俺がいっているんじゃない、警察だ。それに死体はすでに死体だ。三〇分、四〇分遅れても何も変わらんだろう」

「犯人が逃げ切ってしまうっ！」早田も興奮している。

「——だから、俺がいっているんじゃない」牛野は完全に逆切れだ。

「橋って、犀川にかかっている橋ですか」という私の質問にも、

「知らん。知らん。俺はここの人間じゃないんでな」

（どうして早くいわないんだ、そういう重要な情報を）

どこの世界、いつの時代にもこういう輩はいる。肝心なことを黙っているやつ。こういうやつに限って、嘘をついているわけではないから問題ない、と思っている。そして悪いと思っていないから、非難されても、改めない。悪循環だ。さらにプライドが高い人間は、非難されると逆切れする。単なる嘘つきより質が悪い。

「そんなことより、俺は部屋にこもるからな。俺には関係ないことだしな」

牛野はそう宣言すると、部屋を出ていこうとする。

「いや、あなた、こういうときこそ、協力し合ったほうがいい」早田はそう声をかけるが、

「何の協力だ。あんた方とは赤の他人だ。何を協力する？　警察が来たらちゃんと事情聴取には応じるよ。来たら、呼んでくれ」

扉の閉め際に、それだけいい放った。

バタンという強めの音が、牛野の意思を表していた。

――さらに自己中心的で協調性がないとくれば、もはやつける薬もない。


牛野が帰ったのをしおに、浜崎は本館に、暫くして早田も二階の部屋に戻った。協力し合ったほうがいい、といったものの、取り立てて何もすることがなかったのである。浜崎は事の次第を宇佐美に電話するといって出て行った。時刻は二一時三〇分だった。

私にすれば、蜘蛛手と事件の検証をしたかったので、ふたりが席を外すことは歓迎だったが、そんな私の思いを他所《よそ》に、蜘蛛手はひとり東屋へ行った。考え事があるようで、これまでに見たこともない渋い顔をしていた。

自室でひとりになってしまった私はデジカメを取り出し、撮った写真を改めて見る。白いガウチョパンツが赤く染まっている。フードつきの白いガウンはどこに行ったのだろう。ガウンの下は……？

いつパンツを穿いたのだろう。

続けてクローゼットのなかの写真を見た。窓は閉じられていたし、ハンドルはちゃんと水平にかけられていた。つまみは回されておらず、施錠はされていない。六年前の雪密室のケースとはその点が

異なる。

（だが、四階という高所には、簡単に窓から侵入できないのだから、そこに意味はない）

——再び浴室。血だまりのなかにミキの寝顔が見える。クマに引っかかれた傷は跡形もなく消えていた。眠っているかのようだ。何かを語りたいのか。

——夢だった。知らず知らずのうちに眠ってしまったようだ。

浅い眠りのなかで、何かを感じた。

思い出した。同じ夢をまた見た。赤毛のクマだ。白い砂の上を歩く人喰いグマの夢だ。

時刻は二一時四〇分だった。眠りが浅い。頭は重い。

私は外に出た。

一九　牛野の殺害事件

私が外に出てみると、東屋のベンチに腰かけ、大きく開いた膝に両肘をのせ前かがみになって一心不乱にモバイルを操作している蜘蛛手がいた。

「どうした？」

顔は上げないが、近づいたことには気づいているようだ。

「何をそんなに一生懸命調べているの」

「うん、死後硬直の時間的変移だ」半眼のまま答える。

「もう、大分見えるの？」

「明る過ぎず、短い時間であれば、わずかに開けることは可能になってきた。で、君の見解を聞かせてくれ」

これを待っていた。蜘蛛手と一刻でも早く事件の検証をしたかったのだ。

「ミキさんの遺体は死後硬直は始まっていなかったよね。死斑にしたって、まだ一、二時間かかりそうだった」

「ほう、なるほど、すごいな」そのときだけ首をひねり、私を見て微笑む。ひょっとしたら褒められたのかもしれない。

「ネット検索でもそのとおりで、血液の乾き具合での判断は難しい。血液そのものの状態より環境による影響の方が大きいからだ。三〇分から一時間程度の見極めはプロでも無理だ」

そういって電源を切ると、天を見上げ、座ったまま、両手を思いっきり高く伸ばした。閉じた瞼の睫毛が濡れている。無理を強いて調べたのだ。

「それより警察は本当に遅いな」

と蜘蛛手が立ち上がりかけたとき、階段が鳴って、

「牛野さん、牛野さん」

という声かけと共にドアをノックする音が響いた。わずかの静寂のあと、再び階段が鳴り、続いて早田が姿を現した。三階から下りてきたのだ。

「三階で水が流れる音がずっと続いているんだ。こんなときでなければどうってことはない程度の音なんだが、どうにも気になって仕方がない。風呂の湯でも出しっぱなしになっているのではないかな。あるいは風呂に入ったまま、溺れているということも考えられるが……」

実は入浴中の溺死という事故は、交通事故死より多い。ヒートショックといって急激な気温の変化による血圧の変動が脳梗塞や心筋梗塞を誘発してしまうからだ。肥満気味の牛野なら考えられることだ。事件の検証は先延ばしだ。

私は浜崎を呼んで、四人全員で一緒に階段を上がった。

各部屋の鍵は、各々が預かっているが、マスターキーは使用人の浜崎でなければ所持できないから

だ。ちなみに一階の鍵は私が預かっている。

時計を見た。二一時五〇分だった。

四階で死体を発見してからまだ五〇分しか経っていなかった。

キーを鍵穴に差し込んだとき、嫌な映像が頭をよぎった。差し込んだまま回せないでいる浜崎に代わって蜘蛛手が思い切って回す。

照明は点いていて、室内は一目で見て取れた。ベッドのシーツが捩《ねじ》れ、枕は床に落ちていて、使用感が漂っている。机の上にはブリーフケースからあふれた下着類が散乱していた。椅子には初めて会ったとき着ていたモスグリーンのブルゾンが無造作に掛けてある。

まず、ウォークインクローゼットのなかを見た。窓のハンドルは横T字形でしっかり閉まっている。つまみは捻られていない。四階の水上の部屋と同様、異常はない。クローゼットを先に確認したことに特段の意味はない。しかし、無意識のうちに、浴室で展開されているであろう惨劇を、陰惨な舞台の発見を、避けていたのかもしれない。

果たして、浴室の浴槽のなかに、頭部と、両腕のない男性の死体があった。

首の切断面を上に、膝を曲げて屈んだような格好で、こちらに向いていた。切り離された頭部はもちろん両腕も見当たらない。

グレーとピンクのボーダー柄のステテコは血で汚れていた。先ほど、ドアの隙間から見たとき牛野が身に着けていたステテコに違いなかった。浴槽から溢れ出す血で染まった水はかなり希釈されていて、見ると、いまもシャワーヘッドの吐水口からホースを伝って浴槽に、水がチョロチョロと流れ出ている。蛇口の閉め方が十分ではなかったのだ。

蛇口を閉め、水を止めた。重用な証拠が流れ出るのを防ぐ方がよいと判断したのだ。だから死体は浴槽に浸かったままにしておく。顔を近づけてよく見ると、心臓のあたりに水上のときと同じような深い傷があった。ひと思いに心臓を突き刺したこの傷が致命傷だったのだ。やはり凶器は見当たらない。

「同じ凶器だと思う」あえて口にして蜘蛛手に知らせる。水上ミキ殺害と同じ凶器が使われた可能性は高い。


私の後に、早田も浴室を確認した。最後に現認した浜崎は、その場で腰を抜かし、四つん這いになったまま後ずさりながら洗面所を出て行った。だれにも介抱する余裕などなかった。

「待て、浜崎君。キーは、マスターキーはどうしている」早田が引き留める。

「ひっ、ひとつは、わ、私が首から下げています。もうひとつは女将さんが、も、持っています。さらにひとつは笙燃館に保管しています」

水上ミキを殺した女の殺人鬼Xの仕業だろうか。だが、どのようにして侵入したのだろう。二一時に、一階の私たちの部屋に全員が集まったときに侵入したとすれば、Xはマスターキーのコピーを入手していたと考えざるを得ない。それを使って、牛野の部屋に入って彼が戻ってくるまで待つつもりだった。この可能性が一番高い。

「牛野は殺人犯におびえていました。そうでないにしても、知らない女が訪ねてきたら、こういう状況ですから、絶対ドアを開けないでしょう。だから、我々が一階のゲストルームで話している最中に牛野の部屋に侵入したと考えるしかない」

蜘蛛手はそういうが、もし私たちのなかに犯人がいるとしたらどうだろう。そうすれば、牛野がドアを開ける理由はある。

浜崎は早田にせっつかれて携帯を取り出し、警察に電話を掛けた。

牛野がキューブハウス一階の部屋を出たのが、二一時三〇分。その後、浜崎と早田が続いて出て行った。さらに間髪容れず蜘蛛手が東屋に行った。浜崎、早田のどちらかが即座に三階まで駆け上がれば、侵入は可能かもしれない。しかしあの猜疑心の強い牛野をどのように説得したのか。仮にうまく侵入できたとして、殺人を犯し、首と両腕を切断し、逃げ切る。そう、切断した体の一部を持っていったのだ。東屋にいる蜘蛛手をやり過ごして逃げ切ったのだ。どうやって？　信じられないが、二一時五〇分までの高々二〇分余りでそれだけの作業を行ったのである。

侵入のアプローチを変えて考えてみよう。

見知らぬ人間が、キューブハウスと本館の北側通路から侵入し、東屋にいる蜘蛛手をやり過ごして、螺旋階段に到達することは、可能かもしれない。あるいは本館裏口から東側通路へ出入りすることも、可能かもしれない。しかし、結局、音のする螺旋階段を上らねばならず、東屋にいる蜘蛛手に気づかれずに侵入することは不可能に近いのである。

ああ見えて蜘蛛手は結構繊細な感覚を持っている。それに犯人側から考えてみたら、仮に階段の音鳴りがなかったとしても、かなりリスキーな行為だ。まず見つかるかもしれない危険を冒すとも考えられない。

「何をやっているんだ、警察はっ」

早田は浜崎から携帯をひったくるように奪って、大声で叫んだ。激高している早田を見るのは初めてだった。

〈住所とお名前をおっしゃってください〉電話の向こうから相手の声がもれ聞こえる。

「何度もいっているでしょう。連続殺人ですよ。さっきと同じ場所です。百白荘です」

〈……は？　初めてですが――。初めての通報ですよね〉

「え、ええっ？」早田は携帯を握ったまま二の句が継げずにいた。

〈もし、もし、落ち着いてお話しください。まず、住所から――〉

「橋のたもとで多重追突事故があって、警察車両が通れないというのは？」

〈どこの橋かは知りませんが、そんな情報は入っておりませんよ〉

〈……もし、もし、聞こえていますか〉早田は携帯を耳元から外し、私を見、首を振った。

「早田さん、どうしたんですか」私は早速問いかける。

「警察は知らないといっている」

「……何を？」

「水上ミキ殺害事件です。いまの電話で初めて聞いたと――」

「いったいどういうことです」私は訊き返す。すると、

「きみ、ちゃんと電話したんだろう？」と今度は早田が浜崎に詰め寄る。

「わ、私は、していません」

浜崎はつばを飛ばして否定すると、蜘蛛手に助けを求めた。

「ええ、殺された牛野さんが、自分が連絡するといっていました」

「それを真に受けたのか」早田はさらに浜崎に詰め寄る。

「し、仕方ないでしょ。——というか、どうして、そんな嘘をつくと思いますか？　電波の状態が悪いから、本館の固定電話からかけるといっていたのを、皆さんも聞いていたでしょう。警察に通報したなんて、すぐばれるような嘘を、なぜついたのか、どなたか説明できますか」

浜崎もムキになって応える。目が三角になっている。

水上ミキ殺しが起きたとき、牛野は警察に通報するといっておきながら、実は通報していなかったのだ。

「そして、今度は自分が殺されている……、わけだ」

蜘蛛手は何かを考えこんでいるようで、独り言のようにつぶやいた。

「蜘蛛手さん、あなたを裏庭で襲った女が、まだ潜んでいたということでしょうか」

早田が訊く。

「分かりません。ですがその可能性が強いようです」

蜘蛛手に代わって私が答えた。今夜の連続殺人事件に関しては、目の見えない蜘蛛手には荷が重い。水上ミキの弔い合戦でもあるし、やはり自分が中心になって究明しなければならないと決意を新たにした。

まず警察が来るまでに死体を検分することにした。警察の秘密主義は十分心得ている。到着してからでは見せてくれないと考えたからだ。少し前までは警察が遅いとぼやいていたが、いざ来るとなると、調査検討すべきことが多くて、時間が少なすぎることに改めて気づく。

最初に検討すべきは、その死因だ。切断された頭部や両腕に目を奪われがちだが、死因は正面から鋭利な刃物で刺されたことだ。

「蜘蛛さん、同じだよ。牛野殺害も同じ凶器が使われたに違いない」私は蜘蛛手の耳元で今度は断定的にささやいた。

「君がそういうのなら、水上ミキと同じ凶器だろう」

「それじゃあ、同じ犯人だということだね」

「そう考えるほうが自然だ。同じ建物で連続して二件の殺人が発生し、死因が同じなら、犯人は同一犯ということになる」蜘蛛手も断言した。

但し、凶器は同じだとしても、刺されたのは背後からと、正面からの違いがある。これは何を意味するのか。背後から刺されたミキは忍び寄られたのだろうし、正面から刺されたということは不意を突かれたからに違いない。不意を突かれるとは、殺されるとは考えもしなかった相手だからなのか？

私の思考は次の早田の質問で遮られた。

「ふたりの関係性、共通項は何だね。私もそうだが、彼らとは数回しか会ったことがない。水上さんとは初対面だ。その彼女は世界的な音楽家だ。牛野氏は業界ではやり手の取締役かも知らんが、大手企業ではない。ただの中堅の会社だ。そんな彼が水上ミキ氏と知り合いであるとも思えない」早田の言葉使いがうって変わってぞんざいだ。

「そんなことは調べてみないと分かりませんよ。あなたも含め、僕たちもそうですが、何らかの関係性があるからここに集っているわけだし」蜘蛛手の一段低い声が響く。

「何らかのって……」

「宇佐美晃子を通じて、我々は関係があるじゃないですか」

「そんな――」

「もちろんそんなことはあるか、っていうのは僕も思います。ただ、いろいろな可能性を考えていくべきです」

「……」早田は沈黙した。

「蜘蛛さん、それよりも――、というか、またしても密室だよ」

私が一番拘泥している事象だった。

「そうだな。唯一の階段の入り口は僕が見張っていた状態にもかかわらず、犯人はまた戻ってきて、殺人を犯し、首と両腕を切り落とし、それらを持って忽然と消えた」

「今度は蜘蛛さんを襲うこともなかったわけで」

「そうだな」

「両腕と首だけではなく、凶器も消えてしまった。犯人はまだ持っているのかもしれない」

「何のために――！」早田が叫んだ。

最後のやりとりは何気ない会話のつもりだったのに、そこから生まれたひとつの疑念が瞬間的に大きく膨らんだ。

――まだ終わっていない。まだ殺人は続く。犯人はまだ殺し足りない――。

「私は部屋で待機させてもらうよ、警察が来るまで」

早田がとろうとしているこの行動はあながち間違ってはいない。

外に逃げたのではないとしたら、犯人は内部の人間だ。早田の考えでは、浜崎は本館にいたから、犯人とはまず考えられない。可能性があるのはキューブハウスにいた人間――つまり私と蜘蛛手ということになる。だから、部屋に籠るという結論に至るわけだ。

逆に宮村・蜘蛛手コンビとしては、同じ理由で、早田が犯人ということになる。二階の部屋を抜け出し階段を上って三階へ行き、ドアを開けさせ、殺害に及んだ。そして首と両腕を切り落とし、二階の自室に持ち帰った。

……とすれば……。

「早田さん。我々全員で、部屋を確認しましょう。その方が間違いがない。犯人が潜んでいる可能性がないわけではないし、それが済んでから鍵をかけ戸締りをしたほうが安全でしょう」

私には、蜘蛛手が何を考えているのか、手に取るように分かった。早田が犯人なら、その部屋には何らかの痕跡があると考えたのだ。一番の可能性は切断された頭部、両腕、次に凶器、あるいは血痕も見つかるかもしれない。

「ああ、かまわないですよ。ぜひそうしてくれ。ただし条件があります。君たち一階の部屋も全員で確認することだ」

　早田も私たちの考えを読んでいた。

　果たして、早田の部屋からはそれらしき、怪しむべきものは発見されなかった。同時に、私たちの一階の部屋も同様だった。

　そして疑念を抱いたまま、早田は部屋に戻っていった。チェーンロックの音が響いた。

　浜崎は宇佐美に電話を掛けながら、本館へ戻った。つながらなかった電話がやっとつながったようで、事件のあらましを伝え、至急戻ってきてほしいと要請していた。

　一階の自室に戻ると、蜘蛛手がさっそく口を開いた。

「首なし死体は牛野のものに間違いないのだろうか。普通、首なし死体が発見されるのは、被害者の身元を隠蔽するためだ」

「犯人と被害者の入れ替わりにも使われるよね」

「しかし、DNA鑑定の精度が上がったいまの時代に、頭部を持ち去ってもあまり意味をなさない。腕を持ち去ったのも指紋を検出されることを懸念してのことだろうが、やはり大して意味がない行為だ」

「そうですね。考えられるのは時間稼ぎだね。例えば海外逃亡を企てているときなど、犯人の特定が遅れれば、それは有利に働くけど、今回の場合、密室であったり、リスキーな逃亡劇を演じたりなど、犯罪の質が違う。だから、時間稼ぎは目的として考えにくい。それに、近年、簡易なDNA鑑定なら、検査自体にかかる時間もかなり速くなったよね。警察が本気になれば、数時間で鑑定できる」

ＤＮＡ鑑定については警察の捜査に委ねるしか進展しようがなく、これ以上の検証は打ち切りとなった。

「蜘蛛さん。それより、気になることがあるんだけど」

「なんだ」

「浴槽の水は血がかなり薄まって透明度が高かった。蛇口の閉めが悪《あま》くシャワーヘッドからチョロチョロと流れ続けていたせいで」

「そうか――」サングラスを外して、閉じた瞼をこちらに向ける。

「人間の体内の血液量は体重の約八パーセント。体重一〇〇キロの人なら八リットルが血液という計算になるよね。牛野氏は、一〇〇キロは優に超えていたと思う」

蜘蛛手はうなずいて先を促す。

「二リットルのペットボトル四本分だよ。その分の血液を溶かしたにしては浴槽の水の色はかなり薄かったのではないだろうか。ちょろちょろと流れる程度ではかなり長い間給水していなければ、あそこまで希釈されないと思うんだ」

浴槽の水は胸の傷口が分かるほどに薄まっていたのだ。私はそのとき感じた違和感を言葉にした。

「犯人はまず血を抜いて流して、たっぷり溜めた水に死体を浸したのだと考えたら」

「何のために血を抜いたのか、理由が説明できません。犯人にとっての目的って……」

「殺して、首を切断したのなら、かなりの出血だ。犯人も返り血を浴びている。そこで付いた返り血を洗い流した。最初から浴槽に水を張るつもりはなく、閉めたはずの水栓からは水が流れ出ていた。ゴム栓も何かのはずみで閉まっていた。だから水が溜まった」

「……としたのなら、浴槽から水がオーバーフローするまで溜まるだけで、四〇分や五〇分はかかるのではないだろうか」

私は蜘蛛手と同じように目を閉じ、その時の場面を想像した。

「すると、どういうことだ」

「最初から浴槽に水が張られていたとしても、水より重い血液が、少しずつ流れて、あそこまで希釈されるには、もっと、もっと時間がかかるはずだよ」

「どれぐらいの時間が必要だと思うんだ」

蜘蛛手は閉じた瞼を私に向けて次の言葉を促した。

「実験してみなくては分からないけど、満杯に溜まる時間の倍くらいは最低でも必要ではないかと……」

「ば、ばかなっ。一時間半とかそんな時間だぞ。――それでは牛野は、二〇時半ごろには殺されていなければならないということになる。とどのつまり、水上ミキの死体が発見された二一時には、牛野はすでに殺されていたということだ。――それはありえない。牛野と一緒にミキの死体を発見したじゃないか。早田や浜崎も一緒に水上ミキの部屋に入ったではないか。あのときの牛野は、牛野ではないというのか。そんなバカなことがあるものか」

珍しく興奮している蜘蛛手をなだめる気にもならなかった。何よりいった本人である私自身が信じていなかったからだ。

二二時半を過ぎて、警察がやっと到着した。

「川崎のおっさん――」私はやってきた県警の警部を見て、思わずそう口走った。当たり前といえば当たり前だが、一卵性双生児とはそれほどそっくりなのだ。

「――お、お久しぶりです」取り繕うように挨拶に変えた。

川崎亮《りょう》警部は顔色も変えず、

「まさか、ここで、こんな形で会うとは思わなかったな」

「そうですね」蜘蛛手が答える。

担当の長野県警の警部は、警視庁捜査一課警部、川崎省吾《しょうご》の実弟である。その川崎省吾警部とは過去において蜘蛛手の捜査協力で迷宮入り寸前の難事件を解決したことがある。それが縁で知り合いになったのだ。さらにその縁が巡り巡って弟の亮警部とも知り合い、百白荘の難事件に取り掛かることになった。そして、私たちはその難事件を解決しに来たのだが、新たな事件に巻き込まれる結果になってしまった。

川崎兄弟はこの長野県下に生まれ、中学、高校を松本で過ごした。部活も同じ野球部で兄はキャッチャー、弟はピッチャーで、三番、四番と主力を打った。二年の春には亮の投打による活躍で、念願の甲子園出場を果たす。しかし結果は一回戦惜敗だった。

大学入学からそれぞれ進む道が分かれる。省吾は地元の国立大学に進学し公務員、警官となり、現在に至る。亮は東京の六大学に進学し、野球を続けるも、一年で退部する。肩を壊したのだ。二留してどうにか卒業、アルバイト生活をしていたが、一念発起して兄に倣って警官となり、現在に至る。以上が、私が知り得ている川崎兄弟の情報だ。

警察の捜査は慌しく始まった。鑑識は四階と三階、二班に分かれ、検分された死体は一時間後には搬送された。本館の喫茶室が仮の捜査スペースとなり調書がとられた。早田や浜崎はもちろん蜘蛛手や私も同じように聴取を受けた。実の兄の知り合いであっても特別扱いはしない。当たり前のことだ。宇佐美はこちらに向かって車を走らせているが、まだ到着していなかった。夜道の移動のため、あと二、三時間かかりそうとのことだった。事情聴取はひとりずつ、蜘蛛手と私、全員で、と三度行われた。

日付が変わるころには、慌しかった現場も落ち着き、捜査員も半減していた。そうして、やっと川崎亮警部がひとりで一階の私たちの部屋にやってきた。

「最初の殺人は二一時過ぎには発覚していたそうだな」

「ああ」

「どうして通報が遅れたんだ」

「ちゃんとしたさ」そういって、蜘蛛手は首を振る。

「ちゃんとしたんですよ。二番目に殺された牛野さんが、『自分が電話する』、そういって固定電話を借りに行ったので、てっきり通報したものだと。いまでも信じられないんです。本当に牛野さんは連絡しなかったのですか」

「その点は間違いない。その辺りのことを、もう少し説明してもらおうかな」

「分かってるよ。警察の捜査には協力する。そういう約束だからな」

そういって、蜘蛛手と私は事件の経緯を、聴取で語り切れなかったことを含めて話し始めた。

(過去の事件も現在進行している事件も、警察の組織力を借りなければ解決できない)

私はそう確信していた。

二〇　早田独の不思議な出来事

川崎警部による再事情聴取が終わると、鑑識を伴った警官らが一階のゲストルームにやってきた。警察は事件のあった四階と三階はもちろん、本館の全室を捜査し終え、あとは一階と二階のゲストルームを調べて今夜は終了するらしい。私たちは喫茶室に行くように勧められたが、そこは警官たちもいて、居心地が悪かったので、表の駐車場の小さなロータリーを囲む縁石に、仕方なく並んで腰を下ろした。そんな私と蜘蛛手を認めたのか、早田もあとを追ってやってきた。浜崎だけは警察の傍を離れられないようで姿がみえない。

もうじき深夜二時になろうとしていたが、風がなく肌寒さは感じなかった。東京ならまだクーラーをかけていてもおかしくない時季なので、異常というわけではない。

「県警の警部さん、あなた方の知り合いなのですか」

早田は白いポロシャツとグレーのチノパンに着替えていた。そのチノパンのポケットに両手を突っ込み、蜘蛛手の前に立つ。背が高く姿勢がいいので様になっている。

「ええ、そうです。私たちは過去に起きた事件の再調査に来た探偵です」

突然蜘蛛手が内幕を明かした。

「く、蜘蛛さん。それは――」慌てて止めるも、

「とはいっても、僕たちは警察の信頼を一〇〇パーセント得ているわけではありません。ですから、いまいったことは黙っていたほうがいいですよ。警察が知れば、あなたにも容赦のないしわ寄せがくる。不愉快な思いをする羽目になる」

早田はポケットから手を出すと、

「ええ、大丈夫です。私もそう思います。公僕に積極的にかかわる気はありません」

と胸に手を当てた。

「でも、本当にいいのかい」私は、正体を明かしたことを危惧しているのだ。

「もう、いいんだ。事件がどのように行われたのかは、ほぼ解明した。解明できていないのは、大座敷のトリックの一部と、現在進行している事件の犯人だけだ」

驚きだった。こういうときの蜘蛛手は決して嘘をつかない。蜘蛛手が解けたというなら解けているのだ。

「どうやって殺人を犯したのかは分かっているの」

「ああ、誰か、だけが分からない。もうひとつは動機だ。これも分からない」

「それは、いまの事件？」

蜘蛛手はうなずく。

「とはいえ、その、どうやって、というのが検証できない。だから悩んでいる」

蜘蛛手は悔しそうに唇をかむ。

「過去二件の事件については？」

「昔の事件に関しては、犯人も分かっている。さっきもいったように、首吊りにみせかけた殺人に関する一ピースが不明なだけだ」

「す、すごいよ」これは私の本心だ。これがあるから蜘蛛手との付き合いはやめられない。

「身内の称賛は要らないよ。早田さんは過去の事件には関わっていないから、犯人ではありえない。今回の事件でも犯人ではありえない。だから我々の職務上の秘匿を話したが、それには訳がある」

蜘蛛手は初めて完全に目を開けると、

「今回の事件にはとてつもなく邪悪で大掛かりな悪意を感じる。事件の解明は急がなければならない。しかしいまのこの状況では、情報量が少なすぎる。かといって悠長に情報集めをしているとまんまと犯人に逃げられかねない。だから早急に意見交換をするべきだ」

早田を見つめた。

「信頼していただいてありがたいが、私には何も情報がない上に、意見もない。全く五里霧中ですよ」

「そう思っているだけかもしれません。あるいはそうであっても構いません。私たちは信頼し合って、同じ情報を共有して行動すべきだと考えます」

「それって、殺人はまだ続くということ、ですか」

「長いスパンでの連続性という意味なら、イエスですね」

東屋で酒を酌み交わしたときのように、すぐに早田は打ち解けて、いまふたりは私を真んなかに挟んで縁石に腰かけ、警察の聴取の詳細や、今日起きた出来事の気になったことなどを微に入り細を穿って語り合っている。

「ところで、警部とはどういう知り合いなのですか」

私は警視庁警部の川崎省吾との関係、亮警部と知り合うことになった経緯、そして川崎兄弟の、普段は疎遠だが、根底の部分では繋がっていることなどを話して聞かせた。

「そうでしたか。でも兄弟とはいいものです。家族とはいいものですよ。私は仕事の立場上、ときには非情にクビをいい渡すこともあります。会社を存続させ成長させるためにはリストラも必要なのです。情に流されていては私の仕事は務まりません。だからというわけではありませんが、私は感情を表に出さなくなりました。相手に自身の感情を晒すことができないのです。また相手のむき出しの感情を受け止める度量もないのです。名は体を表すといいますが、好んで独り身をかこっているわけではないのです」

「ご家族は？」

という私の問いには、寂しそうに首を振るだけ。

「ご両親も心配なさっていませんか」

私はあえてプライベートに突っ込んだ質問をしてみた。早田がなぜ進んで個人的な話をするのか疑問に思ったからだった。

「両親は若いころに亡くなりましたし、このままひとりで……。それでも構わないと斜に構えて生きてきたのですが、五〇歳前辺りから考え方が少しずつ変わってきましたね」

ひとつうなずいて先を促す。

「でもね宮村さん。実は私にも兄がいるんですよ。わけあっていままで二〇年以上も音信不通だったのですが、一年前に劇的な再会を果たしましてね」

早田は両手を拡げ、少しだけ上を見上げる。本当は感情豊かな男なのかもしれない。それを抑えつけ、組織内で勝ち抜くための方法として鉄仮面を被ることを余儀なくされたのだと思える。

「海で溺れたところを助けられたことがあって、助けてくれたのがなんと兄だったのです。ドラマティックな再会ですよ」

「ほう、それはすごい」

「奇跡だとか、運命めいたものなんか信じない方ですが、その出会いがあまりにもありえないものだったのです。私は新潟の生まれですが、生まれてすぐに両親の離婚で兄とは離れ離れになりました。ほぼ同時期に都内に引っ越しもして――、それ以来都内を離れたことは一度もありません。溺れたのは出張先の南知多の海水浴場です。生まれて初めて行ったところです。本来は豊田市で仕事を済ませ、取引先と市内でゴルフをする予定だったのです。有名なゴルフ場なのですが、そのクラブハウスで食中毒がありました。それで急遽、海水浴に変更したのです。私としても、海水浴自体が、一〇年ぶりぐらいでしょうか。なまった体をみせるのは、少し恥ずかしかったのですが、久しぶりの海水浴は楽しめました。泳ぎには自信もありましたし。ところが、油断大敵、溺れてしまったのです。そのとき助けてくれたのが、兄だったのです。一瞬意識を失っていたらしく、気がついたときには、すぐ兄だと分かりました。向こうも同じだったようです。溺れている人に気づいて、何も考えずただ体が動いていたといっていました。そして助けてみたら、私――弟だったというのです。何というのでしょうか、顔立ちとか、パッと見は違うのに、そんなものは超越したシンパシーみたいな、感じあう、引き合う力が働くのでしょうか、兄弟とは」

これもシンクロニシティと呼ぶのだろうかと、私はふと思った。

「お兄さんの方は何をしにいらしていたのですか。南知多にお住まい？」

「いいえ、兄も同じホテルに宿泊していて、そのときたまたま、浜辺を散歩していたようです。名古屋で学会か何かが開催されたあと、休暇で南知多へ足を延ばしたといっていました。初めての愛知県だともいっていましたね。こんなピンポイントの偶然もあるのです。何かが引き寄せたとしか思えない」

早田は天を仰いで語り続ける。

「兄は医者になっていました。立派なものです。実は私も医学部に入ったのですが、紆余曲折があって、いまは一介の医療機器メーカーのサラリーマンです」

「その若さで、副社長でいらっしゃるんだからご立派ですよ。しかも業界最大手の＊＊じゃないですか」早田は気恥ずかしそうに軽く頭を下げ、

「しかも、兄は水泳はあまり得意じゃないというのに、助けてくれたのです。あとで、同行した部下から聞いた話では、兄自身も溺れる寸前までいきながら、助けたのだと聞いて、涙が出そうになるくらいうれしかったですね。助ける相手が弟だとは分かっていなかったわけだから。そこまでしてくれるものなのかと——。感謝してもしきれない」

私は膝を組みなおし、うんうんとうなずく。

「助けられたあとも『あなたの命はあなたのためだけにあるのではないのだ』と叱られましてね。青

臭い科白だと思ったが、さすがに感動しました。本気の熱い思いは伝わるものですね」

「怪我はなかったのですか」

「溺れたときに岩か何かで足を切ったぐらいで、それも、兄が迅速に手当てを施してくれました」

「お兄さんとは、それ以降、会っているのですか」

「お互いなかなか忙しくてね。その後は二度ほどしか会っていませんが、メールのやり取りは頻繁にやっていますね」

「警視庁の方の川崎警部から聞いた話なんですけど、兄弟で野球をやっていて、バッテリーを組んでいたんだそうです。相手バッターとの駆け引きとして、球種をめぐってピッチャーが首を振る仕草があります。それをあの兄弟は中学になってバッテリーを組んだ瞬間からやっていたそうです。何しろ本当に投げる球はサインを交わさずとも、ふたりには分かっていて、フェイクの動作に惑わされることは一度もなかったといっていました」

「ほう、なるほどそれは興味深い」

「でも、離れて一〇年も経つと、もう何を考えているのか分からなくなるっていっていましたけど。二〇年となると尚更だって」

「私の場合は、幼いころに離れ離れになって、育った環境が違ったせいか、全く違っていますね。いや、顔立ちは似ているのだが、その他は似ているとはいいがたい。出会った瞬間に兄だと確信したのは、何か特別の力であって、似てる似ていないという観点でいうと、似ていないということになるんです」

「なんか、むずかしいですね」私は意味が分からず、口をへの字に曲げた。

早田は片方の口角を上げて微笑み、

「見た目でいうと、兄と一番明確に違っているのは、頭の、髪の毛の量かな」

といって頭を傾げ、片手でポンポンと叩く。

「ご覧のように、私の髪の毛はちりぢりだ。三〇代のころからこうなった」

男性ホルモンによる禿頭《とくとう》というのは、頭頂部や前頭部が無毛状態であることを指すが、早田の場合は、それとはまた違って、全体的に毛髪の密度が極端に低い。何かの病気だと聞いたことがある。

「逆に兄は、白髪交じりではあるんだけど、ふさふさしているんだ。これはどういうことなのかね。神が与えたもうた不条理そのものではないかな」

自虐的に笑ってみせる。

「一緒に生活していたって、性格なんかは違ってくるんじゃないですかね。趣味や嗜好は同じでも、行動面で違って現れるんです。これは家族というコミュニティーのなかでの役割分担がそうさせるのでしょう」

蜘蛛手は自らの分析を早田に聞かせる。

「なんか、ほんとむずかしい」

それを私は混ぜ返す。

「さっき話していたバッテリーがそうさ。野球という同じスポーツを同じチームでやっていても、役割は全く違う。正反対といってもいいくらいだ。同じチームだからこそ、長くやればやるほど、余計性格は違ってくるものだ」

「なるほど、性格は後天的な影響を最も受けるという見解ですね」

　早田は感心している。

「後天的な環境こそが性格を形成するといい換えてもいいぐらいです」

　蜘蛛手は手を後ろについて思い切り足を伸ばす。目は再閉《また》じられていた。

「それとは別の次元の話ですけど、兄は医者という職業に就いていたから、安定した生活を営んでいると思っていましたが、結構苦労しているらしい。医者だから高給取りで社会的地位も高いと考えるのは間違いで、単なるいい伝えみたいなものだと。どちらかといえばブラックな仕事だとも」

「そういうものですか」

　医者といえば社会的地位も高く、高給取りだとの認識を持っていた私は、半信半疑とばかりに眉を寄せた。

「順風満帆だと思っていた兄も、実は苦労していたのです」

　昔に思いをはせる早田は視線を闇夜に飛ばし、ひとり頷く。

「ところで」と突然話題を変え、「あそこにある、ヒグマの剝製が動くんだという都市伝説、というんですか、数年前までここらの小中学校で流行っていたらしいですね」

「へえ、そんな話、誰から聞いたのですか」

「以前、笙燃館に泊まったとき、そこに泊まっていた別の客からだったと思うけど」

「僕もクマに関する同じような話を聞きました。夕食前、百白池の畔《ほとり》で孫娘をクマに襲われて気がふれてしまったお爺さんに会ったんです。人喰いグマが出るから池の東には行くなと警告されました。そしてその話をミキさんにすると、実際にツキノワグマがいるらしくて、しかもそのツキノワグマが人の味を覚えてしまっているんだといっていました」

といってから私は大きなため息をつき、

「だからかあ～」と呟いた。ある疑問に合点がいったからだった。

「何がだからかなんですか？」眉頭を上げ、早田が訊ねる。

「いえ、疲れているからなんでしょうけど、今晩二度ほどウトウト眠りかけたのですが、すぐに悪夢をみて目が覚めてしまうんです。その悪夢というのが、赤毛のクマが涎を垂らしながら、砂の上をミシッ、ミシッ、と歩いている夢なんですが――」

私は話を途中で止めた。隣を見ると、蜘蛛手が握りこぶしを片方の掌に激しく、何度も何度も叩きつけていたからだった。

「最後のピースが嵌った」

そのピースが何なのか質そうとしたとき、駐車場にライトが侵入してきた。宇佐美の車だった。無意識に腕時計を見ると二時を一五分ほど回っていた。

「女将さんが帰ってまいりました」という浜崎の大きな声が一階の入り口あたりから聞こえてきた。

ライトが消え、エンジン音も消えると、神妙な面持ちの宇佐美晃子が車から降りてきた。

私たちも警察もちょうど店舗入り口辺りで、宇佐美を迎える形になった。

「警部、申し訳ございません。こんなときに留守をしていまして」

晃子は警部を目で探し出し、そうあいさつした。

「お母さんがご危篤のようですな。わざわざお戻りいただいて恐縮です」

「これでも踵を返すように、Uターンしてきたのですけど、こんな時間になってしまいました。申し訳ありません」

そういって今度は早田、私、蜘蛛手の順に深々と頭を下げた。

「危篤ということではないのですが」そういって浜崎を牽制し、

「半年前に腰を骨折しまして、以来寝たきりになっているものですから、向こうも弱気になっているのでしょう。何かあると、すぐ連絡がありますもので。こちらとしてもいろいろなことを考えてしまいます」

「ええ、分かります。私も昨年母を亡くしましたから。亡くしてから思うものです。生きているうちに親孝行してあげれば良かったと」

と話す川崎警部のその顔を、宇佐美は眉ひとつ動かさず見つめていた。

「――皆さんからお話をお聞きして、大筋の捜査は終了しました。まだ亡くなった方々のご家族とは連絡がついていませんが、会社関係者とは連絡がつきましたので、明日、――もう、日付は変わったか――」と腕時計を見ながら、

「今日の午前中には、こちらへ来られるようです。水上ミキさんの事務所の方と、牛野勉さんの会社の常務でしたかな。で、その前にいくつか確認したいことがあります。お疲れでしょうが、もう少しお時間よろしいですか」

「はい、もちろんでございます。捜査にご協力するつもりで戻ってまいりましたから」

「どこか話を聞ける場所は」そういって浜崎を見る。浜崎はきょろきょろと落ち着きがない。女将の落ち着き払った態度とは正反対だ。

「喫茶室の方で、いかがでしょう」

そうして警部と晃子は館内に消えていった。

皆さんはもう休んでも構わないといわれたが、私たちは工作室で過ごすことにした。


三〇分ほど経過したところで、晃子は解放された。

警部は「午前中に、被害者の関係者ともう一度ここへまいります。皆さんのお話はもうお伺いしましたが、この後のご予定は？　できれば本日いっぱいここに留まっていただけたら、申し分ないのですが」

警部は実った稲穂の如く頭を深く下げたままで、上目遣いでこちらをなめる。警察がよく使う慇懃恫喝に近い仕草だ。私たちは逆らうつもりはなく、指示に従うだけだ。当然、千国街道一二〇キロ歴史ウォーキングは不参加決定だ。

しかし、早田は違った。

「もともと休みを街道ウォーキングに充てていたから、他の予定はないが、中止なら中止で他にやるべきことがある。早朝にはここを発って東京に戻りたいね。協力できることはしたし、今後も協力は惜しまない。ただ、被害者らとの関係は、私にはほとんどありません。それとも、まだ私に訊きたいことがあるのなら、このまま続けてほしい」

警部は首を回すようにして顔を上げると、意外にもあっさり、

「分かりました。現時点でお引き止めする理由はありません。帰っていただいて結構です。ただ、連絡先は教えてもらいます」

「分かりました。ありがとう。でも、少々疲れていますから、少し休んでから帰りたいと思います。朝の早い時間でよろしいなら、時間は作れますが」

「まだいろいろ調べている最中ですから、その結果が出て、進展がないとお伺いすることもないかもしれませんので……。ところで、お車ですか」

「そうです」早田は怪訝そうに眉を顰める。

「では、お車のなかを調べさせてもらいますがよろしいですね」

「ええ、構いませんよ。部屋だけでなく、車も、ですか、徹底してますね」

早田は納得はしているようだったが、皮肉は忘れなかった。

「恐縮です。ご協力を感謝いたします」警部は意に介さなかった。

「僕たちもですね」と私。

「もちろんです。凶器はまだ見つかっていませんしね」

と答える警部の顔は、宇佐美と浜崎にも向けられた。

「牛野の頭部と両腕も見つかっていないしね」

含みを持たせた蜘蛛手の口吻に、一同は目をむいた。

そうして、すべての関係者の車が調べられた。


蜘蛛手を背後から襲った女（？）が最重要容疑者とされた。犯人が車を利用しているのは間違いないことで、道路ではすでに検問が行われてはいたが、事件発覚から時間が経ち過ぎているため、逃亡された可能性が高いだろう、というのが現時点での警察の見解だった。また殺害現場はそれぞれ個室であり、現状保存性が高いことから、三階と四階の部屋に鍵をかけ、さらにマスターキーを預かるという条件で、警察はいったん引き上げ、捜査は朝に再開することになった。

警察が去ってから、宇佐美に尋問内容を確認したが、我々が知り得たこと以上の情報はなかった。代わりに宇佐美の方から見聞きしたことを詳細に訊ねられた。

時刻は三時になっていたが、

「皆さん。私はこれから、今一度、糸魚川へ向かいます。こうしている間にまた連絡がありまして。介護をお願いしている人からなのですが。やはり母が会いたがっていると。それに介護を頼んでいる人、ご自身にも自宅に年老いたご両親がいるとのことなので」

と早田らに向かって宣言したあと、

「警部には許可をもらっています。すべてはお好きなように調べていただいていいとも伝えております。いいわね浜崎」と傍らの小男を見る。

「それより大丈夫ですか。女将も疲れているのではないですか。あなたの――」

体の方が心配だといいたげな早田の言葉を制し、

「いいえ、ご心配には及びません。軽い食事をとってシャワーを浴びてから出発しますから。疲れたら途中で休憩をとりますよ」

と強いまなざしを伴った笑顔で返す。宇佐美の決意は固いようだった。

宇佐美は浜崎を伴って、使用人用の部屋に行った。そこで軽く食事をとり、シャワーを浴びるようだ。

残された早田、蜘蛛手と私は、それぞれの部屋に戻った。誰もが興奮して眠れる状態ではなかったが、疲れていることもまた間違いなかった。

だから、ベッドに横になってすぐ、私は眠りに落ちた。酒に酔ったときのように、ぐるぐる目が回って気持ちがハイになっている気がした。

そしてまた、同じ夢をみた。

――もうやめてくれ。

二　早田独の殺害事件

黒い色の水に溺れ、浮上しようともがくのだが、どちらが上でどちらが下か分からない。やがてぐるぐると渦に巻き込まれ、どんどん深みにはまっていく。進む方向が分からない。明るい方に泳いでみても、水面には届かない。行きつく先がなぜか海底に変わってしまうのだ。どんなに泳いでも、行きつく先には底が待っている。いつまでたっても脱出できない。しかしなぜか息は続く。死にはしない。生き続けるのだが、もがき続けるのだ。

ふと気が付けば真っ白い砂浜に打ち上げられていた。辺りには何も見えない。何もない。そのうち音だけが響いてくる。姿は見えない。キュッ、キュッと砂を踏みしめるような音だ。依然姿は見えない。見えないが邪悪な何かが確実に近づいている。

――厭な夢で目が覚めた。

時計を見ると三時三〇分を指している。ベッドに横になってから、まだ三〇分程度しか経っていない。疲れているはずなのに、眠れない。神経が敏感になっているのだろうか、麻痺しているのだろうか。これまでに経験したことのないストレスを感じ、体がどう対応していいのか分からなくなっているのだ、きっと。

くらくらする頭を押さえ、ペットボトルの水を一口飲む。隣では蜘蛛手が眠っている。穏やかな寝顔だ。いつものしかめっ面は微塵もない。なんとのんきな、とあえて口に出して毒づく。少しだけ眩暈が収まった。

――二階で何かが落ちた、気がした。……だから目が覚めた。

音が聞こえたわけではない。振動が伝わってきたのだ。だから悪夢から解放されたのだ。

ほんのわずかだったが、床が振動し空気に伝わり、天井に届いて、また空気を震わせ、気流のかすかな揺れが肌の産毛《うぶげ》に到達する。

普段は気にならない程度の振動だ。振動だと気がつかない程の空気の流れだ。だから､頭を振って、もう一度ベッドに入り毛布を頭から被る。

寝たい。眠りたい。思えば思うほど目が覚めてくる。神経が冴えてくる。数分、葛藤に耐えたが、諦めて、毛布をめくった。

ベッドから出てスニーカーを履き、ジャケットを羽織る。振動は一回きりだ。その後はない。耳を澄ませても、物音ひとつしない静けさだ。

ベッドに腰掛け、また逡巡する。

気のせいだ。行ったところで何になる。

そこで、ふと思い出した。早田は少し休んでから帰るといっていた。感じた振動は早田が出て行ったときのものなのだ。螺旋階段の音鳴りは三階から四階で鳴るだけで二階から下はあまり鳴らない。長い間外気に晒されているので音鳴りの不具合が出たものなのだ。風雨や地震等による振動などが積み重なり、踏面のチェッカープレートが歪んできたのだ。それが人が歩くときの体重移動で、音鳴りがするのだ。下階になるほど歪みの影響を受け難い。だから、二階から早田が下りても音鳴りがしないということはありうる。私の頭のなかでは論理的に解決した。

が、——何をためらっているのだろう。行って誰もいなければ、帰ったことを受け入れればいい。

自分自身に気合を入れた。

(よし、行こう。確認するだけだ)心のなかで宣言する。

外に出、螺旋階段をそろりと上る。音鳴りはしない。

二階に到達する。螺旋階段はそれ以上上れないように、立ち入り禁止のテープが張られている。さらに三階、四階のドアは警察によって施錠されてもいるし、これ以上上ったところで意味はない。

二階の玄関口に立つ。ドアはもちろん閉じられたままだ。

オレンジと水色のラインが交錯した模様の描かれたそのドアは禍々しい冥界への入り口のようにみえてきた。なんでこんなデザインにしたのだろう。腹立たしい。

——そのドアが動いた。

全身が硬直したように動かない。

ドアは少しずつ開き、黒っぽいブルゾンを着た大きな背中が現れた。

背中はどんどん大きくなって、全身が現れた。肩には大きなバッグをかけ、両方の手にはやはり大きなボストンバッグを持っている。

荷物で両手が塞がっているから、ドアを背中で押し開けて出てきたのだ。

だが、その背中は、いや、後頭部は見たことのない男のものだった。

私はその間、ただ動けずに見つめていた。見知らぬ大男の背中を。

男が振り向いたとき、思わず「あっ！」と声が漏れた。

「は、早田さん？」私は高鳴る鼓動を抑え、
続けて「び、びっくりした」と胸をなでおろした。

「すみません。何か音がしたような気がしたものだから、上がってきました」

私はその場を取り繕うと、身振り手振りを交えて話そうとするのだが、頭を抱えたり、その頭を叩いてみたりと、新作の阿波踊りのような仕草を繰り返すことしかできなかった。

「……ふっ、これか、内緒だぞ」

といって早田は片方のボストンバッグを下ろし、額に手を当て、前髪を親指で挟んで、捲ってみせた。

「実は、普段はかつらをつけているんだ」

「あ、はい。……お似合いです。これから帰られるんですね？」

「ああ、そうだ。――いや、先に荷物だけでも積んでおこうと思ってね。帰るのは、日が昇ってからにするつもりだ」

「そうですね。賢明ですよね、その方が」

「だから、そこを譲ってもらえるかな」

「あ、ごめんなさい」

私は頭を下げ、階段を駆け下り、そのまま一階の部屋に戻った。三時四五分だった。

その後しばらくして、車が発進し出ていく音が聞こえた。早田が、先ほどの話とは裏腹にそのまま出て行ったのかと思われたが、それは宇佐美の車が糸魚川へ向けて出発したものだった。というのも、そのわずか数分後、螺旋階段を上る足音が聞こえ、二階のドアが荒々しく閉まる音がしたからである。階段を上る音は明らかに踏面に靴底を叩きつけるがごときで、ドアもドアチェックの機能を壊さんばかりに無理して力を入れて閉めたものと推察された。かつらをかぶっているところを見られたことが、よほど悔しかったと思われる。


時刻は四時を五分過ぎていた。

私は頭から毛布を被った。

同じ夢が、得体のしれない化け物が、赤毛のクマが、砂を踏みしめる音が再び始まった。


朝、七時過ぎに目が覚めた。少しは疲れがとれたようで、眩暈は消えていた。

蜘蛛手は未だ寝息を立てていた。なぜか頭にきたので、ベッドを軽く蹴飛ばした。起こさない程度に。

寝息が止み、片目が開いた。

「いま、蹴飛ばしただろう」片目は閉じたまま、文句をいう。

「ちょっと足が当たっただけだよ。それより目は――」

「そうか」と蜘蛛手は首をぐるりと回し、「人間は嘘を見抜かれた後、とっさに話題を変える」

「うっ、……」何もいえないでいると、

「目の状態はかなりいい。ところで、いま何時だ」

蜘蛛手は上体を起こし、両手で髪をかき上げる。たちまちクレムリンの大聖堂のような髪形が出来上がる。

「七時を回ったところだけど、まだゆっくりしてていいよ。ここは事務所じゃないから、遅刻の心配はしなくてもいいんだ」

すると蜘蛛手は、すっくとベッドから立ちあがり「寝ぼけているとでも思っているのか」と、さっさと着替え始めた。そして、

「これまで舌を出したり、中指まで立てたりと、僕に向かって行った数々の悪行は、心の広い蜘蛛手様が見逃してやる。だから、コーヒーでも淹れてくれるか」

（！！！！　すべて分かっていたのか？？？？）

私は一瞬、すべての時間が止まったような感覚に陥った。

「聞いているのか」

「……あ、ああ、いまお湯を沸かしているところだよ。――そ、そろそろ起きるころだろうと思って」

しどろもどろの私に向かって、蜘蛛手はふんとはなで笑うと、

「宮村、君もそろそろ着替えた方がいい」

「……えっ、で、でも、どうして？　まだ――」

「あいつがもうじきやってくるからな」

「あいつって？　警部のこと」

「そうだ。君もやっと少しは僕の考えが分かるようになったな」

　長い間、一緒に仕事をしていれば、普通は分かる。しかし蜘蛛手だけはやはり無理だ。理解の外に存在する。

「でも、朝早くには来ない。九時過ぎだろうっていっていたけど――」

「警察のいうことを信じちゃいかん。川崎のおっさんの双子の弟なんだぞ。思考回路も一緒だよ。あ、コーヒーは外で飲む」


　私は、コーヒーカップを両手に持って、東屋へ行く。

　一緒に飲むことにする。

「君は、四時前に戻ってきたろ」

　少しびっくりした。

「どうして？　って顔だな。空気の流れる感じで分かるんだよ。僕ぐらいになると、たとえ熟睡していても、脳は覚醒しているものさ。君が思っている以上に敏感なんだ、僕は」

　得意げに笑い、自信満々に顎を突き出し、コーヒーカップを掲げてみせる。

　何をいっているのか意味が分からなかった。しかも何が僕ぐらいなのかも分からなかったが、なぜか感心してしまった。

　そうこうしているうちに車のエンジン音が聞こえてきた。音は大きくなり、止まった。

「ほら、クラウンのエンジン音だ。しかも警察用に改造してやがる」

一分後、蜘蛛手の予言どおりに、川崎亮警部が姿を現した。

「おはようございます」私はいつものスマイルで朝の挨拶をする。

「おはよう」警部は私には返してくれたが、蜘蛛手とは目も合わせようとしない。

「いくつか確認していないことが分かってね」

寝ていないのだろう。警部の顔には無精ひげが目立つ。目の下に隈も現れている。

「コーヒーあるぜ」蜘蛛手は初対面の相手、あるいは公僕に対しては必ずといっていいほど不遜な対応をする。慣れ親しんでしまえば人懐っこい笑顔もみせるのだが。

「ああ、いただこうか」

指示どおり余分に作っておいてよかった。

新しいカップにコーヒーを注ぐ。

「で？」最小限の言葉で意味は通じるようだ。

「全員一緒の方が手間が省ける。まだいるんだろう」と上階を見やる。

「四時前に帰り支度をするのだと、荷物を車に運んでいました。ひょっとしたら、もう出ちゃったかもしれません」

私は早田と交わした話をして聞かせた。

「いやまだ、いるだろう。表に車があったからな」

早速、警部を先頭に二階の部屋を訪ねた。

ノックしても返事がない。

ドアは開かない。

このとき嫌な予感を全員が感じていた。

警部は預かったマスターキーで解錠する。

ドアを開くと、生臭い臭いがした。

ウォークインクローゼットの扉が開いているのを横目で確認しながら、私は真っ先に浴室に向かった。

浴室の扉を開けたとき、わずかだが熱気を感じた。風呂を使っていたものと思われた。そして、その浴槽には赤く（今度は濃く）濁った湯に、切断された死体が浮いていた。

「うぎゃーっ」探偵助手としてあってはならない声を上げてしまった。私は己を恥じたが、続いて入った警部も蜘蛛手も「おえっ」「うぐっ」と声にならない声を上げた。

鼻をつく臭いのなかで見たものは、逆立ちした下半身と、仰向けに浮いた状態でこちらを見ている早田の上半身だった。どこの部位か判然としない臓器が首に絡まってもいた。

「まさか――、今回はこれ以上起こさないだろうと思ったのに――」蜘蛛手の慚愧の声が響いた。

＊＊＊

鑑識が到着し、捜査が開始された。駐車場は警察によって封鎖され、前の道路はマスコミの車両で溢れていた。

　早々に判明したことは、早田の死体は胸部——心臓の下あたりと臍の上の二か所で水平に切断され、両足は腰でつながっていたということだ。

　頭部および残りの上半身は浴槽の湯のなかに、肩まで浸かるように入っていて、切断された両足を、両手で抱えるように逆さに浮いていた。切断された腹部は見つからなかった。

　次に、判明したことは、先に積み込んだはずの荷物が、早田の車になかったことである。さらにもうひとつつけ加えるなら、早田が着けていたかつらは洗面台の吐水口のハンドルに無造作に掛けてあった。

「なぜ、腹部が持ち去られたのか？　頭や手足でなく、なぜ腹部なのか？　水上ミキ事件と同じように、早田の胴体に対して何か執着でもあったのか？」

　ふいに蜘蛛手が言葉を吐いた。


　川崎警部と蜘蛛手と私は工作室に入った。一応、非公式ながら警部から尋問を受けるという体《てい》だ。

「どういう執着だ」怒ったような警部の反応。

「それは、分からない。それを調べるのが警察の仕事だ」蜘蛛手が突き放す。

　蜘蛛手も警部も、またしても犯人に出し抜かれたことに、腹を立てているのだ。

「性的な意味があるのでしょうか」私が間に入る。が、

「水上ミキは女だし、有名人でもあり、美人でもある。だが、早田は——」

「ただのおっさんだ、ということは分かっているさ。だから——」

「可能性の一部だといいたいのか」

喧嘩が始まるかの如き勢いだが、そうではない。お互いが考えをこうやって言葉にすることによって、ひとつの結論へと導く行為なのだ。それをふたり共知っている。私はなぜかそういう風に感じ取った。

「凶器は、三人とも同じもので殺されたということで間違いないのだろう？」

蜘蛛手が問う。

「おそらくな。ミキと牛野も幅の狭い、しかし鋭く長い凶器で心臓まで達する傷を負わされている。それが致命傷だ」

「じゃあ、あの小刀に間違いないのか」

警部は蜘蛛手の質問にすぐには答えなかったが、「まず間違いないだろう。いずれ判明する」

浴槽のなかの早田の死体を検分した際、分断された上半身の肩甲骨辺りに小刀が突き刺さっていた。ただその小刀には柄《つか》がなく、柄の部分には包帯のような白い布が幾重にも巻かれていた。心臓に達するまで差し込むには握りが必要だったからだと推測された。

「でも、なぜ、柄がなかったのでしょうか。刀の出どころを隠したかったのでしょうか」という私の問いかけに、

「刀身だけで充分分かるものだ」と警部が答えれば、

「あるいは、古い刀で、柄が傷み、朽ちて使い物にならなかったのかもしれない」という蜘蛛手の疑

問には、

「刀身自体はきれいに研がれてあったがな」と説明する。

「凶器が同じなら、同一犯の可能性が高いということで――」

「まず、間違いないだろうな」

本来、警察は憶測で、ものはいわないが、私たちの関係はそれを超越しているのかもしれない。あるいは逸脱というのか。

「では、今回はなぜ凶器を残した」

「それこそが一番重要だよ」と警部が答えれば、

「水上、牛野、早田、三人とも、体の一部を傷つけられるか、または持ち去られている。それらと同じぐらいに重要だね」

負けじと蜘蛛手が返す。そして、ふたりは顔を見合わせ、うなずき合った。

「でも、なぜ三者三様なんですか？　顔なし、頭なし、腹部なし、みんなバラバラですよ」

私はシニカルに割って入る。

「おーっ」という歓声と共に、なるほど鋭いじゃないかという表情で、私は警部と蜘蛛手にまじまじと見つめられた。だから調子に乗ったというわけではないけれど、

「では、つぎの問題です。早田の荷物はどこに消えたのでしょうか」と続けた。警部は苦虫を噛み潰したような笑みをしてから、

「まあ、宮村君。その前に、時系列に沿って、事件を整理しておこうじゃないか」

時系列行動一覧表】

蜘蛛手（1F）	宇佐美	浜 崎	その他　備考欄
百白荘 着			
夕食 始 夕食 終 東屋でビール ↓	夕食 始 夕食 終	夕食 始 夕食 終	
↓ 東屋にて宮村と会話 東屋でビール ↓ 女?に襲撃される	車で糸魚川へ向け出発		
牛、早、宮、蜘蛛、浜 殺害現場確認、推理 早、宮、蜘蛛、浜 現場確認、推理	（外出中）	牛、早、宮、蜘蛛、浜 殺害現場確認、推理 早、宮、蜘蛛、浜 現場確認、推理	
県警による事情聴取 ⇐	糸魚川より帰着 県警による事情聴取 ⇐	県警による事情聴取 ⇐	警察による道路検問開始 ↓
	再び糸魚川へ向け出発		↓
⇐	（外出中）	⇐	↓

【2015年9月22日、百白荘事件関係者

時 刻	水上ミキ（4F）	牛野勉（3F）	早田独（2F）	宮村（1F）
15:00	百白荘 着	百白荘 着	百白荘 着	百白荘 着
16:00		百白池畔		百白池畔
18:00	夕食 始	夕食 始	夕食 始	夕食 始
19:30	夕食 終	夕食 終	夕食 終	夕食 終
19:35	東屋でビール		東屋でビール （いったん2Fへ） ↓	東屋でビール （いったん2Fへ）
20:30	宮村と会話するも 早々に散会		自室へ戻る	
20:32		玄関口で宮村と会話		玄関口で牛野と会話
				東屋にて蜘蛛手と会話
20:40				1F自室のベッドへ
20:45				
21:00	水上ミキ殺害事件 発覚	牛、早、宮、蜘蛛、浜 殺害現場確認、推理	牛、早、宮、蜘蛛、浜 殺害現場確認、推理	牛、早、宮、蜘蛛、浜 殺害現場確認、推理
21:50		牛野殺害事件発覚	早、宮、蜘蛛、浜 現場確認、推理	早、宮、蜘蛛、浜 現場確認、推理
22:30	県警到着、捜査開始	県警到着、捜査開始	県警による事情聴取	県警による事情聴取
9月23日 2:00				
3:00	県警引き上げる	県警引き上げる	⇐	⇐
3:45			玄関口で宮村と会う	玄関口でかつら装着の 早田と会う 自室へ戻る
4:00				
4:05			ドアが閉まる音（早田荷物を運び出し自室へ）	
7:30			県警再着 早田殺害事件発覚	⇐

警部はテーブルに一枚の用紙を拡げた。そこにはすでに、時間の経過に沿って各人の行動が書き込まれていた。【時系列行動一覧表 参照】

「ほう、さすがですね」蜘蛛手が警部に対して初めて賛辞を送った。

いわれた警部もまんざらでもなさそうだ。目じりが下がっている。警部は寝ずにこれを作っていたものと推察された。

さらにペンを取り出し、三時以降の記録——すなわちいったん警察が引き上げてからの時系列を追記していく。

「朝四時前に宮村君が生きている早田に会ったのが最後だ。車へ荷物を運ぶ際、二階の戸口で会った。そして数分後には二階の部屋へ戻った」

「怒らせてしまったようで、わざと音を立てて部屋に戻ってきました」私は補足する。

「犯人はその直後に二階に侵入した。ドアを開けたのがなかにいる早田であるのなら、犯人は顔見知りということになる」

警部はそう語りながらも、ペンを動かす手は止まっている。

「誰なんでしょうか」

「……」誰も言葉が出ない。

「では、置いといて、次に行く」

「いや、ちょっと待った」蜘蛛手が話を止める。

「二階に戻ったのが早田だとの確証はない。宮村が聞いたのは、階段を上る靴音とその直後の上階からのドアを閉める音だけだ。なのに、なぜそのように明記できるのだ」

蜘蛛手は時系列表の［早川独］の行と［４：０５］の列を指さした。

「まあ、いいだろう。いいことを教えよう」

といって警部はポケットから掌にすっぽり収まる小型のリモコンのような装置を取り出した。

「キューブハウスの螺旋階段の二階の竪格子にこいつを取り付けておいた」

「……カメラか」

警部はうなずいて、

「フル充電で一〇秒間隔のコマ撮りなら四時間は撮影が可能だ。本館の裏口と東屋が写っている」

「天球カメラだな。それならゲストハウスの入り口も写っているんじゃないのか」

「目立たぬように格子に貼り付けたものでな、ゲストハウスの方は写っていない。が、一階の螺旋階段の入り口はかろうじて写っているから、誰かが出入りすれば分からないはずがない」

「で、宮村のいっていることが実証できたのだな」

「ゲストルームの方を写してはいないので、厳密には実証できているとはいいがたいが、証言の裏付けにはなる」

「他には？」

「他にはとは」

「カメラは一台じゃないんだろう」

「仕方ない。そのとおりだ。もう一台は表の駐車場のロータリーの植え込みから本館の入り口が写るようにセットしたものだ。だが、これは半分失敗だった。野生のリスか何か分からんが、固定が甘かったせいで、カメラが倒されてしまった。だから肝心の早田が車に荷物を運び込むところは写っていない」

「だが、半分は成功なんだろう」

「宇佐美がレンジローバーを運転して出ていく瞬間だけは、写っている。これも、宮村君が聞いた車の音の裏付けにはなる」

「三六〇度カメラですよね。いまの時代はいいものがありますね」

触れようと私が手を伸ばすと、警部はすぐに握りしめ、胸ポケットにしまった。

「それよりも、警察はこんなものを無断で取りつけていいものなのか。それとも、よほど、また何か起こるという確信があったのか」

「それをここでいうのか。お前たちだから話したんだぞ。特に根拠はないが、過去のこともある。万全を期したまでだ」警部は憤然としていう。

「でも、結局、そうなると、また密室ですよね。誰も侵入しなかったし、誰も逃げ出さなかった。しかし、殺しは実行された」

「キューブハウスと本館の間の北側――百白池へ抜ける道ならカメラの死角になるのではないか」との蜘蛛手の問いかけに、警部は残念そうに首を振り、

「実際、貼りつけている側は写らないので三六〇度までは写り込んでいない。だが、さっきもいったように、二三〇度から二四〇度は写り込んでいる。百白池の方からキューブハウスの外壁に沿って螺

旋階段までは近づくことはできるが、階段のなかに入るときに、どうしても写り込んでしまう」

「けど、誰も出入りしていなかったんですよね」

「そうだ。本館裏口と物置を往復する浜崎を除けば、死んだ早田と宮村君以外の人間は誰も写り込んでいない」

「またまた歓迎されざる密室です」私は知らず、どこか嬉しそうに話していた。さらに、「ちなみにウォークインクローゼットの窓はしっかり閉まっていました。だけど、ハンドル中央のつまみは捻られていませんでした。今回の三名の殺人事件で、そこだけが同一の条件なのです」

「殺人を終えた犯人は、なぜか切断した腹部を持って、どういう方法かは分からんが、外へ逃げて行った。そして、おそらくどこかに隠すように停めてあった車で逃走。七時まで誰も気づかなかったのだから、今頃は安全圏にいる」逆に、警部は苦虫を噛み潰すような顔をしている。

「次に行く」憮然とした口吻で、警部が話を転じた。

「早田の車には、部屋から運び出したはずの荷物がなかった。早田独を殺した犯人が、それを奪って逃走したものと予想されるが、その荷物とは何なんだ。どういった荷物だったか」

「肩にかけていたのは黒い色のショルダーバッグで、バッグがいっぱいになるぐらい四角い形をしていました。両方の手に持っていたのも大きめのボストンバッグでした」

「何が入っていたかなんて分からないよな」と蜘蛛手。

私はひとつうなずく。

「重そうだったのか？」と川崎。

「うーん、重そうではありましたけど……」

結論の出ない会話がなされたあと、

「ところがだ、早田の部屋にはまだ荷物が残っていた。着替えだよ。ウォーキングに出るためのウェアや着替えがそのまま残っていた。彼が運び出した荷物はいったい何だったのだ。しかも車で来ているんだ。最初から着替え程度の荷物を室内に持ち込めば十分ではないのか」

「僕なんかリュックひとつに収まるのに、何を持ち込んでいたのだろう」

私は肘を抱えて首を傾げる。

「車ということでいえば、四階、三階の事件の犯人と目されている女も、どうやって逃走したんだ。公共交通機関は不便すぎるうえに、利用者が少ないから目立ちやすく、他人の記憶に残る危険がある。だから移動には車を用いたはずだ。だが、規制や検問には引っかかっていない。うまくすり抜けているだけか」警部の苦悩は深まるばかりだった。

「早田は死後、どれくらい経っているんだ」蜘蛛手が質した。

「まだ、分からんが、信頼すべき鑑識のベテランがいうには、四時前では遅すぎる、もっと前に死んでいるというのだ。一部、死後硬直が始まっていたらしい。湯に浸けられていたのは犯行時刻をごまかすためではないかと完全に疑っている」

「そんなバカな。いえ、でも、あれは早田さんだった。時刻は三時四五分だった。出ていこうとする早田さんに、僕は……」といったあとで、私は胃のあたりがさし込むような感じがした。

(違うだろう。ドアを押し開ける背中を見たとき、見知らぬ男だと思ったのではないか。それは、頭が、髪の毛がふさふさだったから……)

――果たしてそうだろうか。

「早田さんは、なぜ最初からかつらを被ってこなかったのでしょうか。好きな女性――女将の前ではかっこよくありたいと考えたのなら、被ってきた方が良かったのではないでしょうか」

「以前と変わったことを突っ込まれる――からかわれることが、嫌だったからだろう。分からなくもない」

警部が男性を代表して、その心情を語る。

あるいは、そういう細かいところを気にかけない男らしさ、潔さの方を優先した結果かもしれない。

だが、ここを出発したあとで着ければよかったものを、なぜ部屋を出るときに装着していたのか。

女将は再び糸魚川に向かうと宣言していたではないか。車に乗り込むときに顔を合わせないとも限らないのだ。なぜか行動が矛盾している。

(分からない。まだ悪夢が続くのか)

私は激しく頭を振った。

「大丈夫だ。悪夢は終わったよ。君の悪夢の正体が分かった。もうみることはない」

蜘蛛手は不敵に笑った。両眼はかっと開かれていた。

独り言のつもりだったのに、声が漏れていたようだ。

蜘蛛手の鳶色の瞳が輝いて見えた。

二二
事件後　翌日

翌日、私と蜘蛛手は松本市の中町通りにいた。

白い漆喰壁の和風建築が建ち並ぶ、古の街並みは私の好みだった。特になまこ壁を持つ蔵は内部を改装し、おしゃれなカフェや雑貨店や土産物店として賑わっていた。松本城の天守閣が築城時の姿をそのまま維持しているのと同じように、この通りの蔵も本物の平瓦を用いたなまこ壁が残っているものがあって、心躍らされる。正面こそ改装され、現代風に変わってしまっているが、一筋奥に足を踏み入れると、古の、そのままの姿が垣間見える。

蜘蛛手は、そのなかのひとつ——はかり資料館にいた。館内は一目で見渡せるような小さな館なのに、入ってから、もう三〇分は優に過ぎた。何にはまってしまったのか。

百白荘は昨日早朝の早田殺害事件以来、警察によって管理されている。だから仕方なく松本市内の女鳥羽川に接する古い旅館に移ったのだ。小さな宿だったが、窓辺に腰かけて見下ろす女鳥羽川の穏やかな水の流れが、三件の陰惨な殺人現場を目の当たりにして疲れた心を癒してくれた。

笙燃館に泊まるというわけにはいかなかった。宿泊料の問題というより、宇佐美晃子がとうとう帰ってこなかったからだ。早田が殺されたことは知っていると浜崎はいっていた。浜崎本人がそう伝え、すぐ戻ってくるとの返事をもらっていたからだ。しかし、待てど、暮らせど、帰ってこない。電話をしても不通だった。宇佐美の身に何か起こったのかもしれない。疲れていたことだろうから、交通事故でも起こしてしまったのでは、と危惧されたが、交通事故情報のなかに宇佐美晃子の名はなかった。

「蜘蛛さん。そろそろ出ようよ」

出たところで、特段することも、行くところもなかったが、

「うーん、そうだな」とのんびりした返事。昨日までは事件解決は急がなければならないと焦燥感さえ感じていたのに。——そんな視線を感じたのか、

「いまは警察の捜査が落ち着くのを待つしかない。僕たちにできることは待つことだけだよ」

「でも、蜘蛛さんには解けているんだろう」

私は事件の真相を教えてほしいという強い気持ちを抑えて、さりげなく訊いた。

「ああ、だが、説明を聞いただけでは、おそらく理解できないだろう。だから待つんだよ。警察の組織力を使えば、すべてが解明されるはずだ」

といつものようにはぐらかされた。が、何か違和感がある。

「すべてが解明されるだろうって、すべて分かったんじゃないの」

「鍋倉転落死事件、赤津首吊り死事件についてはその方法と犯人も分かっている。だが、今回の水上、牛野、早田殺害事件については、どうやったのか、その方法は分かっているが、犯人の名前と動機までは分からない。犯人の特定はできるがな」

ますます意味が分からない。禅問答ではない。

とそこで、私の携帯が鳴った。

「川崎警部からだ」スマホを耳に当てる。

「宇佐美晃子の死体が上がった⁉——どこです」

〈中町通りから女鳥羽川を三キロ余り北上した、キッセイ文化ホールがある辺りの河川敷で溺死体として発見された〉

小澤征爾がコンサートをする、あのホールだ。

「いつですか？」

〈今朝の九時過ぎだ。死体は先月の大雨で流された倒木の陰になっていて発見が遅れた。開けて見通しのいい河川敷なんだが、流れてきた葦が絡みついていたせいだ。死後四時間以上経っているらしい。死体はすでに搬送された。これから信大病院で検死解剖に入る。俺は松本署に足を運ぶが、その前に腹ごしらえをする。昼飯は食ったか〉

「いえ、まだですが」

〈じゃあ、島立《しまだち》の榑木野《くれきの》まで来てくれ。有名な蕎麦屋だ。そこで蕎麦を食わしてやる〉

「分かりました。島立ですね。駅の反対側ですよね。すぐ行きます。ええ、スマホで調べればすぐ分かります」

勝手に約束をして電話を切ったが、蜘蛛手はどこか躊躇しているようであった。

一番奥まった座敷席に警部はひとりで陣取っていた。唐木《からき》の座卓の向かいに腰を下ろすと、私は早速切り出した。

「宇佐美晃子を殺したのは浜崎なのですか」

「それが君たちの見解か」

「他に誰がいます」私は座卓に身を乗り出した。事件の関係者で生き残ったのは浜崎だけなのだ。疑いを持つのは当然だ。

「残念だが、やつにはアリバイがある。昨夜は市内の自宅に戻り、一歩も外へ出ていない。おまけに、浜崎は過去の事件も含めてすべての事件において、アリバイだけはある。限りなく胡散臭いが、少なくとも主犯ではない」

「それでも一応、監視はつけていたんですよね」と私も諦めない。

「当然だな」警部は出されたおしぼりで、ぐいぐいと顔を拭いている。別れて一日しか経っていないのに、誰の目にもやつれてみえた。二晩ろくに寝ないで事件捜査に明け暮れていたからだ。

「溺死だということですが――」

「後頭部を鈍器で殴られた痕がある。手足や口にもガムテープの接着剤が残っていたから、うしろから殴られて気絶したところをガムテープで縛られ、川へ運ばれ溺死させられたのだろう。雨が降っていないから水深はせいぜい膝ぐらいのところだ。手足を縛られ身動きできない状態で、頭を水のなかに押さえつけられ、もがき苦しみながら絶命したのだろうな」

警部は想像を加え、あたかも見ていたかのように説明した。

蜘蛛手は黙って湯飲みを口に運んだ。目は警部を睨むように見つめている。何か釈然としないものを感じているのだろう。

「水上ミキ、牛野勉、早田独のＤＮＡ鑑定結果も出た。遺体から採取したものと、それぞれ本人の自宅から採取したヘアブラシ、歯ブラシ等から得たものとが合致した」

「早いですね。まだ一昼夜しか経っていないのに」

「無理をいって、強引にねじ込んだ。異例中の異例だ。俺の努力を少しは評価してもらいたいね」と乾いた笑い声を立てる。

「今度も解決できないとなったら、県警始まって以来の大失態だからな。着任したばかりの本部長も力が入るさ。前の本部長は五年前の事件が未解決だから左遷されたとの噂だ」

「そんなことはない。どこで仕入れた噂か知らんが、単なる偶然だ。サラリーマンじゃないんだ」

「サラリーマンなら即左遷だ。よっぽど厳しい」

私はお品書きを卓の中央に拡げ、天せいろを注文した。蜘蛛手の不遜はいつものことだが、今日は警部も目が据わっていた。

「宇佐美の車はまだ発見に至っていないが、彼女の持ち物と思われるバッグが川の下流から発見された。活動量の多い宇佐美は内ポケットの多いマザーズバッグを使っていた。そのなかに三通の封筒に入ったメモが入っていた。財布や免許証、化粧品の類も一緒に入っていたから、犯人が回収する前に流されたものと考えられる」

蜘蛛手と警部は同じものを注文し、同じようにほうじ茶を一口含んだ。

「そのコピーがこれだ。水上ミキ、牛野勉、早田独の、ある種の独白文みたいなものだ」とテーブルの上に数枚の用紙を置いた。

それぞれ二、三枚の便せんに直筆で書かれた独白文だった。三者三様の筆跡で、文末には「水上」「牛野」「早田」とこれも本文と同じと思われる筆跡でサインがされている。

私と蜘蛛手が目を通している間、警部は携帯が鳴ったので、店の外に出た。

私たちが読み終わるころに、料理が運ばれてきた。電話を終えた警部も戻ってきて、食事が始まった。喉越しは良いのに、香りも味も感じなかったのは、蕎麦のせいではなく、三人の独白文から感じ取れる違和感に五感のすべてを奪われていたからに他ならなかった。

「水上ミキさんの独白文には、兄がいたということと、その兄に対して、母親の愛情を奪われ、嫉妬していたことが書かれています。なんか意外ですね。若くして売れて順風満帆な人生だと思っていたんですけど……。それに、妹さんがいたことは知っていましたけど、お兄さんの存在は知りませんでした」

「ファンだったんだろ」と蜘蛛手。

「ええ、でも僕の知る限り、語られていないと思う」

「結婚していたというのは？」

「離婚歴があることは何かのインタビューで触れていたけど、その相手がニューヨークの銀行マンだとは知らなかったですね。プライバシーに関しては公開しない人だったので」

「だったら兄がいたとしても不思議じゃない」

「そうだね……。でも、一番意外だったのは、年老いた母親を引き取る財力がないということ。何といってもミリオンセラーシンガーソングライターだよ。それがお金に困っていただなんて」

何だか釈然としない。

「そんなものではないか。売れたのは若いころのことだろうし、当時は所属事務所に搾取されていたのかもしれない。……だから、その後、独立した」

「ええ、確かに」

それ以来、派手な活動は、控えたんじゃなく、できなくなったのかもしれない、事務所の圧力で。

「最近は表立った活動をしていないし、CDも売れていないのじゃないか。しかも、一度染み付いたぜいたくな生活は簡単にはレベルダウンできない。だから――」

だから、……お金に困っていた。警部の見解にも信憑性はある。私は何もいい返せなかった。


「続いて牛野の独白文だが、会社を乗っ取ろうとしているライバルのことを綴っている。が、そもそも、それを書いて何になる。ただの愚痴でしかない。その昔、養子に出されたことを根に持っている風でもないし、四人兄弟の何番目だろうが知ったことではない」

警部のいい方は辛辣だ。

「でも、牛野さんはまだ社長ではないといっていたと思います。取締役ではあっても」

「だとしたら、この独白文に出てくる『あの男』に、すでに出し抜かれて副社長に落ちてしまっていたからじゃないのか」

警部は何かに対して憤慨していた。おそらく分からないこと自体が腹立たしいのだ。

水上はともかくとして、こんな一般人の独白文を宇佐美はどうして持っていたのか。しかも手書きのものだ。何の価値があるというのだろうか。こんなものを持ってどうしようとしたのだろうか。

「宇佐美さんはこれのために殺されたのですか」

「おそらくな。バッグの底に縫いつけられた跡があって、開いてみると封筒が入っていた。かなり巧妙に隠してあったことから、重要なものなのだろうと推察されるが、目的がよく分からない。まあ、それより最後のひとり、早田のそれについてはどうだ」

「早田さんに関しては、常にエリートの人生を歩んできたとばかり思っていましたが、かなり挫折した経験があるんですね。学生時代は頭ひとつ上を行くライバルを意識しすぎて自分を見失っていたみたいだし……。結構、鬱屈した人生を送ってきたのですね」

「僕には、独身だと語っていたが……」と蜘蛛手。

「離婚したにしても、死に別れたにしても、現在《いま》がひとりなら、独身といっても嘘偽りではない」

警部のいうとおりだ。

「いやそういうことではなくて、結婚歴があり、大病を患う娘もいたとは――。そういう風にはみえなかった」

「そうですね、一流医療機器メーカーのパイオニアとして業界雑誌に出たこともある人でしょう。そこに書かれていた前向きな内容とは相容れない……、というか、相応しくないというか、何か違和感がありますね」

突然蜘蛛手は座卓を叩くと、

「この独白文は、本当に本人が書いたものなのか」

「サインの筆跡は独白文の筆跡と同じものだ」

警部のいい回しは、却って私たちに疑念を抱かせるものだった。

宇佐美は水上、牛野、早田が生い立ちを綴った直筆の独白文を持っていた。バッグの底に縫い付けてまで隠し持っていた代物だから、かなり重要なポテンシャルを持つ証拠だといえる。犯人もこれを追っていたと思える。しかしその内容は、水上についてはスキャンダルの種にならないといえなくもない。牛野の場合は、それを他人が知ったからといって、何も価値がないように思える。早田のそれに至っては、内容は虚偽だとしても、調べればすぐ分かるような嘘をなぜ書いたのか。そして、こんなものに何の意味があるのか、全く分からない。

「何を隠しているんだっ」

蜘蛛手は斜向かいの警部を睨んでいる。目はすっかり良くなったようだ。

「ああ、別に黙っていたわけではない。俺もさっき鑑識から電話で知らされたばかりでね。何がどうなっているか、考えていたところだ」

「前置きはいいよ。早く――」

「みっつの独白文の筆跡は、水上ミキ、牛野勉、早田独、どれも本人のものではない。全く別の三人のもののなのだ。似てはいるが、違う人物の手によるものなのだ」

警部の言葉に、店内にいる他の客も一斉に耳をそばだてていた。

テーブル席には二人組の作業服の男、カウンター席にはスーツを着た男がいて、こちらを振り向かずとも、神経を集中させているのが手に取るように分かった。窓越しに見える駐車場のレクサスのなかにもずっと携帯をいじっている男もいる。

「みんな、刑事だな」

「分かるか」

「俺たちは容疑者ってことか」蜘蛛手は微笑む。

「仕方ないだろう。殺人事件で残った関係者は、浜崎を除けばお前たちふたりしかいない。しかも密室だと証言しているのも、お前たちだ」

「昨日は、僕たちはずっと宿にいましたよ。ねえ、蜘蛛さん」と私は容疑を否定したが、

「宇佐美殺しは、また別の犯人と考えればいい」

警部は蜘蛛手から視線を外さなかった。

「結果、誰もいなくなったしな。おまけに密室殺人だし。君の好きな展開になった」と蜘蛛手は私にちらと視線を送ってから、

「それじゃあ、警部。〝最後の晩餐〟だということで、蕎麦をおごってくれたのか。随分安くついたな」

警部は、ふん、と笑い、

「だがな、さっきの電話で状況が変わった。鑑識からでな、三人分の独白文は、それぞれ本人が書いたものではないことが判明したのだ。ミキの音楽事務所、牛野と早田はそれぞれが勤務する会社から借りてきた自筆の文書と比較した結果だ」と繰り返した。同じことを繰り返しいったのも、警部自身がまだ信じられないからだろう。

「つまり、偽物ってことですよね。それで、誰が書いたものなのか分かったのですか」

「無理をいうな。それはこれからだ」

警部は座卓に両手を突っ張り、立ち上がる。

「そうさ、だから、身柄拘束はできなくなったが、もうしばらく松本にいてもらう」

「拘束？　それより滞在経費は」

「知らんよ。松本には他にもいいところがある。ゆっくり見て回るんだな」

立ち去ろうとする警部に蜘蛛手が声をかけた。

「教えといてあげるが、あのみっつの独白文は嘘なんか書いていない。みんな当人が本当のことを書いている」

「筆跡鑑定でみっつとも別人が書いたと判明しているんだ、それを否定するのか」

「言葉どおりの意味だ」

「おい、おい、本当に分かっていっているのか。それぞれが、水上、牛野、早田が書いた独白文だといい切れるのか、と訊いているんだぞ」

弟の川崎警部は兄に比べ興奮しやすい。

「そうだ。それぞれ水上、牛野、早田が書いたものに間違いない」

蜘蛛手も一歩も引かない。

「でもその前に、三人の指紋の照合もしてもらおう。それぞれ自宅から歯ブラシやヘアブラシを押収しているんだろ。その結果をもって明日、百白荘で検証しよう。そこで、全貌を話す。当主が亡くなったいま、何も遠慮はいらないから」

「明日といわず、いまから行こうじゃないか。指紋の照合はすぐにやらせる。材料は揃っているから、あとは検査する時間と人材の説得だけだ」

と携帯を取り出した。すぐにでも連絡するつもりだ。

「分かりました。いいでしょう。僕は決して勿体をつけているわけではない。あることを確認しないと、すべての推理の根幹が崩れてしまうからなんだ。それには警察の協力がいる。それさえできれば、あとはすべてを、複雑に絡み合った糸が解けるように説明することができる。百白荘で起きたすべての事象を」

「すべてとは二〇〇九年と二〇一〇年の事件についてもか？」警部は眼を剥いた。

「当然。**そのために僕はここにいる**」

力強いその科白は、難事件を解決するために蜘蛛手啓司は存在するのだと、私には聞こえた。

【新本格ミステリ愛読者への挑戦状】

ここで使用されているトリックは、（大胆不敵なものであるが）古典といわれる本格推理小説から新本格へと続く、本格ミステリを愛する読者にとってはすでに市民権を得ているものと解釈する。

そのうえで、二〇〇九年と二〇一〇年に百白荘で起きた事件の真相を当ててもらいたい。犯人の名前というよりもなぜ鍋倉や赤津は死んだのか、どうやって密室が完成したのか、──そういったことに軸足を置いて推理してもらえれば、容易く真相に到達できるはずである。

また二〇一五年のキューブハウス三者殺人事件でも、どうやって犯人は侵入し、殺人を犯し、何のために死体を傷つけ、そしてどうやって脱出したのか、推理してもらいたい。これも賢明な読者なら容易く真相に到達できるはずだ。

ただ、二〇一五年における三件の殺人事件の犯人の名前を指摘することは、どんなに頭脳明晰な読者でも不可能であろう。仮に指摘できなくても、それは当然のことであり落胆することではない。

しかし、それでも犯人を特定することは十分可能である。

──では、健闘を祈る。

二三　ある解決

「蜘蛛さん、そして、警部、僕なりにずっと考えていたことがあるんだ」

私は神妙な面持ちで、話し出した。

「蜘蛛さんが事件を解明してくれることは間違いないと思うんだけど、目に怪我をしていて見えていない以上……」

真相に到達することはやはり難しいのではないか、と続く言葉を私は呑んだ。

犯人の名前と動機は分からないが、特定することはできるなどと意味不明なことを口にする蜘蛛手を、今回ばかりは信用できないと考えたのだ。高すぎるプライドが邪魔して、素直に白旗を上げることができないから、ああいった発言になったのだ。それに今回の事件に関しては少々自信がある。

腕組みをしている蜘蛛手は、笑顔で顎をしゃくって続きを促す。

「というか、蜘蛛さんの出番を仰ぐまでもなく、今回の事件に関しては、最前線で目の当たりにしてきた僕なりの答えがあります。キューブハウスにどうやって侵入して、脱出したか、考えてみた結果、ひとつの、いやひとつしかない結論に到達しました」

といって私は薄い胸を張った。蜘蛛手の前で初めてみせる断定的な物言いだ。

「ご高説賜ろうか」蜘蛛手は腕組みを崩さない。

「今回の三人の殺害事件が不可解なのは、犯人がどうやって脱出したかに尽きます。侵入方法は比較的容易い。四階の水上ミキさんの部屋には夕食時に侵入できます。もちろん合鍵は事前に入手していたという前提です。管理状態が良くない百白荘に侵入し合鍵を作っておくことは簡単です。だから要は脱出方法なのです。いまから説明するこの方法を用いれば、脱出は簡単にできます」

「三階への侵入はどのようにしたんだい」

「一緒だよ、蜘蛛さん。まあ、そう急かさないで。ものは順番だろ」私も余裕綽々だ。

蜘蛛手と私は警察の運転する車に乗り、再び百白荘にいた。

正面の駐車場で降り、キューブハウスと本館の間にある石畳で、不肖、私――宮村探偵は事件の解明を始めたのだ。

私たちの他には、川崎警部をはじめとした警察関係者、そのなかには濃紺のブルゾンを着こんだ年配の鑑識係もいた。そして、浜崎も落ち着かなそうな感じで体を左右に揺すって立っていた。

「四階の殺人と三階の殺人は短時間で発生しています。連続して行われたと考える方が自然です。だから四階で水上ミキさんを殺害し、窓を伝って三階へ侵入、牛野を殺したという寸法です」

見上げて、頭上の窓を指さす。一階から四階まで縦に並ぶウォークインクローゼットの窓だ。

「人間が出入りできる開口部といえば、玄関とウォークインクローゼットの窓、その二か所しかありません。玄関ドアは仮に出入りできたとしても、螺旋階段は一か所しかなく、周りを格子で囲われているから、一階部分で出入りするしかない。また格子だから、誰かが上り下りすれば、東屋にずっといた蜘蛛さんが気づかないはずがない。さらに早田さんが東屋にいた時間帯もあったし、僕がいた時間帯もあった。浜崎さんも何度か裏口から出たり入ったりしている。従業員用の駐車場や物置との間を往復していたのですね。こんな状況で犯人が玄関口を使ったとは思えない。つまり――」

ここでいったん言葉を切る。少し息を吸い、胸を突き出す。

「結果、残るのは南側の窓しかない。どんなにありえない現状でも、そこしか出入りできないのであれば、そこが出入り口なのです。それを確定的前提条件として推理を進めるしかないのです」どこかで誰かが喋った科白だったが、私は厚顔にも続ける。

「では、犯人がどうやって脱出したかについて、説明しましょう」

芝居がかった大げさな身振りを入れてみたが、蜘蛛手がにやにや笑っているだけだった。

「簡単にいえば、ロープを使って出入りした。――ということになります」

「おい」川崎警部が口をはさみかけるが、まあまあと蜘蛛手が制してみせる。

「そんなことはとっくに検討したとおっしゃりたいんでしょ、警部。ではお訊きしますが、犯人はひとりでどうやってロープをかけ、どうやって回収したのでしょうか。それが分からないからロープ案は没になったのでしょう」

上げた手を目の前に翳し、人差し指を立てる。

「ひとりだと決まっているのか」

「凶器が同じで、一晩に三人も連続で殺害した以上、同一犯であることは間違いないでしょう？　警部。それとも複数犯であることを証明できる人がいるのですか」

話の腰を折られ、少し憮然とした表情をしてみせる。

「分かった。続けろよ」

「いいぞ、宮村。僕は応援している」蜘蛛手がはやし立てる。

「キューブハウスの階高は一層約三メートル二〇センチです。四階の窓の『T』字形のハンドルから一階の窓のハンドルまでは三・二かける三層で九・六メートルになります。さらにその倍の一九・二メートルのロープを用意します。それぞれの先端を結び、ひとつの輪を作ります。ここまでいえばもうお分かりでしょう」

「おーっ！」蜘蛛手だけが口を尖らせて叫ぶと、音のしない拍手を送る。

「犯人は外部からその輪を四階窓のハンドルに掛けます。掛けたら、二本のロープを束ねて持ったまま窓から身を乗り出します。外に出たら窓を閉めて、ハンドルを九〇度回してロックします。同時に『T』字も回転して横『T』の字になるので、ロープが滑って外れることもありません。そうしてロッククライミングの要領で地上まで、あるいは目的のフロアまで降りていけばいいのです。注意しないといけないのは、見た目二本のロープを一緒に持つということです」

「中尾彬のストールのように最初から捻っておけば、握りやすいかもしれないな。捻った先端にはセロテープでも巻いておけば、解け防止にもなる」蜘蛛手が口をはさんだ。

「ま、その辺はいくらでもアレンジ可能です。いいたいことは、一本のロープを輪にして引っ掛けておけば、回収が楽だということです。結び目を解けば一本のロープに戻るのだから、地上に降りて回収し、逃げる。ね、簡単でしょう」

祭り興行の手品師のように両手を広げてみせる。

「投げ縄のように、ロープの片側に輪を作る方法もありますが、回収のことを考えると、いま説明した方法しかないのです。南側の窓だけが丈夫なスチール製なのも、人間の体重を支えるためです」

最後は一礼して締めた。

「それで、ぶら下がった状態で、窓の開閉は可能なのか」

警部のいうとおりである。かなり筋力、体力が必要だ。

「筋力のない女性や子供、お年寄りには難しいかもしれませんが、いっとき、片腕で自分の体重を支えられる筋力さえあれば、ロープを摑んだままハンドルを回せるでしょう」

「僕もできると思うよ。完全否定はしないが——」と蜘蛛手。

「ということは、犯人像は絞れる。筋肉質でやせ型の比較的若い男性か。そうなると、該当する人間はいない。通りすがりのスポーツマンの殺人鬼がいれば別だが。君のいうとおり、夕食のときに四階に侵入して、クローゼットに身を潜めていたのはよしとして、水上ミキを殺し、いまの方法で三階へ降り、牛野を殺して、その後どうしたんだ？　早田殺しまでには時間があるし、その間、君は早田の部屋を調べたんだろう」

そのとおりである。何もなかった。誰も隠れていなかった。

「まあ、それはともかく、犯人は牛野の首を持って、いったんここを離れたわけだ。そして、朝四時近くになって戻ってきて、早田を殺している。まずどうやって早田の部屋に侵入した。脱出に限らず、侵入にも窓が使われている可能性があるが、警戒していた早田が犯人を容易く招き入れるか。あるいは簡単に入られるようなヘマをするかな。もっといえば、確か君の証言だったはずだが、早田殺害後、二階の部屋に入ったとき、クローゼットの扉は開いていた。万が一、窓に異常があったときすぐに分かるようにしていたのだろう。警戒心の強い早田らしい対処だ」

警部の反論は理詰めで、しかも畳みかけてくる。

「も、もっと細かい時間軸に沿って検証しなければならないことが多いですが、まず……、まあ、密室のトリックはこの方法を用いたことに間違いはないと思います。この方法なら、侵入する際にも、つ、使えるから……、い、いろんなケースが考えられます」

しどろもどろになりながらも、私はとりあえずいい抜けた。

「六年前の雪密室でも、いまのトリックが使われたのかい？」蜘蛛手が話を変えた。

「恐らく。雪が降るほどに寒い夜だったので、手が滑って転落してしまったのだと思う」

「鍋倉の——、その目的は？」と警部。

「もの盗りか何かでしょう。それを調べるのが警察の仕事じゃないですか」私は憤慨した。

蜘蛛手が警察にかみつく心理が分からないでもない。

鮮やかな推理に拍手喝采とまではいかないにしても、賞賛をもって受け入れられると私は予想していた。それがふたを開けてみれば、批判的な意見ばかりで、責め立てられている。こんなはずではないと緊張したせいか、玉のような汗が顔中に噴き出していた。

「だがな、鍋倉は凍傷を負っていた」警部はダメ出しした。

「落ちて、しばらくは息があったからではないですか」

「残念ながら落ちた際に負った怪我――頸椎骨折と脳挫傷が原因で、即死だった。それに輪にしたロープも残っていなかった。どこにもな」

そういわれると、私にはそれ以上の見識、さらには確固たる信念もなかった。

私は噴き出した汗を袖でぬぐい、蜘蛛手から手渡された例の西急ハンズの扇子を拡げ、高速で扇ぎ始めた。

「もうひとつ、ついでに訊いておきたいんだが」

警部がこれ以上ないというほど低い声で最後の質問をした。

「五年前に起きた大座敷の首吊り死は、あれは、どうやったと推理しているんだ」

「あれについては……。や、やはり自殺なのでは……」

「もういいよ。宮村よ。君はよくやったよ。君の脱出トリックは僕も最初に考えたものだ。悪い案ではない。だが、それだと大座敷の密室は説明できないのだ」

「じゃあ、蜘蛛手さん、あんたが代わって説明してくれるんだな」

蜘蛛手は一歩前に出て、恭しく警部に一礼した。

「結論から、頼むよ」

警部は時間を無駄にしたくないとでもいわんばかりに腕時計を翳して見る。

「キューブハウスは動くのです」

警部の要望に応えて、蜘蛛手は一言で結論づけた。

「……」

「……」

「……」

驚いたというより、何をいっているんだ、こいつは、という顔で皆が皆、サングラスを外した蜘蛛手を見つめていた。

しかし蜘蛛手が言葉を切ったのは、勿体をつけ、聴衆の反応をみるという、名探偵が好む行為を真似たからではなく、結論から先に――といわれたからに他ならない。

さらに嫌な沈黙が続く。

この沈黙は畳みかけるような反論の嵐の前の静けさなのだ。反論を受ける前に、解説をした方が良い。

「螺旋階段を軸にして二階、三階、四階が滑るように回転して動くのです。螺旋階段の中心にある鉄骨の円柱が回転するのです。柱は層毎に縁が切れていて各階の床版と繫がっています。だから、各階ごとに回転できるのです」

「ばかな、階段が回ったなら、気づかないわけがない」

「勘違いしないでください。螺旋階段を囲う竪格子は動きません。段の踏面板も固定されています」

「そんなことができるのか」

「よく見てもらえば分かりますが、踏面板はチェッカープレートで、螺旋階段を囲う竪格子の方に溶接固定されているのです。ですから螺旋階段自体は中心の円柱が軸として回るだけなので回転していても気付き難いのです。いま宮村が使っているその扇子、それがヒントになりました」

蜘蛛手は私が手にしている一風変わった扇子を指さした。

「これさえ確認できれば、五年前、六年前、そして今回の三者連続殺人事件の密室の謎はすべて説明できるのです。だから、それこそが唯一無二の真実なのです」

蜘蛛手がそれまでとうって変わって慇懃に話すときは、一分の隙もない理論に固められているときだ。

「いや、動くって——、君の好きなミステリの世界では市民権も得ていて、ありなのかもしれないが……、現実世界で、そんな——」

言葉に躓くさまが警部の動揺を表していた。

「そんなにとっぴなことでもないんですよ。日本では曳家《ひきや》という建物を動かす工法があり、歴史的価値のある建造物に対して現在でも行われています。東南アジアでは竹で造った家を神輿みたいに担いで引っ越しを行う地域もあります。アメリカではトレーラーハウスの大型版のような移動家屋もあります。あるいは建設現場では、仮設事務所などプレハブハウスをそのままクレーンで吊って移動することも一般的です」

「曳家は実施する前に、準備工事が大変だ。東南アジアの竹の家やプレハブは平屋で、家にしては小さく軽い。しかも担いだり吊ったりすることを前提に造られているんだろう。このキューブハウスは小さいといっても四階建てで、かなりの重量だろう。クレーンで吊るわけにもいかないし、その痕跡もない。そもそもそんなことをすれば、だれかが気づく」

建設の素人である警部にもこの程度の常識はある。まさしく正論だ。

「本当は以前入手した設計図を基に重量を計算したかったのですが、時間がありません。超概算でいいますと、各層はせいぜい二〇トンに抑えられています。二階から上は、動かすために軽量化を図ったのです。鉄骨フレームにALCを取り付けた構造としたのはそのためです。内部の家具も最小限にし、かつエアーベッドやエアーソファにしたのも軽量化のためと思われます。反対に一階は鉄筋コンクリートですし、二階から上階の荷重をすべて支えることが必要ですので、堅牢、すなわち重厚に造られており、一〇〇トンは優に超しているでしょう。もちろん基礎は計算に入れていませんが」

「一〇〇トンとかいわれてもなあ、一般人にはよく分からない。二〇トンでも重いと感じるのに」

「建物を造る側からすれば二〇トンなんて軽いですよ。日本は地震国ですから、免震構造の箱もの建築はたくさん存在します。高層の公共建築物で新しく造られるものはほとんど免震構造といってもいいです。免震というのは地中に埋まっている基礎・地下部分と一階から上の地上部分の縁を切る工法です。これによって地震による横揺れが建物に伝わらないようにしているんです」

蜘蛛手の説明は専門的になってきた。

「建物はただ載っているだけなのか」

警部の表情は、一生懸命に話を理解しようと努めている新人のように真剣だった。

「そうです。でもそれだけだと地震のたびにずれていってしまいますので、積層ゴムやダンパーを用いて揺れを減衰させたり、ジャッキを用いて元の位置に戻したりします。とはいえ建物の重さが物凄くありますから、軽微な地震ぐらいでは動いたりしません。構造によって違いはありますが、建物の重量は柱で支えます。柱に伝わった重量を柱の根元に設けた免震装置が基礎に伝えるという具合です。

ですから柱――すなわち免震装置一基当り一〇〇〇トンの荷重を支えるなんてざらなんです」

「免震は何となく、分からなくもないが、それとキューブハウスが動くということとどういう関係があるんだ」

「免震技術のひとつ――おそらく転がり支承を転用して各層を動かしていると思われます。簡単にいうと一階の天上の床版にステンレスの板を敷き、二階床の足元の床版にはベアリングが仕込まれているはずです。つまりステンレスの板の上をベリアングが転がるという仕組みです。キューブハウスの場合は一層二〇トンと軽量ですから、一般的な免震装置は不要です。免震装置の考えを応用した簡易な装置で十分だったと思います」

「……」不思議そうな顔をして見つめている警部に、

「つまりキューブハウスは基礎と一階は堅固に造り、一階と二階、二階と三階、三階と四階の境には各々転がり支承を設けて動くようにしたのです」

「……そうだとして、どうやって気がついたのだ」

「キューブハウスのなかに入って、はじめて感じたのは天井がやけに低いということです。それは各層の床版と天版が異なるのだから当然のことだったんです。簡易な転がり支承の装置も収められていたのだから尚更です。本当は全室、入っていれば、もっと早く気がついたかもしれませんが、目がよく見えなかったものだから」

私が最初にいったように、蜘蛛手の目さえ見えていればもっと早く解決できたのだ。換言すれば、私が蜘蛛手の目の代わりとなりもっと詳細な情報を提供していたら、今回の殺人事件のうち、ひとつでも防げたのかもしれなかった。私はここに至って自らの軽率さを呪った。

「蜘蛛さん、ごめん。調子にのっていたみたいだ。もう少し情報を伝えられていたら——」

「そんなことはないさ。僕も同罪だ。せめてミキの部屋に行くとき、僕も一緒に行っていれば、第二、第三の殺人は防げたんだ」と蜘蛛手はいったん私に向かっていい、再び警部に対して、

「それだけではありません。層間の目地が埋まっていなくて、隙間が空いていること、浴室が高床であること、縦配管の必要な水回りが階段の近くに集まっていること、二階に着手する段階で工事が中断され、しかもゼネコンが替わったことなどが真相に到達する決め手になりました」

予想外の説明に、私も警部も理解が追いつかなかった。その意味を確認する前に、やるべきことがあった。

「そのあたりの話はあとでしてもらうとして、まず動かしてみせられるのか」

そう、それこそが、一番肝心なことである。どんなに推理に根拠と自信があっても、実証できなければ、すべて水泡に帰す。

蜘蛛手は東屋の竹垣に凭《もた》れるようにして立っている浜崎を睨みつけた。その両脇には警察官が退路を塞ぐように立っている。蜘蛛手が警部に頼んでおいたのだ。

浜崎はほんの数分前まではそわそわ、見ようによってはおどおどして立っていたが、いまは泰然としている。開き直ったのか、表情はない。

「僕の予想では、本館とゲストハウスの間にある物置が一番怪しいと思います。事件の日、本館と物置を何度も往復していたのが、その根拠です」

蜘蛛手を先頭に、浜崎とふたりの制服警官、そして警部らが続いた。東屋の隅を曲がり、北側通路を進む。グレンチェックのコートの裾を翻し、蜘蛛手は自信満々に歩を進める。小さな物置の前まで来ると、立ち止まり、振り向きざまに、もう必要がなくなった感知スティックで、その扉を指した。

「浜崎さん、開けてもらえますか」

警部は預かっていたマスターキーを返し、優しいダミ声でささやくようにいった。

浜崎の動きはいたって自然だった。使用人として現場検証にあたり、警察の求めに応じて素直に従っている。ただ、その素直さこそが却って、これまでの彼らしくなかった。

引き分けの戸を全開にするとスチール棚が正面にあり、庭を手入れする鍬《くわ》や鋤《すき》、剪定鋏に高枝切鋏などの工具類、雑草駆除薬の瓶に床ワックス缶、竹製のかごにゴミ袋などなど雑多なものが置かれていて、棚の前には集配を待つゴミ袋まであって、まさに物置だった。

「まず真ん中のそこを空けてもらえますか」蜘蛛手は川崎警部に依頼した。

みっつある棚のうちの一番物が少ないものを空にする。警官二名がことにあたる。すぐに棚は空になり、背後に布製のカーテンが見えた。

棚を移動し、カーテンを引き開けると、電流、電圧計のメーターやパネルメーター、押し釦にキーやレバースイッチといった汎用スイッチ群、カラフルなランプ群、そして何かの制御盤が現れた。

警部は盤まで踏み出し、それらを穴のあくほど見つめてから、

「動かしてもらえますよね。浜崎さん」と再び浜崎の許まで戻って、耳元で優しくささやいた。

続けてすべての棚が取り払われ、同じような制御盤が一面に現れた。

浜崎は無言のまま、大きく深呼吸をすると、盤の中央にある一部くぼんだ箇所——そこにはタッチパネルが埋め込まれてあり、浜崎が何かを打ち込むと、コンピューター制御された操作盤のランプが点滅した。それから、ポケットから取り出したキーを差し込み捻る。シリンダー内ガス圧力を示すインジケーターの針が徐々に上がっていく。さらによく分からない操作をいくつか行うと、

「今、四階が動いている。その次に三階だ。最後に二階が回転する。ここにいては、何も見えないぜ」

浜崎は不敵に笑う。

何の振動も機械音も伝わってこない。

——静かだ。

【図㋔参照】【図㋕参照】

慌てて、外に出てキューブハウスを見上げる。

四階の床下がゆっくりだが、頭上に現れ始めている。北の方が大きく見え、それに比べ南の方はわずかしか見えない。扇形の床下が少しずつ開いているのだ。螺旋階段の中心柱を軸に回転しているのが分かる。蜘蛛手は自ら推理しておきながら、感心して見上げていた。

しばらく見ていると、四階はその動きを止めた。角度にして五〜一〇度くらいか。時間は五分弱。

続けて三階が動き始めた。

「あれ以上は回転しないのか」警部が問う。

「一層分だけ回転させるなら三〇度程度までは可能だ。だが各階層をその扇子のようにずらしながら回転させるとなると各層で七度が限界なんだ。まあ、見てなよ」

【図㋔】2009 雪密室の真相

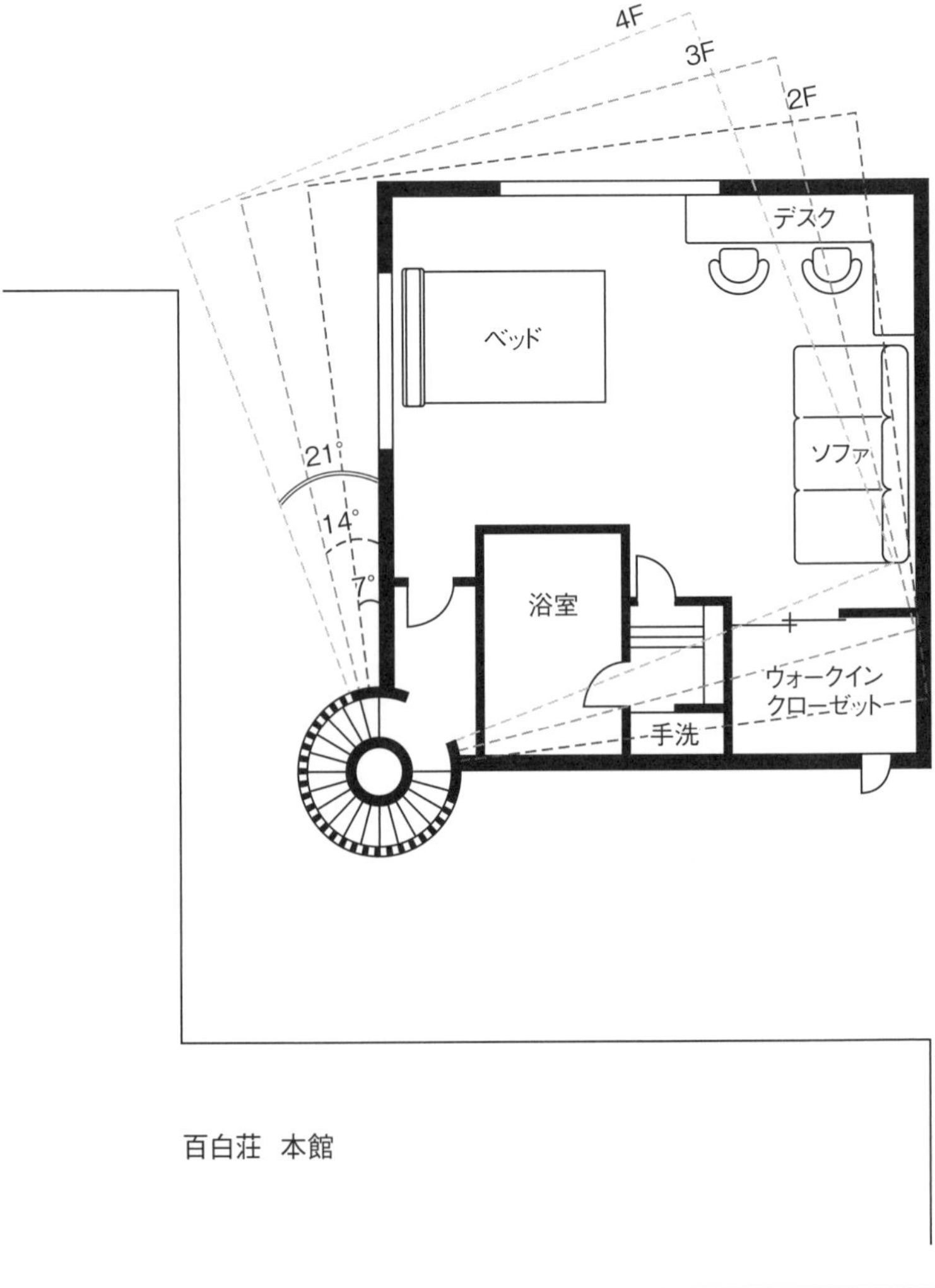

【図㋕】2009 雪密室の真相

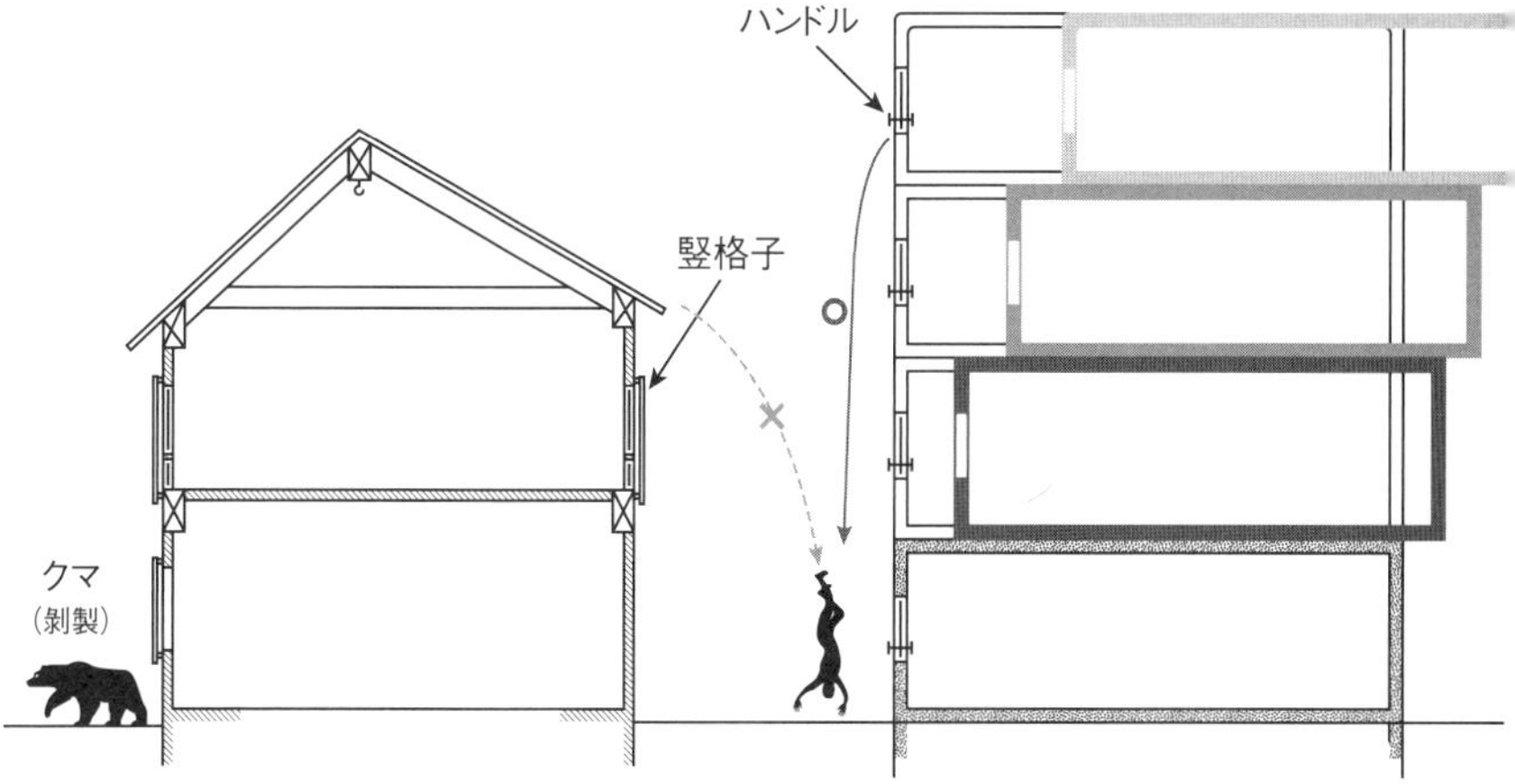

三階も同じく五分経って七度ほどが開いた。さらに五分経つと二階が動き始める。これも七度開いた。結果、一五分余りかかって、一階の外壁面に対し、四階は二一度、三階は一四度、二階は七度開いて止まった。物置はキューブハウスの四階の床下にすっぽりと収まった。

「構造的な問題があって、これ以上動かせば、重さに耐えきれなくなって、元に戻らなくなる危険性がある。最悪崩壊する恐れもある。本当はもう少し——回転させることができるが、安全側をみて各層七度にリミットを設定してあるんだ。まあ、それに現実問題として本館にぶちあたってしまうからな。へっ、へへっ」

「二、三、四階を同時に同じだけ回転させることは可能なのか」

「ああ、可能だが、その場合は一四、五度が限界だな。やったことはないが」

「しかし、なぜこんなものを……」

「さあ、俺も知らないね。警部さん、造ったのは死んだあの女だし——。俺は操作を教わっただけ。指示に従って動かしただけなんですよ。何の目的で、どのように利用されたかなんて全く知らないんですよ。分かってくださいよ、僕の立場を」

雇い主だった女将のことを、いまでは死んだあの女と蔑む。そのうえですべては女将がたくらんだことであり、自分は何も知らないとうそぶく。そして最後には警察に対して、だから情状を酌量してほしいと懇願までする。——卑劣極まりない男だ。

私たちは数人の刑事を物置に残したまま、再び石畳の方へ移動した。

「よし、いいぞ」

警部がトランシーバーで指示を出すと、四階の窓が開き、保安帽を被った警官が姿を現した。警官は下枠に足をかけたかと思うと、窓を乗り越え一メートルほど下の扇形に開いた三階の屋根の上へ降りた。万が一に備え、腰には安全帯が巻かれ、その安全帯は外壁にたらされたロープに繋がれていた。

そして、別の警官によって三階の窓がなかから開けられると、三階屋根上の警官は体を反転し、開いた窓の上桟に足をかけ、さらにハンドルに片足を移し、下枠に両足を下ろす。そうして今度は二階の屋根に降りた。

同じことを二度ほど繰り返して保安帽の警官は地上に降り立った。五分とかからなかった。蜘蛛手が警察の協力がいるといったのはこういうことだったのだ。

「今度は上ってみます」

保安帽を被った警官はそう宣言すると、降りたときと逆のことをやって、一階屋上に上った。続けて二階屋上に上ったところで、

「もうそこで止めていいぞ。ご苦労」と、警部は声をかけた。

ゲストハウスからの脱出並びに侵入方法の実証は無事完了した。各層をそれぞれ回転させてずらし、且つ開いた窓を足がかりにすることで、ロープなどの特別な道具を用いなくても、地上から四階まで上り下りできることが証明された。

上りの方が、窓の扉上桟から屋上に上るときに多少腕力が必要な分、若干時間がかかりそうだった。だからといって特別な腕力や運動神経がいるわけではなく、普通の体力さえあれば誰でも可能な行為

だった。

私たちは再び物置の前に移動した。

「反対方向にも回転しますよね」蜘蛛手が浜崎に訊いた。

「元に戻すだけならな。それ以上の逆回転は無理だな。そういう設定にはなっていない。油圧ジャッキが別についていれば可能だろうが、ついていないはずだ。それより蜘蛛手さん、和紙工芸作家にしてはよく知っているが、ひとつだけ間違っていたよ。それは、転がり支承ではなく、滑り支承だ。よく磨かれたステンレスの板の上をテフロンの板が滑る構造になっている。その方が全体に薄く施工できるからな。肝心要の機能なんだからこれを間違えてはだめだな」

大胆不敵な笑みを投げつけたかと思うと、すぐさま今度は警部の方に向きなおって、

「このままの状態で放っておくと、不安定で元に戻らなくなるから、戻しても構いませんよね。動かしたいのなら、おっしゃっていただければいつでも動かしますから」

そういうと盤に向き合いタッチパネルに触れようと手を伸ばした。そのとき、蜘蛛手はスティックの頭で浜崎の心臓辺りを突き、

「触れさせてはだめだ。デリートするつもりだ」

バランスを失い、ゴミ袋に顔を突っ込むように倒れた浜崎の腕を、ふたりの警官がからめとった。

「大事な証拠を湮滅《いんめつ》する可能性があります。この男を逮捕してください」

「ご、ごほっ、……おい、いったい何の罪だ。警察は素人のいいなりなのか。ごほっ」

浜崎は結局最後まで蜘蛛手の正体には気づいていないようだった。

「認めないのか」川崎警部が静かに問う。

「何をだっ！　動く家を造ったのは女将だ。俺は女将から聞いたことを伝聞しているに過ぎない。すべては女将にいわれたことを忠実に実行したまでだ。ことの善悪はおいといて、使用人としては当然だろうがっ！」

「浜崎さん、あなたは、ハウスは逆方向、即ち時計回りには回転しないといった。また、反時計回りの回転では一層分が最大に動いても三〇度が限界だともいいました。ですが、仮に二階を三〇度、反時計回りに回転させても、本館にはぶつかりません。喫茶室がある方は平屋ですからね。おまけに入《い》母屋《もや》屋根で下がっています。だから反時計回りに三〇度動かしても、屋根の上を動くだけなのです。一方、大座敷がある方は二階建てです。しかも天井が高い。二階はもちろん、三階が三〇度も動けば本館にぶつかってしまうのです」

言葉使いこそ丁寧だが、感情を押し殺した蜘蛛手の髪は炎のようにゆらゆら燃えていた。

「つまり、キューブハウスは反時計回りに三〇度回転しても本館にはぶつからない。本館にぶつかるのは、時計回りに回転したときだけなんです」

最後に蜘蛛手が持っていたスティックを大きく振りかぶり、そのまま浜崎の脳天に落とす――そんな想像を私はしてしまった。

「語るに落ちたな。時計回りに回転することを知っていたから、『本館にぶちあたる』なんていったなのか」

のだ」

「だとしたら、どうだというんだ。あれは単なる首吊り自殺だろ」

「動いたらどうする？　殺人だと認めるかい」警部が不敵に笑う。

「何を、馬鹿な――。かまをかけたところで密室の謎など解けるものか」

「ん、聞き捨てならんな。密室の謎は存在するのか？　えっ、どっちなんだ。自殺なのか、密室殺人なのか」

「ちっ、そうやって追い込むつもりか。もう何も喋らねえぜ」

「反転――時計回りにも回転しないと二〇一〇年の大座敷の密室首吊り死の謎は解明不能に陥ります。なぜワイヤーロープを使ったのか、なぜ梯子を立て掛けたような痕跡もなかったのか、説明できないからです」

警部にも私にも蜘蛛手のいうことは意味不明だったが、蜘蛛手に睨みつけられた浜崎にはその意味が分かったとみえ、顔が白く乾いていた。

「し、知らん、知らん。知らん。動こうが動くまいが、自殺であることに間違いはない。もう俺は喋らんぞ。弁護士を呼んでくれ」

語尾が震えているのを警部は聞き逃さなかった。

「喋らないで構わない。ぜひ、そうしてくれ。俺もお前の戯言は聞き飽きた。だが、最後に教えといてやる。ハウスの回転から、鍋倉の転落死、大座敷密室の謎に至るまで既に解けている。ここへ来るより前にすべて蜘蛛手君から聞いている。実際に動いたのを見たときは感動ものだったがな。ここでの一連のやり取りはすべて想定内だ」

　といったん言葉を切り、

「いいかよく聞け。建物が動くことの証明が避けられないとなると、お前はペラペラ喋り始めた。実演と共にな。それはそうだろう。全く知らぬ存ぜぬでは、自分の立場が危うい。だから自分のアリバイが確定し、安全圏に身を置いている事件に関してはよく喋る。しかし直接関与している事案には口を濁す。分かり易いやつだよ、お前は。だがな、勘違いするなよ。一番刑が重いのは、大座敷密室の首吊り死事件ではない。あれはせいぜい殺人幇助罪だ」

　さらに警部はここでも言葉を切り、凄みをきかせる。乱暴な口ぶりも公務員として相応しいものではない。けれどこの男の狡さは度を越していた。

「とりあえずだな、宇佐美晃子殺しで逮捕状が出た。だから、逮捕しておく。自ら手を下す殺人はお粗末至極だな。川の水を飲まされたときに激しく抵抗したのだろう、女将の爪にお前の皮膚片が残されていた。その顔の、髭剃り痕みたいな傷がそうじゃないのか。科学捜査ってやつ――ＤＮＡ鑑定はよく貢献してくれたよ。さあ、立て」

「俺にはアリバイがある。あの女が殺された時間は、ずっと自宅から出ていないんだ」

「宅配便業者に化けた協力者と入れ替わったことは分かっている」

「な、何を証拠に。そんなやつなど、いっ、いない」

　絶叫に近い抵抗だった。

「替え玉には、もう少し体形の似通ったやつを選ぶべきだったな」

浜崎はふたりの警官に連れていかれた。
連行される際、蜘蛛手は浜崎に向かって、
「和紙工芸作家は僕ではない。僕は金属工芸作家だ」と訂正することを忘れなかった。

二四　足跡のない転落死の解明

「ところで、蜘蛛手さん。浴室が高床式だったってことが、キューブハウスが動く家だってことの根拠のようなことをいっていたが、それは床版が滑るためには真っ平らになっていなければならなかった、ということだよな」

「そうです、警部。平らな床版に浴槽を置くしかないものだから、二重床を造って収めるしかなかった」

「だから、高床式か」

蜘蛛手は軽くうなずくと、「一般的には躯体床版を凹にして、そこに浴槽を収めます」

「そうすると、回転できなくなる」

「そういうことですね。一階の躯体工事が完了してからゼネコンが替わったことと連動しますので、一緒にもう少し詳しく説明しましょう。建物というのは、まず、基礎を造り、一階、二階と下から順に層を重ねていきます。だから階の途中で施工会社を替えることは可能です。だけど電気や衛生・空調など配管配線を必要とするものは上下階を縦方向に貫通します。だから、水回りである便所や風呂などは各階同じ平面位置にあるのが普通です。浴槽は上にあげて収めればいいですが、配管はそうはいきません。でも、いまはいい材料があるのです。フレキシブル配管を間に介して縦配管をつなぐのです。これも免震建物が普及したおかげで開発された材料です」

「そうか、階ごとの縦配管を可変な配管でつなぐのだな」

「だからといって、際限なくフレキを使用するわけにはいきません。排水配管には勾配が必要ですから」

「なるほど、旋回の中心である螺旋階段に近い位置に浴室を配置したのも、縦配管のずれを最小限にするためか」

「正解です、警部。洗面・浴室の高床のなかには、旋回して動く分の長さをもったフレキの配管が設けられているはずです。さらにもうひとつ重要な装置が収められています」

「動かすための装置か」

「ええ、おそらく、油圧シリンダーを含んだ動力機械が隠してあって、それで回転するものだと思われます」

警部は、「うーん」と声に出してうなったあと、「なるほど、それはあとで確認しよう」

蜘蛛手の説明は続く。

「ゼネコンが途中交代したのは、鉄筋コンクリート造から鉄骨ALCに構造変更したからというよりも、動く家の秘密を知られたくない、という理由の方が大きいと思います。しかし、いまいった設備系は会社を替えることは難しい。だから、三幸設備の沼尾氏を取り込んだのです。地元の中小企業である三幸設備なら秘密を共有できると考えたのです」

蜘蛛手は視線を移し、

「もうひとつ、建築施工は業者交代が可能とはいいましたけど、設計はまた別です。規模にもよりますが、建物を建てるときには行政に建築申請という許可を得なければなりません。誰もが自由に建てていいわけじゃないんです。そして、竣工後も確認検査があります。今回は平屋建てで申請しておいて、四階まで増築していますが、こういった変更はかなり無理筋です。構造的な裏付けが必要だからです。しかし、設計者の赤津は初めから四階建てになる計算で構造設計していたので変更申請はクリアできました。確認検査にしても建物の規模も小さいですし、地元に顔がきく赤津のことだから、書類提出だけで簡便に終わらせたことでしょう。ね、沼尾さん」

沼尾は浜崎が連行されるのと入れ違いで警察に連れられて現れていた。回転したハウスを見上げて、すでに観念していて、洗いざらい話す覚悟がその顔つきにみえた。それもそうだろう。彼こそ殺人事件には直接的には何も関与していないのだ。すべて話せば、おとがめなしという打算もあってのことだ。

「あ、はい、おっしゃるとおりです」

「〈動く家〉と簡単にいいますが、実現するにはかくも多大な問題をクリアしなければならないのです。ね、沼尾さん」ともう一度繰り返して、

「鍋倉が死んだのも、赤津が死んだのも、この家の秘密――動く家のことを知って、強請《ゆす》っていたからなのではないですか」

「……おそらく、そうだと思います。初めから最後までキューブハウス建築に携わったのですから、その仕組みに気づいていたのです。ただ、――僕もそうですけど――、それをどのように、どんな目

的で使用するかまでは分かっていなかったんじゃないかと思います。ただ、鍋倉は結婚資金が足りなくて——。それ以前に車のローンが返せなくなっていました。給料の前貸しも限度を超えていたので、僕は断りました。すると資産家である宇佐美さんを強請り始めたのです。最初はこづかい程度だったようですが、少しずつ金額が大きくなっていきました。動く家の秘密が、宇佐美家の弱みになると感じていたのでしょう。浜崎から『お前が裏で糸を引いているのか』と疑われもしましたが、説明すると鍋倉ひとりの仕業だと分かってくれました。そして最終的には『何があっても、知らぬ、存ぜぬに徹しろ。明日は誰かと一緒にいろ』ともいわれました。そういわれた翌日でした、鍋倉が死んだのは」

こうして話している間にも、細身のスーツを着た若い刑事ふたりが、動く家の操作盤を調べていた。ひとりはタッチパネルを、もうひとりはボックスのふたを開け、電流テスターのような計器で計測をはじめていた。

この程度の操作盤など浜崎に聞かずとも使えるぞ、との気負いすら感じさせぬまま作業はたんたんと進み、静かに終了した。

「警部、反対側にも回転できます。最初から設定してあって、動かした履歴もありました。浜崎の証言はやはり虚偽でしたね」

「回転速度は速くできるのか」

「いえ、これは先ほどの速さで目いっぱいですね。でも遅くはできるようです。あと、タイマーセットもできます」

「よし分かった」

と警部の返答に、私たちは話を中断し、外に出た。

「まず、元に戻します」

「よし、やってくれ」

閉じるときは二階がまず動く。同時に上階もそれに連れて動くという寸法だ。二階が一階と並べば今度は三階が四階を伴って回転する。三階が二階及び一階と同じ――元の位置に戻ったところで最後に四階が回転を始める。元どおりに閉じるまで一五分かかった。

音も振動もない。これではハウスの内部にいても気づかないに違いない。北と西の窓が森に面しているのも、旋回移動の変化を目立たなくするため。嵌め殺しなのも、顔を出されて気づかれるのを防ぐため。さらに各階の玄関口にサイケデリックな塗装が施されているのも、階段から移ったとき、回転時による違和感をごまかすため。いずれも動いていることを気づかせないための工夫なのだ。分かってしまえば、

〈すべての事象において理由が存在する〉蜘蛛手のいつもの科白どおりだ。

私たちは動くハウスを見上げながら、螺旋階段を曲がり、東屋の横を抜け、石畳のある裏庭の方に回った。ちょうど鍋倉が倒れていたあたりだ。

ハウスが少しずつ元に戻っていく。南にある唯一の開閉窓が縦一直線に並ぼうとする。各階の開いた屋根の三角形がどんどん先鋭になっていき、そしてゼロになる。

四階の窓のハンドルを握って、必死にぶら下がっていた鍋倉が、やがて力尽き、地上に落ちていく姿が見えた気がした。

そのとき、私の耳に、微かに何かの音が響いた。

「あの音だ。砂を踏みしめる、あの音だ」

「君がまどろむたびに聞いた、赤毛のクマが現れる際のあの音は、ハウスが回転するときに生じる音だったのだ」

川崎警部も他の刑事たちも、わけが分からないといった顔つきをしていた。蜘蛛手はお構いなしに続ける。

「モスキート音といって、ある種の高音は若い人にしか聞こえないらしい」

若いといわれて、一瞬私は喜びかけたが、

「聞こえるのはせいぜい二〇代前半ぐらいまでで、それ以降は聞こえなくなるのが一般的だ。君は例外だってことだな、宮村。鋭い感覚を持っていることは喜ばしいことだが、それを活かす考察力がなければ宝の持ち腐れだ」

と蜘蛛手は嫌味を忘れない。耳だけでも若いに越したことはない。私は自らを慰める。

「おそらく鍋倉は、要求どおりに金を支払うからと四階に呼び出されたのでしょう。このとき、ハウスは各階が段々状に、反時計回りに、回転して開いていたのだと思われます。のこのこ出かけて行った鍋倉が、浜崎なのか宇佐美なのか分からないが、話がこじれ、刃物でも突き付けられ、逃げ場を失って四階の窓から外に出たのです。鍋倉の身体能力があれば、四階から段々状になった壁を下りることは比較的容易かったと思います。四階から三階へ、三階から二階へと降りていけばいいのです。ところが、そのときすでにハウスは閉じ始めていた。三階から下はすでに元の位置に戻っていたのです。四階の外に出たはいいが、もうその下へ降りるわけにはいかないのです。そして次の瞬間、犯人は窓を閉め、つまみを回し、なかに戻れないように施錠しました。鍋倉は三階の扇形の屋上に取り残されるしかなかったのです。犯人は四階が元に戻るようにタイマーをセットしてから姿をくらましました。鍋倉は雪の降るなかを待ち続けるしかなかったのです。冷たい外壁に頬をつけていたので凍傷になった。やがてタイマーが作動し、四階が動き出します。足元はどんどん狭くなっていく。爪先立って耐えていたのでしょうが、やがて力尽きて……」

長い説明になったために蜘蛛手はいったん言葉を切り、視線を沼尾から警部に移した。

「窓のハンドルについたつまみが捻られ施錠されていたのはこのためです。外からなかに入れないようにするためだったのです。この点が今回の三件の殺人事件と違う点です。水上、牛野、早田の場合は、窓こそ閉まっていましたがつまみは捻られておらず施錠されていないのです」

蜘蛛手が推理したようなことが実際に行われたのだろうが、立証するのには時間がかかりそうであった。関係者の大半が死んでしまっているし、浜崎でさえ、鍋倉が死んだときは、完璧なアリバイがあったからだ。

沼尾は警部らの視線を浴びて、ただただ、首を振るだけであった。

「浜崎とはどういう人間なのか？　浜崎の方が悪党で、まるで宇佐美がその手下であるかのように感じる」

警部が疑問を口にする。

「いえ、浜崎がいっていたことは事実だと思いますよ。キューブハウスを建てたのは宇佐美ですし、今回の事件も含め、過去の事件も宇佐美が計画し、主たる役割を演じています。ただこれだけの計画を実行するには、協力者が必要だったことも間違いないと思います」

「それが浜崎だった」

「そうです、警部。宇佐美自身は殺人などという血なまぐさい行為には消極的だったと思います。ところが、パートナーである浜崎が段々とエスカレートしていったのでしょう。あの男が悪党であることに疑いの余地はありませんが、粗野で乱暴で激高しやすいというだけで、知的ではありません。鍋倉をキューブハウスの四階で脅すことも、華奢な彼女には無理だと思いますし、大座敷の事件には全くタッチしていません。今回の三名の殺害に関しても、宇佐美は不在で直接的な関与はしていません」

なんだか、蜘蛛手は宇佐美を擁護しているように聞こえる。

「逆に、だからこそ宇佐美は狡猾だといえるのではないのか」

「そうかもしれませんね。否定はしません」

一陣の風が吹いた。この時季は一日で気候が変わる。私はジャケットのジッパーを上まで上げた。

「まあ、……そうだったとして、それならなぜ宇佐美はこのキューブハウスを建てたのだ。一連の殺しに使おうとしたからではないのか」

警部は蜘蛛手に向かっていったのだが、代わって、ずっと下を向いて黙っていた沼尾が口を開いた。

「私が宇佐美さんから聞いた話では――」と沼尾は語りだした。

宇佐美家と九条家は代々この地の名家としてしのぎを削ってきた。どんな些細なことでも相手に負けることを異常なくらい嫌った。現在も松本城を挟んで東西で旅館を経営している。もともと百白荘本館は九条家のものだった。宇佐美家はその隣に四階建ての事務所のような建物を建てようと計画した。白い外壁の無機質なビルにしたのも、純和風建築に対する対抗心からである。また、和風建築の後ろにそびえる白いのっぽのビルは、景観として九条家にダメージを与える意味もあったという。

非常にマイナス思考だが、それほど（異様すぎる）敵愾心が強かったものと思われる。

キューブハウスは四階建てで百白荘の二階より建物高さでは圧倒的に勝っている。延べ床面積もわずかばかりキューブハウスが上回っている。というか、百白荘の延べ床面積を上回るようにキューブハウスが設計されたのだ。これは死んだ赤津がいっていたことだ。普通ならこれで満足するはずなのだが、宇佐美は納得しなかった。それは建築面積において負けているからだ。建築面積というのは、建物を上から見た投影面積と思ってもらっていい。百白荘本館の場合は一階の面積がそれにあたる。キューブハウスも一階の面積だ。当然百白荘の方が勝る。これが納得できなかった。そこで、突飛な案が出た。各階をそれぞれ順に九〇度ずつ回転させていくと、建築面積が延べ床面積と同じになり、圧倒的な勝利となる。だから、動く家が設計され、建設された。

「待った。それは構造的に無理なことではないのか」

聞き終わって警部が当然の疑問をはさむ。

「はい、それはもちろん、将来的な意味を踏まえてです。いまの動く家ではそんなに回転できません。螺旋階段の支柱を強固にしたとしても難しいといっていました。とんでもない話だと。ですが、支保工で支えながら回転させていき九〇度回ったところで二階の柱を構築する。一八〇度回ったところで三階の柱を構築。二七〇度で四階を構築。というようにすれば実現可能なんだそうです。もちろんそのためには百白荘本館が完全に邪魔ですし、九条家の土地も買収しなければならないのは承知です。夢物語のような話ですが、宇佐美さんには何らかの勝算があったのかもしれません。現に一階を建てている間に九条家は破綻してしまいました。百白荘を土地ごと買い取るときは、会心の笑みを浮かべていたと聞いています」沼尾は下を向いたまま語り続ける。

「そこで、百白荘を解体しようとしたのですが、九条家が没落してからは、逆に張り合いがなくなり、今更、お金をかけて解体するのも無駄だと思うようになって、本館として残すことに決めたのです。とはいえ、九条家が破綻したように、同じような事業に手を出していた宇佐美家も経済状態が芳しくなかったのです。所有している不動産を売り払って、九条家と同じ轍《てつ》を踏まないようにしているのだとか――」

あまりに突飛な告白で私にはにわかに信じられなかった。

「でも、厳密には、二階、三階、四階の下部は空間になるからピロティとみなされて建築面積に加えなくて済むと思います。行政の判断次第ですけど、建築面積が多ければいろいろな制約ができますから、少なくしようとするのが一般的な考えなんだけどね。設計士の赤津氏がそんなことを知らないはずはないんだが……。九条家より、すべてにおいて優っているということが、何より優先だったのですかね。信じられないね」と私は蜘蛛手の同意を求めたが、

「各階を九〇度ずつ回転させていけば、眺望の良い三階、四階にはそれぞれ南と東の位置に、一番大きな窓がくることになる」

蜘蛛手は納得の笑みを浮かべた。

二五　大座敷密室の解明

〈次はどうしますか。警部〉

「二階だけ、時計回りに回転できるか」

〈ええ、できます〉

「できるだけ本館に近づくまで、ストップというまで回転させてくれ。くれぐれも回しすぎてぶつけないようにな」

〈警部、大丈夫です。モニターに現状の画像が示されていて、リミットまで設けられています。回そうとしても、安全装置が機能する設定です。本質安全設計が施されています。立派ですよ〉

何が立派なのか、警部にはよく分からなかったが、

「よし、じゃあ、やってくれ」

警部はトランシーバーを通じて、物置にいる細身の刑事に指示を出した。続いて蜘蛛手を振り返り、

「君のいうとおりの段取りをした」

いまや川崎警部も蜘蛛手に対して一目も二目もおいている。

「ありがとうございます」

一方蜘蛛手も年上の警部に敬意を払っている。言葉使いからそれが感じ取れる。初めからこうだと

いいのだが、それは蜘蛛手には無理な相談なのだ。

「一応、説明は受けたが、大座敷の首吊り死には、まだ不審なところが多い。自殺でないことは赤津の家族や仕事関係者からの証言でも明白なのだが、いずれも間接的な理由からだ。殺しであるとの明確な証拠が得られないと、浜崎を起訴できない。宇佐美殺しだけでは生ぬるい」

「ええ、だからこそ、実証実験が必要だと思います。糸や紐を用いた密室装置とはわけが違いますから、警察の力をお借りしないとできない実験なんです」

警部は鷹揚《おうよう》に頷くと、「おい、窪田、準備をしろ」とひとりの警官に命じた。当時の担当刑事だった男だ。現在は警務課に所属していて、現場を離れデスクワークになったせいか、五年で三五キロの体重増になったと聞いた。

「体重一〇〇キロ、身長一八〇センチで、赤津丸人の条件とぴったり一緒だ」

窪田は、何のために呼び出されたのか聞かされていなかったようで、目が泳いでいた。

「いまから五年前に起きた大座敷密室首吊り死事件の実証実験に入る。お前は重要な役目を担っている。管内で赤津丸人と体形が似ているのは、お前しかいないんだ。頑張ってくれ」

「はっ、光栄です」と敬礼したあとに、よりによって死体の役かよ、とぼやいたのを私は聞き逃さなかった。

一行は本館の二階に行き、二〇一〇年に起きた首吊り死事件の検証を行おうとしていた。

大座敷には敷き布団、脚立、二メートルのワイヤーロープと、当時と同じものが用意されていた。

ただ、死体発見時は南の窓近くにあった布団が、いまは反対側の北側の窓に近いところに敷いてある。さらに長い麻縄も用意されていた。

赤津役の警官――窪田は、文句もいわずに、布団の上に頭を北にして仰向けに寝ていた。

川崎警部が窓を開けると、手の届きそうなところにキューブハウス二階の窓が近づいていた。もうひとりの細身の刑事がワイヤーロープの一端を持って格子の隙間から外に出す。麻縄とは違ってワイヤーなので多少お辞儀はするものの、四〇センチ程度までなら先端を跳ねだすことができる。

そうしておいて、格子の間からワイヤーを持った手を出すと、前腕の半分ぐらいまで外に突き出すことができた。これでゲストハウス二階の窓のハンドルまで十分な距離だ。そして、苦も無く九〇度回転した『L』形のハンドルにワイヤーロープの輪をかけることができた。

「ワイヤーロープのもう一方は、無理に首に巻かなくてもいいぞ」

警部のブラックジョークに「当たり前ですよ」と答え、仰向けになったままの窪田は、顔の真ん前でワイヤーロープの編み込まれた輪を両手で摑んだ。

次に細身の刑事は、窪田の両足首を長い麻縄で縛る。直接縛るのではなく、まずタオルを足首に巻き、その上から縛る。足に痕跡を残さない用心だ。

麻縄のもう一端は南側の掃き出し窓から外へと延びている。窓の外ではクマの剝製に麻縄が胴巻きされているはずだ。クマの剝製は、元々風に飛ばされないように砂袋が入れられてあって、一三〇キロの重さであることが事前に計測確認されている。

「さて、もう一度確認しておくが、現在体重は何キロある」

「九九キロです」

「ダイエットしたのか。一キロ足らないな。それじゃこれを持っていろ」

といって警部は五〇〇ミリリットルのペットボトル二本を窪田のズボンの両ポケットに入れた。

「よし、これで問題ない」

警部は持っていたトランシーバーで、

「じゃあ、オーケーというまで、ハウスをゆっくり元の位置の方向に回してくれ」

〈了解。スタート〉

ゲストハウスが閉じるにつれ、ワイヤーロープが少しずつ張られていく。じきにロープはまっすぐになった。窪田はそろそろだなと、軍手をはめた両手でロープの輪を握りなおした。

「おい、これを使え」警部が差し出したのは警棒で、

「これを輪に通して握ったほうが、力が入りやすい」

いわれるままに窪田は警棒をワイヤーロープの輪に素早く差し込み、警棒の両端を握った。

しばらくするとワイヤーロープはピンと伸び、窪田は布団に寝たままで懸垂でもするような格好になった。最初はワイヤーロープにつられて布団ごと北に滑って行ったが、じきに止まる。見ると、足首を縛っている麻縄の方もピンと張っている。

脇を締め、腕に力が入っているのが分かる。

窪田の上腕二頭筋が盛り上がり、両足もピンと伸びきっている。

「どうだ？」

「まだ大丈夫です」

しかし、窪田の顔はたちまち紅潮する。

「苦しくなれば、手を放してもいいぞ」

そういわれると逆に頑張るタイプなのだ。

〈クマが浮きました〉トランシーバーの声がいう。

「よし、回転を止めろ」

〈了解。回転を止めます〉物置の操作盤にいる刑事から報告が入る。

「おい、腹筋に力を入れてみてくれ」

「……#、$、%、&……」

「何をいっているんだ？　腹筋を使って足を引き上げてみてくれといっているんだ」

そういわれても、窪田は返事ができない。口を開けば力が抜けるからだ。

顔はますます赤くなり、歯を食いしばっているが、伸びきった足はぴくぴく震えるだけであった。

〈大丈夫ですか。クマは完全に浮いたままですが〉

警部は駐車場にいる警官からのトランシーバーの質問には答えず、

「蜘蛛手さん、このままの状態で、赤津は放置されていたのだな」

「そうです。約二時間」

「そうすると、ワイヤーロープで絞められた首は、ちぎれてしまうのではないかな」

「こと切れた赤津さんは頸椎が外れ、首が伸びきっていましたから、その段階で張力はなくなっていたと思います。クマも着地したはずです」

「そうだな、キューブハウスは動き続けていたわけではなかったな」

そのとき、布団が数十センチ南に滑った。駐車場側だ。

力の限界を超えた窪田が肘を伸ばしたのだ。同時に外から「わっ」という声が起きた。

「どうした、大丈夫か」

〈こっちは大丈夫です。急にクマが落ちてきて足に当たりましたが、大したことはありません〉

「分かった。じゃあ、次の準備にあたってくれ」

〈了解〉〈了解しました〉

ふたつの返事が連続して返ってきた。

「まだ、終わっていないからな。警棒を離すなよ」と警部は厳しいまなざしで窪田を刺す。窪田は布団の上で警棒を握ったまま万歳をした格好だ。

「腹筋に力を入れ、脚を上げようとしたのか」

「過去、人生最大の力を入れましたが、びくともしませんでした」

「警部、あまり無理をいっては可哀そうですよ。実際は首を絞められながらですから、一三〇キロを引き上げるなんてできやしないでしょう」

私は窪田が気の毒になって口を挟んだ。

〈警部、準備できました〉

トランシーバーを通さずとも、ハウス側の北の窓の外から声が聞こえた。

窓の外を見ると、高枝切り鋏を持った警官がこちらを見上げていた。キューブハウスの二階は本館から一メートルほど離れたところで止まっている。

「よし」警部が合図をすると、高枝切り鋏を持った警官はワイヤーロープの端、キューブハウスに近いところをはさんで、そのまま上に押し上げた。張力のないワイヤーの輪は窓のハンドルから簡単に外れた。

「おい、まだだ。もう少し寝ててくれ」

そういわれ、窪田が起こしかけた上体を再び倒そうとしたとき、ものすごい勢いで、布団ごと南に滑って行った。足首を結んでいた麻縄を、駐車場側にいる警官が引っ張ったのだ。

「そんなに慌てなくてもいいぞ」

警部が声をかけたときには、窪田の体は布団と共に南側の窓付近にあり、窓からは別の警官が格子越しに手を差し入れ、結んだ麻縄を解いていた。

南窓の外を見ると、その警官はハイエースワゴンの屋根の上に据えた脚立の上で作業していた。ハイエースワゴンは百白荘の送迎車である。

一連の事件の検証が終わった。完璧な実証である。

【図㋖参照】【図㋗参照】

その後、自殺をした場合の検証が続けて行われたが、一・八メートルの脚立の天辺に乗ってワイヤーロープの輪を桁下のフックに掛ける作業だけで、一時間かかった。というのもフックが小さくてかけにくかったことと、伸ばした両手の先からフックまでは八〇センチもあり、ゆっくり差し伸ばしたワ

【図㋖】2010 大座敷首吊事件の真相

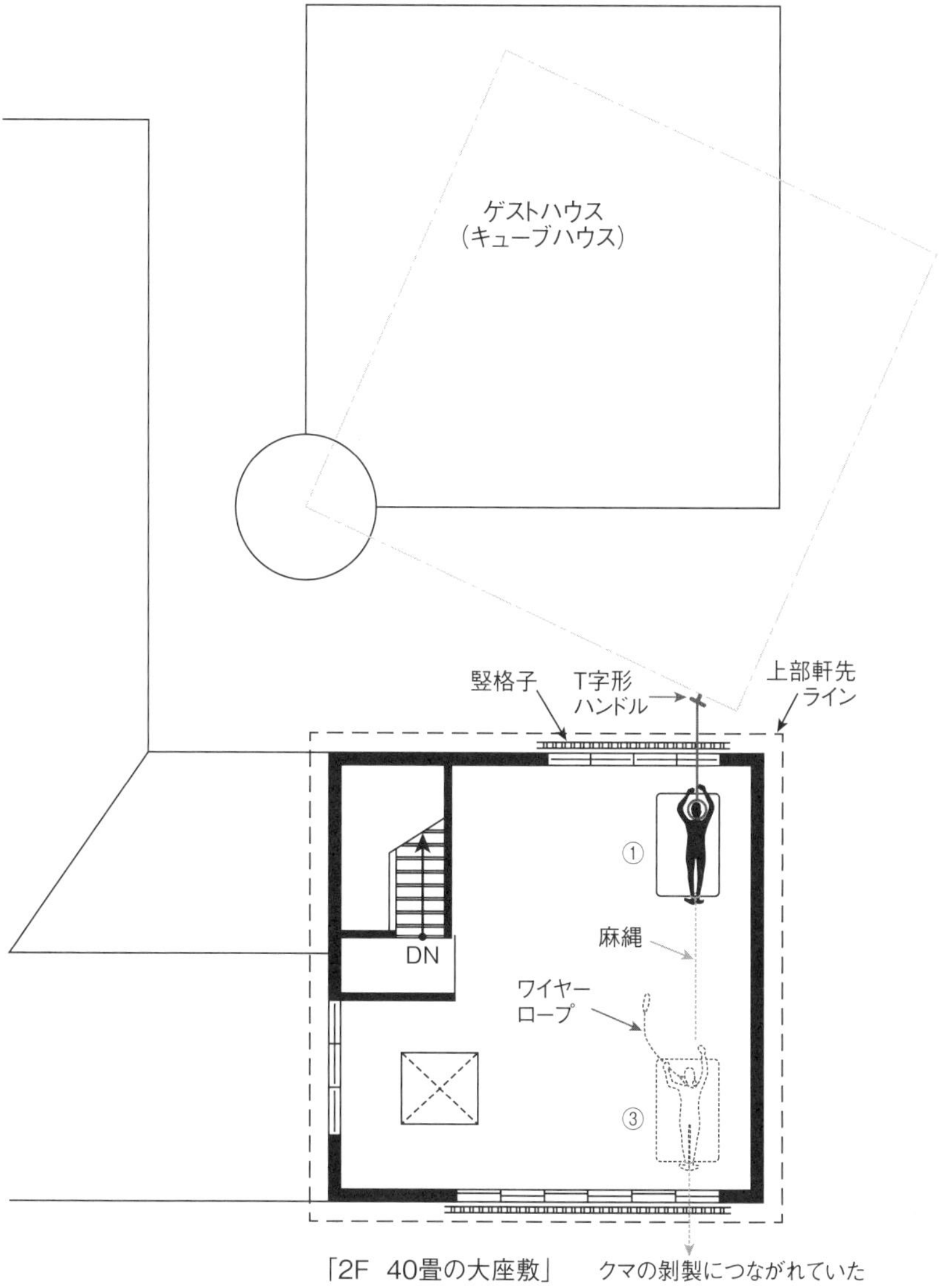

【図㋗】2010 大座敷首吊事件の真相

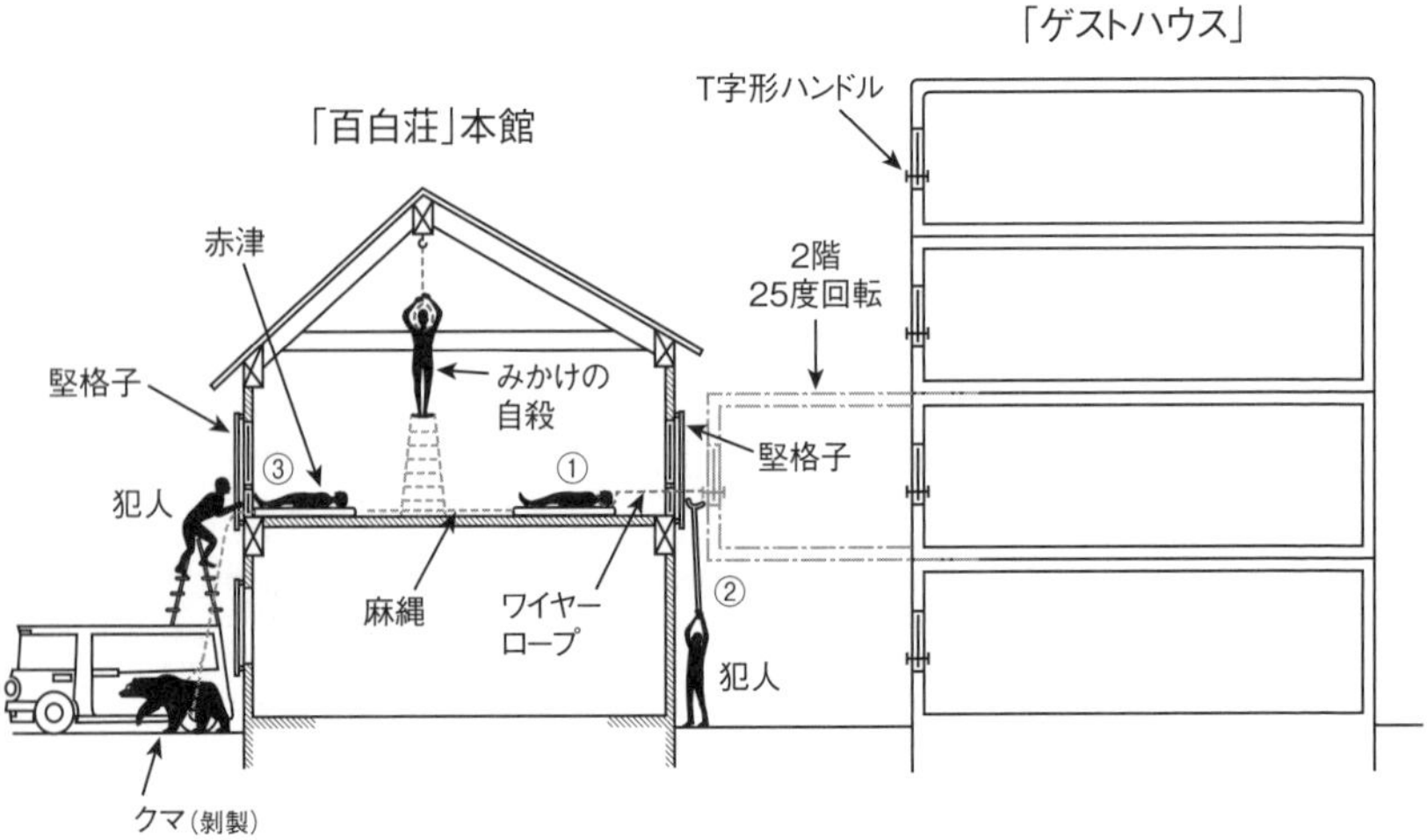

イヤーロープが途中で折れ曲がってしまったからである。

「自殺を決意した人間が、こんな悠長なことをやるわけがない」と警部がいうと、

「うまく掛かったとして、脚立を蹴って自殺したとしても、何らかの振動でフックから外れ、まっすぐな姿勢で布団の上に落ちる確率はもっと少ない」蜘蛛手が呼応する。

「そもそも論として、あんな高い位置にあるフックに掛けるより、脚立に乗れば手が届く高さに水平の梁があります。そこに、ワイヤーロープでなく麻縄を結べば、外れることなく確実に死ぬことができます。なぜそうしなかったのでしょうか」私も検証に参加する。

「赤津氏の頸椎が外れ、首がちぎれそうになっていたのは、大きな荷重で引かれたからに違いないわけだ。剝製のクマは一三〇キロだろ、赤津氏より三〇キロは重いんだ」

警部の鼻息は荒く、自殺説を否定する材料がどんどん出てくる。だが、浜崎犯行説の決め手には欠ける。

「だが、工作室には扱いやすい麻縄がたくさんあったのに、なぜワイヤーロープでなければならなかったのか」

警部の最大の疑問に答えたのは、やはり蜘蛛手だった。

「自殺に見せかけて殺す以上、両手を縛るわけにはいきません。しかし、殺害中万が一、目覚めたとしたら、赤津はロープを手で摑み、何としてでも脱出しようとするでしょう。首を絞めているロープを渾身の力で引っ張ることは間違いないのです。犯人側の考え方に立脚すれば、火事場の馬鹿力を発揮されて逃げだす危険性は排除しなければならない。ワイヤーロープなら、錆びないようにオイルを

塗ってあるから手が滑り易い。手繰り寄せようとしても、硬いので扱い難い。麻縄だと手首を返して力をいれやすくなる。それに、ないとは思いますが、麻縄だったら、引き千切るかもしれないし、咥えることができれば、噛み切ることもありえる。犯人としては確実に殺す方法として麻縄では不安だったのです」

「クマの剝製の重さも、本当は赤津氏の体重程度に調整しようとは考えなかったのか、あるいはそこまで頭が回らなかった単純ミスなのか」

「いえ、万が一目覚めたとき、足元のロープを引き寄せられでもしたら元も子もない。鍛え方にもよるのでしょうが、腹筋を使えば一〇〇キロぐらいは引き寄せられるだろう、と様々な検討を重ねた結果が、一三〇キロであり、絶妙な選択だったのではないですか」

蜘蛛手の引き出した解答は細部までよく検討されていた。

「当時、地元の女子中学生たちの間で、百白荘の駐車場にあるヒグマが動くんだ、との都市伝説が流行っていましたけど、嘘でもなんでもなく、殺人トリックの試行をしているときに、たまたま出くわしたのでしょうね。クマの重量調整が一番肝心だったから」

私にもすべての真相が分かってきた。クマの夢を見たのは、少女たちの都市伝説であったり、百白池で出会った老人の話であったり、水上に教えてもらったツキノワグマ人喰い事件などが遠因になっていたのだ。

「風もないのに木々がざわついたのは、動いているキューブハウスに驚いて鳥たちが飛び立ったからだろうし、砂を踏むような音は、キューブハウスが回転するときの音に違いない。少女たちにも聞こえていたんだ。君が聞いたのと同じ音が」

蜘蛛手はふ、ふ、ふ、と笑う。

「浜崎は二三時半に女将と片木県議を連れてここに戻ってきました。そして、なぜか表の駐車場でなく、従業員用の駐車場に車を停めました。なぜでしょうか。営業もしていない深夜ですよ、わざわざ狭くて離れたところに停めなくても、表に停めればいいじゃないですか。少なくとも女将と県議は表の駐車場で降ろすべきでしょう。それをしなかったのは、まだ閉じ切らずに止まっているキューブハウスを見られないようにするため。もうひとつは、縄で縛られたクマをも見られてはいけなかったからです。従業員駐車場に車を停めた浜崎が次にやらねばならなかったのは、高枝切り鋏でワイヤーを外し、ハウスを元に戻し、表に回って赤津の足とヒグマを繋いだ縄を解き、回収することです。その間、女将は、色仕掛けでも使って、片木を車のなかに留めおいたと予想されます」

蜘蛛手は当時の様子を総括した。

「そうです、思い出しました」

そういって窪田は手帳を取り出した。当時の記録を残してあるのだ。

「浜崎に対して警部はこう切り出しています『赤津さんは、諦めてもう帰ってしまったとは思わなかったのかな』それに対して彼はこう答えています。『いいえ、泊まり慣れていらっしゃいましたし、お車も置いてありましたから』そして私の聴取には『邪魔をしたら悪いと思って、従業員駐車場に車を止め、裏庭を通って、裏口から入りました』とも供述しているのです。おかしいでしょう。裏口から入っているのに、表の駐車場に赤津氏の車が停めてあることなんか、分かるはずがないのです」

「よしっ。これで浜崎を追い詰めることができそうだ」

警部は右こぶしで左の掌を叩くと、この日初めて笑顔をみせた。

「片木県議が一緒に百白荘へやってくることは想定外だったでしょうが、宇佐美と浜崎はそれさえも利用しました。片木県議を目撃証人に仕立て上げることにしたのです。それに、午前三時という、非常識な時刻に赤津を起こしにいくというのも、考えてみれば変でしょ。もう少し遅くてもいいじゃないですか。それは、発見が遅れ死亡推定時刻の幅が広がると、せっかくのアリバイ工作の意味がなくなるからだと思います。こういったことはすべて浜崎が考えたことでしょう。この段階ではすでに浜崎の方が主導権を握っていたと推測されます」

「宇佐美はもう後戻りできなくなったのだな」

「ええ、赤津に睡眠薬入りの酒を飲ませて眠らせ、大座敷の布団に寝かせるのは、浜崎しかできないことなんです。差し入れを持っていくという理由で松本市内からここ百白荘へ、いっとき戻ってきたのは、浜崎なのです」

「宇佐美はなぜ浜崎と手を切らなかったのだ」警部が問う。

「切れなかったのだと思います。利害は一致していましたから」

窪田が答える。彼もまたこの事件をずっと追っていたひとりなのだ。

「利害とは」

「お金です、警部殿。浜崎は単に遊ぶ金が欲しかっただけ。宇佐美は宇佐美家を守ろうとしたのです。九条家同様、宇佐美家の経済状態も芳しいものではありません。不動産を売却したという話がありましたが、不動産だけでいえば九条家の方が多く持っていたのです。でも九条家が廃《すた》れ、宇佐美家が生き残ったのは、笙燃館があったからです。宇佐美晃子の接客能力とその努力が、宇佐美家を存亡の危機から救ったのです」

「だったらこんな動く家なんか造らなければいいのに。ただの建物なら建設コストは比較にならないほど安くできた」

「そうです。警部殿のおっしゃるとおりだと思います。そこで名家の意地とプライドが邪魔をしたのではないでしょうか」

「赤津は鍋倉と同じように脅迫したのだな。しかし、赤津だってこの動く家を設計したのだから、共犯者みたいなものじゃないか——。あっ、違うか。あくまでも建築面積を大きくするためだけに回転する家を設計したのだった。赤津に責任はないか……。うーん、しかし、いつこの動く家の特性を使って殺人を犯すことを思いついたのか」

川崎警部は自問自答する。

「鍋倉殺しや、赤津殺しは彼らがキューブハウスの秘密を知って、脅迫したことがきっかけですが、宇佐美にしてみれば、まだ何も成していない段階で、ふたりに邪魔をされそうになったから、口封じのために殺したのです。大きな目標を達成する前に、動く家のことがばれてしまっては、金を得る機会が奪われてしまうからです」

警部は怪訝な顔をして蜘蛛手を見る。

「宇佐美晃子は、この動く家を使って、殺人代行幇助業を始めようとしていたんです」

「それが、今回の水上ミキ、牛野勉、早田独の連続殺害事件の動機か」

「いえ、殺人を犯した者は別にいて、だから動機もそれぞれです。宇佐美晃子は、この三人を殺す手伝いをすることで得られる金額の一部を、報酬として受け取ることになっていたのです。有料殺人補助代行業といった方が分かりやすいかもしれません」

誰もしばらく口を利くことができなかった。それほど蜘蛛手の言葉は衝撃だったのだ。そして、その説明はもう少し後で聞くことになる。その前に、

「蜘蛛手さん、君は当初から浜崎を疑っていたのか」

「はい、おかしいなとは、ずっと前から感じていました」

「それは、何がきっかけだね」

「浜崎が赤津さんの死体を見て、脊椎反応が出たから、ワイヤーロープがフックから外れて死体が落ちたのだと証言した記録を見たときです。死体の脊椎反応が出るのは死後数分程度です。ところがこの首吊り死体は、死んでもなお吊られていたことが分かっていました。だからフックからロープが外れるということはありえないのです。何時間も吊られて完全に息絶えているのに、体が震えることはありえないのです」

二六 キューブハウス事件 解明

「今回のこの事件は時間的に入り組んでいて、ものすごく複雑です。そこで警部に作ってもらった時系列行動一覧表を基に説明したいと思います」

時系列行動一覧表とは時刻を縦軸に、各関係者の動向を横軸に記録したもので、これを見れば各人が何時何分にどこにいて、何をしていたのか一目瞭然となる。川崎警部の力作である。

「まず確認しておきたいことがあります。動く家のトリックを使えば侵入も脱出も、各階ごとに上下すればいいだけですから、普通の運動神経の持ち主なら、簡単に行えます。特に夕食後は東屋には僕がいたため、犯人の出入りは窓からしかなかったのです」

蜘蛛手はここで赤ペンを取り出し、指先で回し始めた。

「最初の殺人、四階の水上ミキの死体が発見されたのが二一時ちょうど。生きている最後の姿を見たのは宮村で二〇時三〇分、四階のミキさんの部屋です。よって殺されたのは二〇時三〇分から二一時までの間です。次の殺人、三階の牛野勉の死体が発見されたのが二一時五〇分。生きている最後の姿を確認したのはミキの死体を一緒に発見したときで、二一時三〇分ころ。よって殺されたのは二一時三〇分から二一時五〇分の約二〇分間です。さて、ここで質問です。このふたつの事件までで、何か気になることはありますか」

「そうか分かった。蜘蛛さんが南側の開閉窓を調べているとき、頭に一撃を喰らわしたのは、四階のミキの部屋のウォークインクローゼットの窓から外壁を下りてきた犯人だったんだ」

「そのとおりだ。本当は階段を使って逃げようとしたんだが、東屋に僕がいることが分かっていたので、ハウスを動かして窓から逃げようとしたら、今度は僕の方が移動してしまった。だから上階からニードロップを落としたのです。実際には逃げようと飛び降りたら、そこに僕の頭があったというところでしょうか。ハウスは少しずつ閉じかけていたから、僕がいなくなるのを待っていられなかったのだと思います。裏庭に外灯はなく、本館も、すでに消灯していて暗かった。いい訳にしかならないが、気が付かなかった」

「仕方ないだろう。何より目が見えていなかったのだから」

警部がフォローに回る。

「いい訳ついでにいわせてもらうと、ハウスの一階と二階は完全に閉じていたのではないでしょうか。三階もほとんど閉じかけていたので、急いで四階から三階の屋上へ降り、次に二階の屋上へ降りた。三階の窓のハンドルを両手で掴み、つま先立ちでぎりぎりまで耐えていた。そして三階が閉じるのとほぼ同時に飛び降りたのだと思います。二層分の高さからのニードロップですね。さすがに一階屋上から飛び降りたなら、僕も気づいていたでしょうし、昏倒するような衝撃も受けなかったと思います」

そのとき私はハタと気づいた。

「蜘蛛さん、僕がミキさんの部屋を出た際、玄関口から螺旋階段に出た途端に躓いたのはハウスが開いていて、段の踏面の位置がずれていたからだ」

「厳密にいえば、ハウスの方が動いていたんだけどな。君から見れば、そういうことになる。決して酒に酔ってふらついたからではないんだよ」

警部は咳払いをひとつ入れ、

「そこまではいい。とすれば、三階の牛野を殺した犯人は別にいるか、あるいはミキを殺した犯人が舞い戻ってきたことになる。凶器が同じなら同一犯と考えるのが一般的だが、同じような凶器としかいえないのであれば、犯人はそれぞれ別だ。一度殺人を犯して、また戻ってきて別の人間を殺すなんてことは不自然極まりない。だから犯人は三人いる」

「僕も犯人は三人いると思います。特定するのはあとにして、その前提で話を進めましょう。他に気になったことはありますか」

「まだ、沢山ある。主要なものだけ、箇条書きでいうと」

警部が指を三本立てた。

「ひとつめ。牛野を刺殺して首と両腕を切るのに二〇分ではしんどい。窓から侵入し、殺し、解体し、首と両腕を持って脱出。これらすべてを二〇分でやれたということになる。ふたつめ。犯人は三人いるといったばかりだが、三人とも同じような凶器を使っている。しかも同じ日に同じキューブハウスで、〈動く家〉という特殊な事情を知っていたことになる。こんな芸当ができるのは、限られた人間だけだ。そしてみっつめ。一番の疑問は、牛野はなぜ警察に電話したと嘘をいったのか、ということだ」

「さすがです、警部」蜘蛛手は思わず手を叩いた。

「ちょっといいかな。儂はこういう場にいるべき人間ではないが、鑑識歴三六年のジジイの経験から発言させてもらっても」

ここまで、この検証の末席にはいたが、口をはさむことのなかった杉本が、初めて口を開いた。杉本は鍋倉殺し、赤津殺しにおいても警部に適切に助言した鑑識のプロだ。だから「もちろんですよ」と警部は敬意を表して敬礼する。

「水上ミキ、牛野勉、ふたりとももっと早くに亡くなっていたとしか思えないんじゃ。いやそのはずだ。さっきいった死亡推定時刻だと、死後硬直はもちろん死斑にもまだ早いご遺体となるのじゃが……。何というか、体液の出方や眼球や口唇の乾き具合、血痕の乾き具合も、皆な含めて総合的な判断でいうと、ふたりとももう少し前に死んだと考えられる。御遺体に触れた感触では、ミキに関しては顎関節が固くなりだしていた。硬直の始まりだ。ミキの部屋が寒かったのは冷房を入れていたからで、死後反応を遅らせるためにやったのではないのかな……」

「杉本さんはどれぐらい前だと思われるのですか」

「ミキについては一時間ほど前倒しだな。だから死亡推定時刻は一九時半から二〇時。牛野については二〇時から二〇時半だと思う」

「それはいくらなんでもありえないです。僕たちはそのあとで、生きている彼らと話をしているんです。ミキさんに関しては夕食後、東屋でワインを飲んで自室に戻って、すぐ殺されたことになります。そのあとで僕はミキさんの部屋を訪ねて、彼女と話をしています、二〇時半まで。——ありえないですよ」

私は興奮して唾を飛ばした。

「牛野の場合は、二一時にミキの死体が発見されたとき、我々と一緒に行動しています。牛野勉でないとするならば、あれはいったい誰なんでしょうか。僕も、宮村も早田さんもそのとき彼と言葉を交わしているのです。ありえないでしょう、普通に考えれば」

蜘蛛手の指摘は至極尤もで、誰も反論できなかった。杉本本人もそれが分かっているから、無言でうつむいていた。ただ、胸の前で組んだ腕のなかで拳は固く握られていた。

「ちょ、ちょっと待ってください」

突然、私は叫びに近い声を上げた。

「僕は、二〇時半過ぎに、四階のミキさんの部屋を出たあと三階玄関口で、牛野と話をしているんです。彼は上半身裸で、シャワーを浴びた直後らしく、青白く締まりのない上体を、腕を使って隠そうとして……。あれはどう見ても牛野に違いない」

頭のなかが混乱して、突然、耳鳴りが始まった。

「たとえ、どんなに受け入れがたくても、杉本さんのいっていることが正しいとしたら、水上ミキと牛野の方に何か秘密があると解釈するしかないのではないでしょうか。この検討は後に譲るとして、先に早田殺しについて進めたいと思います」

蜘蛛手は意味深に語ると、杉本に黙礼した。

「捜査が終わって午前三時に警察が引き上げると、早田は自室にこもりました。そして、その四五分後、宮村は、出ていこうとする早田と行き合います。大きな荷物を持っていました。東京に戻るといっていたのですから、怪しい行為ではありません」

蜘蛛手は私がうなずくのを待ってから、

「朝七時半に殺害が発覚するまで三時間半以上ありますから、侵入から殺害、解体、そして、切断した胴体の一部を持って逃走することは時間的には十分可能です。この事件での問題点は何でしょう」

この蜘蛛手の問いかけに早速、川崎警部が発言する。

「早田殺害犯はいつやってきて、いつ、どこに逃げたのだ。キューブハウスから逃げ出すことは可能だが、そのあとどこに逃亡した？　公共交通機関が動いていない時間帯だし、県道の上下線とも幹線道路に出る前に検問を設けていた。二二時半以降、検問を抜けた不審な車両はない。もともと交通量の少ない道路であるうえに、深夜から明け方にかけてだから、通行車両の数も知れているし、不審車両もない。午前二時に糸魚川から戻ってきて、四時に再び糸魚川へ向かった宇佐美の車以外は。それに早田は自分の車は残っているのに荷物だけが消えている。あれは何だったのだろう。犯人は大きな荷物を持って、徒歩で逃げたということなのか」

密室トリックが解明され、あとはドミノが倒れるがごとく真相まで到達できるものと踏んでいた警部は、事件の流れを整理すれば整理するほど、今度はアリバイという深みにはまっていくのを感じていたのではないだろうか、私と同じように。

「早田氏は浴槽に浸けられていた。これも死後反応を遅らせることが目的であるように思える。水中で体の位置が不安定だと死斑は現れにくいし……、解体したのも、死亡推定時刻をごまかすためなのじゃないか」

いかにも鑑識らしい杉本の意見だった。

「この殺人だけ、凶器を残していったのは、なぜなんでしょうか」

私は疑問を投げかけた。

「殺人もこれで最後だから、必要がなくなった。みんな殺され、犯人は忽然と姿を消す。密室版『そして誰もいなくなった』というところでしょう」

蜘蛛手は少しおどけてみせたが、反応が薄いとみるや、

「もうひとつ、重要なことがあります。それは、早田はなぜ最初からかつらを被っていなかったのかということです。帰り際に被ったところで、誰に見せるというのか。謎だらけです」

そして、は、は、は、と笑ってみせるのだった。

私や警部たちにそれが分かるのはもう少しあとになる。

結論を出せぬまま、私たちは二階の大座敷から一階の工作室へ場所を移した。そこにはコピー機があるからだった。
工作テーブルを囲むのは川崎警部、細身の若い刑事二人、窪田元刑事、鑑識課のベテラン杉本氏、沼尾社長、私――宮村、そして蜘蛛手だ。
蜘蛛手は時系列行動一覧表に赤ペンで追記し、人数分のコピーをして配った。同時に水上、牛野、早田の独白文のコピーも配られた。【時系列行動一覧表：赤書（太字）（蜘蛛手）参照】
「もう一度確認いたします。ＤＮＡ鑑定の結果、殺されたのは水上、牛野、早田で間違いはないので

すね」

間違いない、とばかりに警部が大きくうなずく。だが、杉本は、

「現段階で――一般的なＤＮＡ鑑定という意味では、その三人で間違いない……。ただな、十分なサンプルと時間があるならＤＮＡ鑑定だけに頼らず、遺伝子に影響されない指紋やホクロ、瞳の虹彩パターンなどと併せて検証できると鑑定の精度は上がるんじゃよ」

ミスが許されない鑑識という職務でありながら、時間と経費をかけすぎるわけにもいかない――そういったジレンマを何十年も味わってきた男の苦渋が短い言葉ににじみ出ていた。

蜘蛛手はそんなベテランに深く頭を下げ、

「独白文にあるサインが彼らのサインでないことは、筆跡鑑定ですでに判明しています。しかし殺された三人はＤＮＡ鑑定で本人と確認されてもいます。ここで、死んだはずの人間が、死んだはずの時刻以降も生きていたという証言を事実として受け入れるならば、それらを両立させる答えは、双生児であるということです。しかも一卵性双生児の可能性が限りなく高い。一卵性双生児ならＤＮＡは全く同じだ」

「！！！！！！！？」

川崎警部と窪田はお互いを穴のあくほど見つめ合った。いや、にらみ合っていると表現した方が正解に近い。ふたりともなぜかファイティングポーズをとっていた。もちろん喧嘩をしているわけではない。興奮を押しとどめているだけなのだ。だから、

「――最近、イギリスで一卵性双生児も識別できる鑑定法が開発されたと聞きますが――」

と続ける蜘蛛手の言葉をうなずいて聞いていたのは杉本だけだった。

「宮村。水上ミキは双子の妹と入れ替わっていたんだ。そう聞いて何か思い当たる節はないか」

蜘蛛手に問われて記憶を辿ってみる。そういえば、

「水上ミキさんにサインをもらおうとしたとき、彼女はそれを拒みました。なぜだろうと思ったんです。あれは筆跡から見破られることを嫌ったんだね。——話も盛り上がらなかったし、何より芸能人のオーラが全く感じられなかった。今更だけど」

「僕が一緒に行っていれば気づいたでしょう、声の違いから。そのとき僕は目が見えていなかったから、視覚以外の感覚が敏感になっていたのです。そうすればその後に起こった殺人は、——少なくとも早田氏の殺害は防げたと確信しています」

蜘蛛手がフォローしてくれている。そして続ける。

「最初にミキの独白文を読んだ感想は、結構鬱屈したところがある人なんだなという印象です。さばさばした性格だと思っていたのに、意外でした。それと、妹はいたはずですが、兄の存在は聞いたことがありません」と私の同意——点頭を待って、

「僕が知らなかっただけなのかなと最初は思いましたが、視点を変えてみることで、いままでみえなかったものがみえたのです」

「それは何だね。蜘蛛手さん」警部が質す。

「ミキはトランスジェンダーなのではないかということです」

「性同一性障害者のことだな」

時系列行動一覧表】…赤書(太字)(蜘蛛手)

	蜘蛛手(1F)	宇佐美	浜 崎	その他　備考欄
	百白荘 着			
	夕食 始 夕食 終 東屋でビール ↓	夕食 始 夕食 終	夕食 始 夕食 終	**ハウス開く** **(18:15～18:30) 15分間** **ハウス閉じる** **(18:45～19:00) 15分間** **ハウス開く** **(20:10～20:25) 15分間**
	↓ 東屋にて宮村と会話 東屋でビール ↓ 女?に襲撃される	車で糸魚川へ向け出発		**ハウス閉じる** **(20:35～20:50) 15分間**　悪夢
	牛、早、宮、蜘蛛、浜 殺害現場確認、推理 早、宮、蜘蛛、浜 現場確認、推理	(外出中)	牛、早、宮、蜘蛛、浜 殺害現場確認、推理 早、宮、蜘蛛、浜 現場確認、推理	**ハウス開く** **(21:20～21:30) 10分間** **ハウス閉じる** **(21:30～21:40) 10分間**　悪夢
	県警による事情聴取 ⇐	糸魚川より帰着 県警による事情聴取 ⇐	県警による事情聴取 ⇐	警察による道路検問開始 ↓
		再び糸魚川へ向け出発		**ハウス開く** **(3:05～3:10) 5分間** **ハウス閉じる** **(3:10～3:15) 5分間** 悪夢から目覚(3:30)
	⇐	(外出中)	⇐	**ハウス開く** **(4:00～4:05) 5分間** **ハウス閉じる** **(4:05～4:10) 5分間**　悪夢 ↓

【2015年9月22日、百白荘事件関係者

時刻	水上ミキ（4F）	牛野勉（3F）	早田独（2F）	宮村（1F）
15:00	百白荘 着	百白荘 着	百白荘 着	百白荘 着
16:00		百白池畔		百白池畔
18:00	夕食 始	夕食 始	夕食 始	夕食 始
18:30	**妹が侵入**			
18:45		**弟が侵入**		
19:30	夕食 終	夕食 終	夕食 終	夕食 終
19:35	東屋でビール		東屋でビール （いったん2Fへ）	東屋でビール （いったん2Fへ）
20:00	**水上ミキ殺害 （妹が入れ替わる）**		↓	
20:15		**牛野勉殺害？ （弟が返り討ち） 首と両腕切断**		
20:30	宮村と会話するも 早々に散会		自室へ戻る	
20:32		玄関口で宮村と会話		玄関口で牛野と会話
				東屋にて蜘蛛手と会話
20:40				1F自室のベッドへ
20:45	**妹 脱出**			
20:45				
21:00	水上ミキ殺害事件 発覚	牛、早、宮、蜘蛛、浜 殺害現場確認、推理	牛、早、宮、蜘蛛、浜 殺害現場確認、推理	牛、早、宮、蜘蛛、浜 殺害現場確認、推理
21:40		**牛野 脱出**		
21:50		牛野殺害事件発覚	早、宮、蜘蛛、浜 現場確認、推理	早、宮、蜘蛛、浜 現場確認、推理
22:30	県警到着、捜査開始	県警到着、捜査開始	県警による事情聴取	県警による事情聴取
9月23日 2:00				
3:00	県警引き上げる	県警引き上げる	⇐	⇐
3:05			**弟が侵入**	
			早田独殺害（弟が入れ替わる）	
3:45			玄関口で宮村と会う	玄関口でかつら装着の 早田と会う 自室へ戻る
4:00				
4:05			ドアが閉まる音（早田荷物を運び出し自室へ）	
4:05			**弟 脱出**	
7:30			県警再着 早田殺害事件発覚	⇐

蜘蛛手は川崎の質問をあえて無視した。認知度の低い日本では警部のように勘違いしている人が多い。性同一性障害とはトランスジェンダーの一部でしかない。外科的施術を望まない、心と体の性が一致しない人たちを含めてトランスジェンダーというのだ。

「それで閃きました。独白文に書かれていることは､兄であるミキさんに対する妹の思いではないか。そこには妹の本心が書かれているのだと」

「全くそのとおりじゃ。解剖してみるまでもなく、それは明白だった。水上ミキさんは男じゃよ」

杉本が認めた。

「独白文に書かれていたのは、妹によるミキ兄さんに対する嫉妬の感情です。大好きな母親の愛を奪われたと思い込んだ――それが殺害の理由です。胸と下半身を傷つけたのは怨嗟、顔を傷つけたのはなりすます――入れ替わるためだと思います」

「そんなことが殺害の動機だというのか」警部は唇をかんだ。

「詳細は警察の組織力と機動力を使って調べてもらわなければ分かりませんが、些細なことでも殺人の動機になりますし、殺人自体が些細なことだと思っている人間だっています」

突然外が陰り始めた。予報より早かった。今晩は雨になるという予報だった。

「いつ、ミキと入れ替わったのか」

「夕食をとって東屋でおしゃべりしているときは間違いなくミキさん本人でした。そのあと四階のミキさんの部屋を宮村が訪れたときには入れ替わりは完了していたのです。事件のことをもっとお話ししましょうと誘ったわりには話を早く終わらせたかったようですし。香水の香りも全くしなかったんだろう？」

「そのとおりだよ」私は蜘蛛手の問いに答えた。

「夕食時の彼女はいい香りがしました。シャワーを浴びたといっていたので本人から香りがしないことはありえますが、強い香水でしたから、部屋に残り香がありました。それに犯人も気づいたはずです。それでも香水をつけなかったのは、逃走するのに邪魔だからです。ニードロップを喰らったときに、何の匂いもしなかったのは、入れ替わった妹――犯人だったからです」

蜘蛛手はそのときのことを思い出しているようだった。

「死体は傷つけられていましたけど、脛に擦り傷はありましたか」

ここに至って思い出した私は杉本に訊ねた。

「いいや、脛には、なかったな」杉本が答える。

「部屋に白いガウンはありましたか」

「いいやそれもなかった」今度は警部が答える。

「僕が、ミキさんと思って話していた人には、脛に傷がありました。白いガウンを着て、なかは下着だけでした。死体が穿いていた白のガウチョパンツなんか穿いていませんでした」

「君が帰った後で着替えたのだろう」と警部。

「部屋着なら初めから着ていればいいんじゃないですか。殺害したあと、返り血を浴びたから下着姿になったか、血で汚れないように裸になって死体を傷つけたかのどちらかでしょう。あとはジーンズにでも着替えて逃走するところだったのです。白いガウンが見つからないのは、持ち去ったからです」

蜘蛛手の推理は細部に至るまでよく検証されていた。

「牛野事件の検証は最後にするとして、早田事件の検証に移ります。早田さんは一度も結婚していないのではないでしょうか。離婚歴のある独身ともとれますが、それなら自分の『独』という名について、ああいったいい方――『名は体を表す』――は、しないでしょう。亡くなったとはいえ愛する妻がいて大病を患う娘がいるのに『好んで独り身をかこっている』とか『斜に構えて生きる』とかもいわないと思います」蜘蛛手はそういうが、

「早田さんには兄がいて、溺れかけたところを助けられた、と本人から聞きました。一方、独白文では、ふたり兄弟でやはり兄がいた。どちらも早田さんが弟として兄のことを書いている。実は娘はとうに亡くなっていて、独白文は過去のことを書いているのではないでしょうか、そうすれば――矛盾はないと思います」

私は自信をもって腕を組む。

「でも、何か違和感はある」警部も同じように腕を組む。

「警部たちご兄弟を見ていて思ったのですが、早田さんもミキと同じく双子だったとしたら、と考えてみたのです。というかDNAが一緒ならそれしかありえないのです」

蜘蛛手はあえて沈黙をはさむ。はさむことで頭のなかの整理を促しているのだ。

「双子の場合、戸籍法上は生まれた順で兄、弟と定められていますが、お腹のなかで先にできた方が奥だから、後から生まれた方を兄、先に生まれた方を弟とする考え方が定着している地域もあるので

す。特に中越地方に多く見られます。両親の内のどちらかが、そういった慣習のあるところの出身で、法を知らずに届け出たとしたらどうでしょう」

「先に種付けされたということだな」

警部があけすけにいう。この際セクハラ発言には触れずに蜘蛛手は続ける。

「例えば、幼くして両親が離婚して、父と母にそれぞれ引き取られた。引っ越した先で、法にのっとって正規に修正する。そこで親から教えられて育てば、どちらも弟という結果になるのではないでしょうか」

「きんさんぎんさんは、きんさんが姉、ぎんさんが妹、で通っていたのだけれど、実はきんさんが後から生まれていて、本当は妹だったということは、当時ニュースになったよ」

きんさんぎんさんというのは、一〇〇歳以上生きて、テレビなどで有名になった名古屋の双子姉妹のことだ。こういう芸能の話題に私はめっぽう強い。

「三時半過ぎに宮村が会ったのは、早田独本人ではなく双子の弟の方で、常日頃からかつらを着けていたのです。そこで宮村と出くわしたものだから、とっさの判断で、かつらをとって早田独になりすましました。一卵性双生児なら顔が似ているのが当たり前です。すっかり騙されたんです。かつらに気を取られ過ぎたのです」

蜘蛛手の指摘に私は恐縮するしかなかった。

先ほど杉本からも語られたが、双生児の場合、ＤＮＡは同一であっても、指紋や筆跡は異なる。ＤＮＡ鑑定の精度が上がり、管理上の問題も少なくなって、よりスピーディーに、より扱いやすくなってきたが、双生児——特に一卵性双生児の場合に限っては、昔ながらの識別に頼らざるを得ない。科学捜査の盲点といえるかもしれない。

「いま双子の弟が犯人だといったが、兄の間違いではないのか」

「早田さんは新潟の生まれだといっていました。先に生まれたので弟として届出されそのまま登録されたのだと思います。一方、兄の方は母親に連れられて都内に引っ越し、法に則り、後から生まれたので、戸籍法通り、自分は弟だと認識して育てられたのだと思います」

「ややこしいな。つまり正解は、早田独は兄、でいいんだな」

警部はぎょろ眼を剝いて訊ねた。まだ少し混乱しているようだった。

「そうです」と蜘蛛手は断言した。

それでも警部は、うーんとうなった後、

「だが、そんなに都合よく一卵性双生児を集められるものなのか」

「違いますよ。一卵性双生児自体は珍しいものではありません。殺意を持った一卵性双生児を集めるという行為こそが稀で、狂気なのです」

「その狂気の元が宇佐美晃子というわけか」

「そうだと思います。台所事情が逼迫していたということですから、動機はお金でしょうが……、それだけとも思えません。殺意を持った一卵性双生児が三組揃うまでは、殺害を決行しないようにコントロールしていたのですから」

長い沈黙が流れた。

それぞれ考えること、感じるものがあった為だ。

「それじゃあ、牛野の場合も双子の入れ替わりなのだな」

警部のこの言葉で事件の検証が再開した。

「僕も初めはそう思いました。ですが、そうでもないんです。というのも、ミキの部屋を辞去したあと、宮村は三階の玄関で牛野の裸の上半身を見たのですが、腕に傷がありませんでした。そうだよな、宮村」

私は首肯するだけだった。ミキにしても早田にしても、そして牛野にしても、すべて自分がその入れ替わりに立ち会っているのに、立ち会っていない蜘蛛手の方が真実を見抜いている。それなのに、目の見えない蜘蛛手は足手まといのような発言をしてしまった。そういう自分が惨めだった。蜘蛛手は私が語った話から真実を導き出しているのだ。感服するしかない。

「独白文には、若いころ暴漢に襲われ二の腕を二〇針縫う大怪我を負ったという記載がありますが、そんな傷痕はなかったのです。また独白文では社長ですが、百白池で宮村と牛野が話したところ、取締役ではあるけど、社長ではないといっていました。独白文には真実が書かれていて、かつ双子の弟が書いたのだとすると、独白文にある『あの男』というのが牛野勉だったのです。そして殺されたのは、牛野ではなく双子の弟の方なんです。つまり、牛野勉を殺すために侵入してきたのですが、返り討ちにあってしまったのです。そして、そこには裏切りがあったと思われます」

「ちょっと待ってくれないか、蜘蛛さん。独白文を書いたのが弟の方だとなぜ断定できるんだい。百白池で牛野は男ばかり四人兄弟で、末っ子はだめだといったんだ。つまり牛野自身は末っ子ではなく、四兄弟の一番目から三番目に該当する。さらに独白文には年の離れた兄たちからは、かわいがられたともある。二人以上の兄がいたということだから、牛野自身は三番目から四番目に該当する。ふたつの条件を満たすのは、牛野は三番目で、独白文の書き手でもある。矛盾はしないよ」

「すごい、ものすごく論理的だよ、宮村。でもひとつ見落としている。独白文には、すぐ上の兄からはおごらされたとある。牛野が三番目なら二番目の兄が牛野にたかっていたということになって、兄たちにかわいがられたという事実と、明らかに矛盾する」

「――そ、そうか！」私は破顔した。

「それに正確には『ひとりっ子もだめだが、末っ子もだめだ』といったんだろ。ということは養子に出されたのは牛野ではない」蜘蛛手がダメを出す。

「つまり、独白文を書いたのは牛野勉の弟で、四兄弟の末っ子。『あの男』とは双子の兄、勉だったんだな」ややこしくなってきた話を、警部が整理する。そして、「蜘蛛手さん、牛野勉の双子の弟が犯行を計画したとして、何が起こったのか順を追って話してくれ」

「いいでしょう」とペットボトルの水を口に含んでから、蜘蛛手は話を再開した。

「牛野勉を殺したいほど憎んでいた双子の弟は、宇佐美の手引きでキューブハウスまでやってきます。動く家のトリックを使って侵入することも可能ですが、みんなで夕食をとっているときに堂々と玄関から入ってクローゼットにでも隠れていればよいのです。いずれにせよこの段階でキューブハウスの鍵を手に入れているかトリックを伝授されていないと不可能な行為です。だから、宇佐美家の関係者が手引きしているといえます。そして、牛野が部屋に戻ってきたときに逆に殺されるのですが、何も知らない牛野が、殺人者を返り討ちにするなんてことは簡単にできるものではありません。協力者による裏切りがあったとは思いませんか。しかも、その後、牛野は凶器を早田殺しの犯人へ渡し、死体の一部を持って、さらに動く家のトリックを使って逃げ出しているではないですか」

「警察に電話するといってしなかったのも、双子の弟が自分を殺しにやってくることを事前に知っていて、そのときすでに返り討ちしたあとだったということだな。そして、これは綿密に計算された返り討ち殺人計画だった」

警部の言葉に蜘蛛手は口を真一文字に結び、大きくうなずいた。

「凶器はどうやって渡したんだ」

「動く家のトリックを利用し、各階の屋根の上に置いたのだと思います。牛野の場合は回転して開いた二階の屋上、開閉窓の真下に置いたのだと思います。脱出時の動線上ですし、そうしておけばハウスが閉じたときでも邪魔になりません。凶器が見つかることもありません。小刀に柄がなかったのも薄くするためです。三人の殺人者はそういう情報を共有していたと思われます」

双子で殺意を持った三名を集め、動く家のトリックを利用して、殺人を計画し、実行をサポートした宇佐美晃子の狂気――これがこの事件の肝なのだ。

「牛野の首と両腕が切り取られたのは、歯の治療痕と腕の傷跡を隠すためですが、指紋を照合されないようにする意味もあったんです。ミキや早田さんが首を切り取られていないのは、殺されたのが本人だと知らしめるためです」

「DNA鑑定の結果だけでは、牛野兄弟の内のどちらかが殺された、ということしか証明できないのだな」

「そうです。警部。ミキや早田は殺されたのが本人だから頭部や手は残されていましたが、牛野だけは、自分が殺されたように見せかけるために、弟の首と両腕を切り取らざるを得なかったのです」

「どうして弟だと分かるのだ」

警部は同じ説明を求めた。理解と混乱を繰り返しているからだろう。

「百白池で宮村と話したとき、牛野は多くの兄弟がいるといっていました。複数の、兄と弟がいるという意味です。独白文でも男四人のなかで育ち、年の離れた兄たちにはよくしてもらった、しかし、すぐ上の兄から金をせびられたとあります。四人兄弟の三番目が二番目からたかられたとも取れますが、無理があります。二番目はちっともよくしてくれていないのです。あくまでも年の離れた兄たちにはよくしてもらったのだけど、同い年の兄にはよくしてもらってはいないのです」

蜘蛛手は言葉を切って、少しだけ反応を待った。警部は口を閉じるのを忘れていた。

「下のふたりが双子だと考えて読んでみてください。独白文の書き手は末っ子で三番目の双子の兄がたかったのだ、と読めて違和感はありません。三番目の兄である牛野勉が養子に行った双子の弟に金をせびったのです。『あの男』が同い年であることとも矛盾しません」

「なるほどな」今度は理解してくれたようで、次の質問に移った。

「入れ替わろうとした、その目的とは何だ」

「そこまでは分かりません。それは警察にお願いするしかありません。それに、殺された三人に、本当に一卵性双生児の兄弟がいるか、まずそれを確認していただきたいのです」

蜘蛛手は警部に向かって懇願した。

「当然だ。よし分かった」警部が返事をするまでもなく、すでにふたりの刑事は、事実関係を確認するために姿を消していた。

「蜘蛛手さん、ひとつ質問じゃが。早田氏はなぜ胴体の半分がなくなっていたのかな」

杉本は首をかしげている。

「腎臓です。医師である双子の弟が、娘の腎臓移植のために兄の腹部を切り取ったのだと思います」

「――っ！」衝撃が走った。

「独白文にある、土気色の顔、瞼のむくみ、は腎不全――腎臓病の徴候です。あと、死を待つためだけに病院に入る、といった表現も、適正な治療が可能なら助かるということの裏返しともとれます」

蜘蛛手はさらに険しい顔をして、

「腎臓移植であれば、赤の他人でも拒絶反応の危険性は低いのでしょうが、血縁関係者の方が、さらに親と同じDNAを持っている一卵性双生児の方が、より良いことは分かり切っています。何より、適切な移植臓器が不足していることの方が重要だったのでしょう。そうして切り取られた早田の腹部はクーラーボックスにでも入れられて、運び出されたのです。女将の車で――。早田の双子の弟は、ずっと以前から早田独に目をつけていたのではないのでしょうか。自らを律して生きてきた双子の兄の腎臓なら、きっと健康だと考えていたとも思います」

海まで付け狙い、医師であることをいいことに、怪我した足から血液を採取して適合判定を行ったのだ。溺れかけている兄を、自らの危険も厭わずに助けたのは、娘のためだったとしたら……。

誰もしばらく口を開かなかった。開かずとも、同じ妄想をこの場にいる全員がしていた。

「切り取られた身体の一部の搬出や犯人三人の逃亡を助けたのは、自由に動けた宇佐美しかいないのです。彼女の動向を詳しく調べてもらえれば、確証が得られるでしょう」

しばらくの鎮静のあと、川崎がひとつの疑問を呈した。

「結局、あの独白文のサインは偽物だったということだよな。しかし、なぜあんな独白文を書かせ、偽のサインまでさせたのか」

「あながち偽のサイン、というわけでもありません。双子の兄弟たちは、一時期だけでも、それぞれ、水上、早田、牛野姓だったわけです。それとこれは僕の想像ですが、この独白文を宇佐美が大事に持っていたというのは、重要な証拠だからです。宇佐美にすれば、三人の恨みを晴らしてやる代わりに、各々の変わらぬ決意と動機を知りたかったはずです。そのうえで、宇佐美を裏切らないという確約が欲しかった。それがこの独白文を書かせた理由だと思います。一方、殺人者側も宇佐美に自らの本名を書いた独白文を提出するのは、やはりリスクがある。将来的に宇佐美から脅迫を受けるかもしれないからです。だから双方の妥協の結果として、独白文に殺人者たちがおかれている立場と、婉曲ながらも殺したい動機を書かせ、文末のサインは殺しのターゲットでもあり、己の旧姓でもある名前を書かせた、のではないでしょうか」

雷が鳴り、雨が降り出した。横殴りの雨がガラス窓を叩き、アスファルトを殴りつける音で、蜘蛛手の最後の方の言葉が聞き取れないほどだった。しばらく雨音が静まるのを待ったが、収まりそうになかった。

　建物のひとつの動き——滑り、だけを利用して、雪密室での転落死、大座敷密室での首吊り死、キューブという密室からの脱出、さらに古典的な双子のトリックを絡ませてのアリバイ工作、——よくこんなことを考え、実行したものだと思う。不謹慎な表現が許されるなら、天才的な悪意による犯罪だ。感服さえしてしまう。

　しかしそんな犯罪の、解決に係るヒントが常に私の目の前でちらついていたのだ。これでもかと。それに翻弄されたことが悔しい。

　赤毛のクマが砂の上を歩く夢をみているとき、キューブハウスは回転していたのだ。特別な聴力を持っているのに、何の役にも立たなかった。

「驚きだな。しかし蜘蛛手さんよ。三人もの——、犯人の実名が最後まで出てこないんじゃ、ミステリとしてはありえないな。ある意味、現実の世界の出来事で良かった」

　川崎警部はひときわ大きな声で、不謹慎な言葉を吐いた。隣で窪田も口元を歪めていた。

　しかし、蜘蛛手は、

「そんなことはありませんよ。ちゃんと犯人を特定してみせたじゃないですか。双生児だと。犯人の名前＝固有名詞なんて、ただの記号です。名前が表に出ているかいないかの問題ではありません。提示されたヒントをつなぎ合わせれば、双子という唯一無二の解答が得られるのです。推理だけで犯人を特定できるのです」

二七　最後の殺人計画書

蜘蛛手と私が松本を離れて、四週間が経った。

池袋から東武東上線に乗って大山駅で降り、一〇分ほど歩いたところに『蜘蛛手探偵&建築事務所』がある。雑居ビルの三階の窓を開ければ日泰寺の五重の塔が見える。今日も快晴で、雲ひとつない青い空を背景に五重の塔の上半分が切り抜かれていた。

来客は川崎亮警部で、所長の蜘蛛手は不在だ。いま行っている浮気調査の中間報告に出かけてくると、宣《のたま》っていたが、全く信じていない。浮気調査自体あるかどうかも疑わしい。そんな仕事は受けたためしがないからだ。

百白荘事件はこの四週間でかなり進展した。

芸名水上ミキ、本名「水上未来《みらい》」は男性で二卵性双生児の妹を持つ。妹の名前は柏木《かしわぎ》ユキ。ユキは高校卒業まで地元松本で暮らし、卒業後音楽家を志しニューヨークへ渡ったが、成功しなかった。その代わりというわけではないが、ニューヨーク勤務の銀行マンの柏木雄介《ゆうすけ》氏と出会い結婚し、幸せな日々を送る。しかし、五年後、夫が事故で他界。子供も授からなかった。

宇佐美晃子の親友というのはユキの方で、学生時代、未来とはほとんど口を利くこともなかった。ユキの未来に対する感情は特殊で歪んでいたのだが、親友である宇佐美はユキに同情的で、新興宗教にのめり込むかのように、どんどん傾倒していった。ミキを殺そうと決断したのはユキかもしれないが、宇佐美の後押しがあったことは想像に難くない。

三日前、ミキの元マネージャーと一緒に海路で渡航するつもりだったところを潜伏先の博多のホテルで逮捕された。母親の愛を奪われたことが原因で恨みを抱くようになったと証言しているが、元マネージャーとぐるになってミキの印税収入を搾取しようと画策した疑いが持たれている。

ちなみに、ユキは未来の妹として出生届が出されているが、実際は数分先に生まれているため、戸籍法上は兄妹ではなく、姉弟となる。水上家のある長野の山間の村にも、やはり、先に生まれた方が妹、長く母の胎内に留まっていたほうが兄という慣習があったようだ。

未来が長男であり何かにつけ優遇されていることは、仕方ないことだと受け入れていたのだが、その兄がこともあろうに女装し、姉として世間に出、しかも自分ではなしえなかった音楽家としての成功を収めている。さらに母の愛を一身に受けてもいる。そういったことが殺人の引き金になった。週刊誌が連日取り上げている話題だった。

牛野勉は新宿の漫画喫茶で逮捕された。牛野の目的は自分に掛けた生命保険金を手に入れるためだった。受取人である妻を尾行していた警察が、接触を図ろうとした牛野を発見、逮捕したのだ。牛野の一卵性双生児の弟は名前を上村弘《うえむらひろし》という。今もずっと行方不明のままで、勉に返り討ちにされ殺されたことは疑いの余地がない。だが、その頭部、両腕はいまだ発見されておらず起訴に至らない。これに関して牛野は知らぬ、存ぜぬを貫いている。そのわりに自分に直接関係ないことや有利に展開しそうなことは、ペラペラ喋りだしているようだ。

曰く、小刀を持っている暴漢にいきなり襲われ、もみ合っているうちに動かなくなった、正当防衛だ。曰く、動く家のトリックは――、窓を開けたら、床が動いていたので怖くなって逃げただけ、とも。


早田独の一卵性双生児の弟は名前を野村光秀《のむらみつひで》という。両親の離婚で母親に引き取られた光秀は野村姓になった。早田は新潟の生まれでやはり後から生まれた方を兄とする慣習がある村の出身だ。戸籍法上は早田が兄で野村が弟になるのだが、早田はずっと自分の方が弟だと信じていた。

早田の腎臓を移植されたであろう野村の娘も、野村光秀自身も、まだ足取りがつかめていない。簡単につかめるだろうと思っていた警察も焦りを感じているようだった。

ただ、闇医師界からの情報として伝わってきたのは、ある闇医師が塩尻で腎臓移植手術を手伝ったのだという噂である。その闇医師によると、九月二二日の特急あずさで塩尻に向かい、塩尻駅でワゴン車に乗せられた。車内はすべての窓にカーテンが引かれていた。松本方面に向かっていることは分かったが、その後、目隠しをされた。それが仕事の条件になっていた。闇医師界ではよくある話である。目隠しをとられたのは手術室のなかで、総合病院並みの設備が整っていた。施術はほとんど別の医師によって行われたようで、それがおそらく野村本人であると思われる。患者は小学生くらいの女の子、報酬は現金で、破格の額だったそうだ。帰りも往きと同じように目隠しをされ、塩尻駅まで送られた。その闇医師の名も、どこに潜伏しているかも現在までつかめていない。

浜崎からは新しい証言が得られた。

宇佐美は一〇〇〇人近い顧客リストを持っていて、かなり詳細な情報を収集していた。笙燃館を訪れ、それをきっかけに三回から四回以上リピートしていた客たちの、親しい付き合いをしなければ得られない情報が記録されていた。

その一〇〇〇人のなかにいた、一卵性双生児で、兄弟に殺意を抱いている人間が、柏木ユキ、上村弘、野村光秀だったわけだ。


宇佐美が上村の依頼を牛野に漏らしたのは、上村に報酬の支払い能力がないことが発覚したからである。前金の五〇〇万円が振り込まれなかったのだ。依頼内容が殺人舞台の提供であるだけに、情報漏洩防止の観点から単なるキャンセルで済ますわけにもいかず、返り討ち殺人に切り替えざるを得なかった。とはいえ、急な変更で、牛野にも前金を収める余裕がなく、事後、生命保険金が手に入った段階でその半額を支払う約束になっていた。その金額が一五〇〇万円である。ただし、この金額では成功報酬としては少なすぎることと確約もないことから、宇佐美は牛野にあることをさせようとしていたらしい。

「ところが、牛野は約束を放棄して逃げだしてしまった」

警部はコーヒーカップをガラステーブルに置いた。晩秋だというのに、陽が差し込むと汗ばむくらいの陽気だった。

私はてかてか光る革張りの応接ソファに警部と向かい合って腰かけていた。警部は野暮用があったから立ち寄ったと初めにいっていたが、それは口実だろう。

「それで、その約束とは何だったのですか」

私もまたコーヒーカップを置いた。

「これだ。ここに宇佐美が計画した最後の殺人計画書が入っている」

警部は大判の封筒をカバンから取り出し、テーブルに置いた。厚さからして大した枚数はなさそうだった。

「まだ計画していたんですか！」

私は驚いて声を上げた。

「押収した宇佐美のパソコンのなかに入っていた。まあ、俺が帰ってからふたりで読んでくれ。計画犯の宇佐美が死んだいまとなっては、笑い話のような話だ」

警部は大きく伸びをすると、腕時計を見た。時刻を気にしているようだった。

「そうだ、今回の三件の殺人は、牛野が予定を守らず、殺害を早めてしまったから慌しい密室殺人になってしまったが、当初の計画はどういうものだったと思うかね」

「一晩のうちに三人を殺す計画は間違いないはずで、そのうちの早田殺害だけが、時間的制約がありました。手術の時間が決まっていますし、何より新鮮な臓器提供が必須ですから。それから逆算して、十分なスパンをとって計画していたと思います。ミキさんを殺したあと、犯人は余裕をもって脱出し、次の牛野殺しに引き継ぐ手はずだったと思います。ことは殺人ですから、十分な時間をとったことでしょう」

「密室は望んだ結果ではないと……」

「もちろんです。蜘蛛さんとも話し合ったのですが、動く家のトリックは、あくまでも犯人が侵入するために用いる予定だったのです。玄関ドアはホテル錠ですから、如何に侵入するか、だけが問題だったのです。脱出は螺旋階段を使って下りればいいのですから。キューブを層毎に段階的に動かして窓から侵入する。殺人が終われば、階段を使って下りる。これが基本計画です」

「ところが、いろいろ計画が狂った。夕食が長引き、その後、東屋で酒盛りが行われるなどしたおかげで、予定を変えざるを得なくなった」

「そうです。四階のミキ殺しの犯人は食事中に侵入していました。三階の牛野さんは返り討ち殺人ですから、やはり先に三階に上村を忍び込ませておきました。蜘蛛さんもずっと東屋にいましたし」

「だから、脱出のために動く家のトリックを用いたわけだ」

警部は背もたれを軋ませた。

犯人側からしてみれば、バタバタで、かなりリスキーな舞台裏だったのだ。

「死体の処理、そしてその後の対応はどうするつもりだったと、蜘蛛手さんは考えている？」

「死体処理はおそらく浜崎の仕事だったのでしょう。ここからは想像ですが、殺害後、各々三人になりすました偽物は、そのまま一二〇キロウォーキングに参加します。そして、途中リタイアして行方をくらます予定だったのではないでしょうか。そしてウォーキングが行われている間に死体を処分してしまうつもりだった。殺人自体をなかったことにするのが一番いい方法ですからね」

「なるほどな。浜崎はまだ口を割っちゃあいないが、そんなところだろうな、殺害実行犯たちと宇佐美たちとの役割分担は。計画と場所提供だけでは、二〇〇〇万円以上の取り分は、多すぎるからな」

「それに死体が発見されれば、宇佐美もただでは済まないでしょうから、ある意味一番重要な証拠湮滅は積極的に行ったのではないでしょうか」

警部は腕を組んで、うーん、とうなった。否定ではなく納得のうなりだった。

「しかし、よく考えたものだ。場所とトリックは提供するから、どうぞ殺人を実践してください、あとの始末も弊社にて行います、ということだものな」

警部はおどけるようにいうと、カップを口に運んだ。なかは空だった。腰を上げた私に、「いや、もう結構だ」と遠慮した。

「蜘蛛さんから確認しておくように頼まれていることが、ふたつほどあるのですが」

「何だ。分かることなら答えるが」

「大座敷の密室実験でワイヤーロープを外すとき高枝切り鋏を使用しましたが、物置か工作室か忘れましたけど、サスマタもあったはずです。サスマタの方が使いやすかったのではないかということです。些細なことですけど」

警部は苦笑したような表情を作り、

「何が正解かは分からないが、サスマタは次に使う予定があったからじゃないかな」

「次って?」

「一連の事件に共通していることは、殺害のための道具をわざわざ買いそろえず、すでにあるものを利用している点だ。その方が、足が付き難いとの判断だろうな。続きはその封筒の中身を読んでくれ」

警部はそれ以上喋ろうとはしなかった。

「それで、もうひとつは」

「宇佐美晃子殺しで、犯人の浜崎が自宅から殺しに出ていくときに、アリバイ作りに協力した宅配便業者って牛野ですよね」

「情報が早いな。そのとおりだ。牛野のやつが、やっと口を割ったよ」

「……」私は視線を落として沈黙を挟んだ。

「今更何を遠慮するんだ。答えられない質問なら、はっきりそういうから安心しろ」

「入れ替わったとき、警察は気がつかなかったのかって……」

私はささやくようにいった。

「失態だ。警察の失態だよ。体形の違うふたりが玄関を入って入れ替わったんだ。気がつかないとダメだ。宅配便の制服に惑わされすぎた」

警部は一言の言い訳もせず、警察の非を認めた。

「あっ、でも、DNA鑑定をはじめ、あれだけの鑑識を超スピードで行ったのは、素晴らしかったって蜘蛛さんもほめていました」

私のフォローにも、警部は険しい表情を緩めることなく、

「杉さんにいっておくよ。喜ぶだろう」

やはり怒っているようだ。私は申し訳なさそうに両手を合わせた。

その様子をみて、警部は少しだけほおを緩め、

「最後に、何か訊いておくことはないか……」

私はしばし、うーんと考えてから、思い出したように手を打った。

「百白池の畔で派手な格好の、お婆さんと見まがうお爺さんに出会いました。クマに喰われるからこの先に行くな、と脅されたんです。その昔、お孫さんが山中で、白骨死体で発見され、以来気が変になったと――」

「そんな話、誰から聞いたのだ」

「ミキさん、いえミキさんになりすました妹のユキからです。可愛がっていたから衝撃が大きかったんだろうって」

「あの与作《よさく》爺さん、まだそんなことやっているのか」

「知っているんですか」

「ああ、管内では、ほら吹き爺さんで有名だ。みんなそれで騙されるんだ。孫娘は中学生のころに大麻所持で補導されたが、いまは元気にキャバクラで働いている。あの山ではマツタケが採れるんだ。横取りされるのを防ぐために大嘘をついているだけだ。ボケてもいないし、足腰もしっかりしている」

（そ、そんな――）私は気が抜けて口を歪めて笑うしかなかった。

「鹿の角を削ったタクトを持っていただろう。あれは小澤征爾を真似ているんだ。気がふれているふりをする演出のひとつだ」

「派手なドット模様のワンピースは、草間彌生なんですね」

得心がいった。草間は松本市生まれの芸術家だ。

そしてさらに思い出した。ミキの妹はこんなことをいっていた。憔悴した老人を見ているこちらも辛かったと。本物のミキなら見られるはずがないのだ。この一〇年、日本を離れていたのだから。

「そんなことより、君たちがなぜ今回のウォーキングに参加できたと思う」

「えっ、警察の計らいではないんですか」

「そこまでの力はない」警部は自信を持っていう。

私は去年、愛知県のウォーキング大会に参加し宇佐美と知り合い、今回のウォーキングに誘われた。それは自然の成り行きだった。警察の計らいでないとすれば、私の努力が実ったということか。

「今回の殺人事件で君たちの役割は、宇佐美と浜崎のアリバイの証言者になることだったのだ。そのために宮村君、君が選ばれたんだ。君のその優しい性格が好まれたんだろう」

「気を遣っていただかなくても結構です。おとなしくて騙しやすいと思われたんでしょう。おまけに非力でもありますからね」

私の自虐に、警部は否定も肯定もせず、

「密室は望んでいない結果だし、動く家のトリックは一番秘密にしておきたかったことなのだ、宇佐美にすれば。まだまだ稼いでもらわなければならないトリックだしな。目が見えない男とのコンビなら最適だと思ったそうだ」

私は膝の上でこぶしを握り締めた。

「怒るなよ。俺がいっているわけではない。浜崎の言葉だ」

「分かっています」

「とにかく一連の事件を解決できたのは君の能力の賜物だ」

警部はもう一度腕時計を見た。

「では、そろそろ帰るよ。蜘蛛手さんにはよろしく伝えといてくれ」

「はい」

私も一緒に立ち上がった。

「宇佐美晃子の遺産を受け継ぐものが名古屋にいる。名は『友』に『樹』と書いて友樹《ゆき》と読む」

「まさか、一卵性双生児ですか」

「は、は、は、さすがにそれはない。だが一卵性双生児の親子といわれるぐらい仲の良い母娘らしい。晃子の血を引き継ぐものだよ。晃子が殺されたと聞いて、わざわざ県警まで怒鳴りこんできた。警察がちゃんとしていないからこんなことになったのだと。射貫かれそうな目だったよ。お前たちのことはしゃべっちゃいないが、せいぜい気をつけるんだな」

そういってコートを羽織り、笑いながら去っていった。

ドアが閉まると、私はさっそく警部に渡された封筒の封を切った。蜘蛛手には何とでもいえる。

＊＊＊

『蜘蛛手＋宮村、最後の殺人計画書（草案）』

二〇一五年の事件では彼らは重要な役割を担うことになる。水上、牛野、早田、三人の殺害事件における重要な証人となるのだ。今回の事件がどういう結果になるか分からないが、私たちのアリバイを証言してくれればそれでよい。確固たるアリバイが存在していたら、警察は疑うこともしないからだ。それは二〇〇九年、一〇年の事件で学習した。

キューブハウスに滞在していて生き残った彼ら——蜘蛛手と宮村が犯人になって、受刑してくれればさらに申し分ない。何かいい方法はないか。要検討だ。

とはいえ、このふたりをいつまでも生かしておくのは危険を伴う。なまくらな頭脳とはいえ、いつ何時《なんどき》閃きが訪れるとも限らない。できるだけ早い時期に処分してしまうことが肝要だ。

◉時期：二〇一九年以内

◉殺害案A

殺害場所は県外とする。事故に見せかけるなど工夫がほしいが、どのように処分するか。不特定多数の犯人像を用意できるが、逆にアリバイ作りが難しくなる。殺害を外部に委託することは簡単だが、脅迫のリスクを生む。

［評価：却下］

◉殺害案B【刺殺】

・キューブハウスに導き、殺害するのが現実的か。

・宮村を本館二階の外壁窓の格子に、蜘蛛手をキューブハウス二階の窓の格子に縛り付ける。ふたりを縛り付けるには建築作業用の簡易リフトを使う。

次にサスマタの柄を抜く。柄の代わりにナイフを差し込み、そのサスマタのU字金具部を各々の腹に固定する。両手はナイフを握るようにガムテープでしっかり巻く。ガムテープの痕が残らないように、ぴっちりしたビニル手袋を嵌めてからガムテープで縛るなどの配慮が必要だ。

後は動く家のトリックを使ってナイフでお互い刺し合う、という寸法だ。

［問題点］

キューブハウスにも格子を取り付けねばならない。簡易リフトはこれから購入しなければならない。その理由付けが難しい。ふたりを格子に固定することもあまり現実的でない。体の重みで垂れ下がりそうだし、殺害後の取り外しも大変そうだ。

［評価：次点］

◉殺害案C【轢断殺】…面白いネーミングだ。

動く家を改造する。今回は、建物は動かさない。まず、建物と螺旋階段の柱を縁切りする。次に、竪格子に固定していた踏面を、中心の回転する円柱に溶接固定する。そうしておいて回転させると円柱を中心に連続高速回転する階段が出来上がる。

モーターは各層の荷重を負担しない分、負荷がかからないので、スピードも速く、力も強くすることが可能だ。

四階の玄関口に宮村を、三階の玄関口に蜘蛛手を寝かせる。頭を階段側へ出すように固定する。その方法だけ思案しなければならない。

そうしておいて、タイマーを使って階段を回転させる。首が引きちぎれる。うまくいけば階段を転がり、一階まで首が転げ落ちてくれる。回収が楽だし、足跡という痕跡を残さずに済む。

——これだ。これがいい。改造に若干のコストがかかるが、大した費用ではない。

大雨の日に実行すれば、新たな密室首なし事件として迷宮入りとなる。

［評価：採用］

［残された問題点①］

牛野にやらせたいところだが、どのような立場でどこまで任せるのか、そこが問題だ。今回の事件でも、あの男はこちらの指示に従わず犯行を行った。待ちきれずに上村を殺害してしまったのだ。おかげで宮村が階段を昇降しているとき、キューブハウスを回転させねばならなかった。非常に危なかった。信頼できない。やつに務まるか甚だ疑問である。やはり娘に頼るしかない。

［**残された問題点②**］

動く家を造ることになった余分な経費は直工だけで一億二〇〇〇万円になる。水上、牛野、早田の三人の殺害による収益は六九〇〇万円にしかならない。不足分を、宮村、蜘蛛手殺害にて穴埋めしたいところだが、金を生む何か良い案はないものか？　探偵と謳っている以上、怨みをかっていてもおかしくない。ふたりを殺したいほど憎んでいる人間を探し出せないか。

いずれにせよ、この動く家は大事に管理しなければならない。まだ、原価償却にもならないのだから。

……それとも、もう一度、双子を集めるか？

門前典之と奇想のエンターテインメント

蔓葉信博

1．幾何学的な奇想

この二〇二〇年に門前典之の新作が読めるとは思っていなかった。そう考えるミステリーファンは少なくないだろう。二〇一五年の『首なし男と踊る生首』から、約五年の沈黙を破り『エンデンジャード・トリック』が刊行された。この場で『エンデンジャード・トリック』について詳述する前に、なにかのきっかけでこの解説を読みはじめた読者諸氏のうち、古風なパズラーや奇想天外なトリックに目がないミステリーファンの方は、ぜひそのまま本書の物語からお読みいただくことをお薦めする。できれば本作は真っ新な状態で読んでほしいからだ。もし門前典之の『建築屍材』や『屍の命題』を読み、その衝撃が忘れられない読者には、けっして期待は裏切らないとお伝えしたい。とはいえ、参考のために少し詳しいあらすじを記載しておく。

『エンデンジャード・トリック』は、門前典之の創造した名探偵・蜘蛛手啓司の活躍するシリーズの第五作に当たる。蜘蛛手は、ワトソン役たる宮村達也とともに建築に関する奇怪な事件の数々を解決し続け、今では建築兼探偵事務所を共同経営している。ただ本作から読みはじめても基本的に問題はないので安心されたい。

本作では、長野県にある百白荘という純日本家屋、隣接する真四角の変わった建物・キューブハウスを舞台に巻き起こる連続殺人について、被害者家族の依頼を受け、ふたりは調査を開始することになる。第一の事件は、キューブハウスと百白荘に挟まれた石畳の通路で男性の墜落死だ。現場は雪に埋もれており、発見者以外の足跡はない。また左右の百白荘からもキューブハウスからも飛び降りることは不可能な状況だったのだ。

第二の事件では百白荘の大座敷で、鋼鉄のワイヤーによる縊死した男性が見つかる。大座敷は密室で、ワイヤーは床に落ち、男性は布団の上に仰臥していた。どのように首吊り自殺を試みたらこのような状態になるというのだろうか。

蜘蛛手と宮村は、その二つの建物の所有者である宇佐美家と接触し、キューブハウスで一夜を過ごすことになる。ところが、その日にふたりを巻き込んで不可解極まりない連続殺人の幕が上がるのであった。

このように本格ミステリーでは定型ともいえる、謎めいた建物での連続殺人事件が本作では描かれる。ただし、定型外のこともある。それをここでは幾何学的な奇想とし、過去の作品を紐解きつつ説明していこう。

2．奇想の歩み

門前典之のデビューには少し込み入った経緯がある。一九九六年、第七回鮎川哲也賞に応募された『唖吼の輪廻』は最終選考に選ばれつつも、惜しくも落選（応募時の筆名は舞子悦司）。その作品を『死の命題』と改題し、筆名も門前典之として、一九九七年に自費出版する。

その後、門前典之は二〇〇一年に『人を喰らう建物』にて第十一回鮎川哲也賞を受賞。受賞作を『建築屍材』と改題の上、商業デビューを果たした。『建築屍材』で描かれる事件は、建築中のビルで発見された三人分のバラバラ死体からはじまる。ところが、ほどなくその死体は消えてしまう。行方不明となっている人間との関連が疑われるも、そのビルでさらなる殺人事件が発生。ビルの建築に関わっていた蜘蛛手は勝手に事件を調べまわった結果、驚愕の事実を明らかにするのだった。資材や技法など建築に関する膨大な知識とそれに裏打ちされた恐るべきトリックが評価された作品だ。

二〇〇八年には、信者が鍛錬場から消失する怪しげな新興宗教と不可解な殺人事件を蜘蛛手と宮村が追う『浮遊封館』を刊行。こちらも専門的な建設技術を事件にからませつつも、『建築屍材』とは角度の違う、圧倒的な悪意の犯罪が描かれる。

そして『死の命題』を改稿・改題した『屍の命題』が二〇一〇年に刊行される。降雪で陸の孤島となった館で次々と起こる殺人事件。「そして誰もいなくなった」風の連続殺人事件を蜘蛛手と宮村が調べるなかで、被害者のひとりが目撃した巨大な「兜虫の亡霊」という謎が立ちふさがることになる。一部の好事家で話題となった奇想のトリックが本書の刊行で多くの読者に知られることとなった。

二〇一一年になると、蜘蛛手シリーズの刑事役が登場する『灰王家の怪人』を刊行。出生の秘密を探るため、とある村を訪ねた男は、十三年前に起こった座敷牢でのバラバラ殺人事件について聞かされる。そして、自分が訪ねてきたことがきっかけであるように、再びその座敷牢で友人が惨殺される。そこには過去と現在をつなぐ秘密が隠されていた。事実上のノンシリーズだからこそ可能な犯罪模様が描かれる。

二〇一五年には、再び蜘蛛手・宮村コンビが活躍する『首なし男と踊る生首』を刊行する。仕事で請け負った結婚式場の建築現場で、宮村は土砂災害の中、巨大な斧を持つ首なし男と遭遇する。さらには行方不明だった工事関係者の多くが殺されていることも判明。そして、その殺人事件を計画した書類が警察の手によって見つかるのだった。

刊行順に説明した各作品の傾向からも明らかなように、凄惨な殺人事件と不可能犯罪、そしてオカルト的な趣向も加味した作風が見て取れる。これは島田荘司が提唱する奇想の本格の系譜に連なるものといっていい。奇想の本格とは、しばしば計画全体からすると欠点が目につき、また労力が過剰にかかるため、普通では実行しないし、そもそも常人では思いもつかない方法で第三者を殺害するなどし、さらにその前後に様々な偶然が加味されることで犯罪が異様な事象として認識されてしまう事件の、その方法・経緯を当てるミステリーの総称である。その奇想を生み出すために、架空の舞台を用意する場合もあれば、猟奇的な犯罪のなかに奇想の核を見出すこともある。蜘蛛手シリーズで言えば、オカルティックなシーンについては前者の傾向を、死体を用いたトリックの数々は後者の傾向を見出すことはたやすい。ただし、建築の知識を起爆剤に想像を絶する犯行方法、犯人の目的、想定外の事件の展開を描く手腕は目覚ましいものがある。これが幾何学的な奇想だ。それは本書、『エンデンジャード・トリック』でも変わらない。定型外であればあるほど、その本格は奇想の本格となる。そうした奇想の実現には、本格ミステリーシーンの必然性が隠れていると考えている。それについて、鳥瞰する視座から語り直してみよう。

3．本格ミステリーシーンの変化

日本における本格ミステリー史において、一九八七年からはじまった新本格ミステリームーヴメント以降のトピックをあげるとするならば、一九八八年から今も続く本格の牙城、鮎川哲也賞の存在、一九九五年からこちらも現在まで募集を受け付けるメフィスト賞の遊撃、一九九〇年代から続くマンガやテレビドラマによる本格ミステリー作品の隆盛など、いくつもあげることができるだろう。横山秀夫や長岡弘樹を中心とした警察小説の本格ミステリー化や、東川篤哉や三上延らからはじまるライトミステリーのサブジャンル化をあげてもいい。そうした状況に近年、変化が見えはじめている。

ひとつのきっかけは、二〇一七年に刊行された第二十七回鮎川哲也賞受賞作の今村昌弘『屍人荘の殺人』の大ヒットであろう。ライトミステリーの好調を受けて謎解き主眼の本格ミステリーとキャラクターの魅力を引き出した小説の掛け合わせは、『屍人荘の殺人』も同様なのだが、さらに意外でありながら、今のエンターテインメントシーンを見据える設定をこらすことで、多くの話題をさらい、かつてないヒットをもたらしている。その設定は半公式的にある秘密が守られており、読者もそれにならうことで共犯関係を結んでいる。読み終えた読者なら友人知人にそのミステリーの趣向を話したくなるのに言えない。このジレンマが『屍人荘の殺人』の大ヒットに貢献したと思われる。

こうした傾向は、奇想の本格にもいえるのではないか。すでに紹介した『屍の命題』や『首なし男と踊る生首』などがまさにそうで、普通の本格ミステリーで兜虫の亡霊がさまよったり、斧を持った首なし男が登場する作品にそうそう出くわすものではない。しかしながら、奇想とはいえトリックや事件の真相にかかわることを、簡単に話題にするわけにはいかない。この『エンデンジャード・トリック』がそうした作品なのが口惜しい。映像映えするそのトリックの実行シーンを身振り手振りで説明したい、読了したミステリーファンの多くがそう感じることだろう。

つまるところ、見せ方、読ませ方の工夫はさまざまなれど、謎や謎解き自体にも読者に伝える魅力があるということだ。それがこの数年明らかになったといっていい。事実、『屍人荘の殺人』以降、キャラクターもののミステリーから、予言やタイムトラベルといった超常的な現象が前提となる異色の本格ものが次々と話題になっている。

そうした話題性の種がありながらも、一方で見逃すべきでないのは、どの作品も本格ミステリーとしての重厚な謎が据えられているということだ。とくにライトミステリーの隆盛は、謎の簡素化をもたらすのではないかと一部の好事家から危惧されていた。もちろん読者の要望がキャラクター重視であるならば、謎解きはストーリーの牽引役に甘んじることも否めないかもしれない。しかしながら、単なる牽引役ではなく、それぞれがキャラクターの魅力に負けない謎解きの魅力を有するものだからこそ、本格としての謎と解決にあらためて焦点があたっているのだ。

4．建築・死体・凶器

つまり謎解きの個性、奇想の個性を明確に伝えることの重要性が求められているのではないだろうか。重厚でありながら一言で言いあらわせられる謎解き。矛盾するようでありながら、これまで挙げてきた作品はそれをクリアして話題になってきたといっていい。本格ミステリーの多様性が話題となる今だからこそ、奇想の本格にも多様性が求められているといっていいかもしれない。

こうした傾向は、あらためて一九九〇年代の本格シーンを思い返してみるとわかりやすい。たとえば、一九九七年は麻耶雄嵩『鴉』や森博嗣『封印再度』、西澤健二『未明の悪夢』、清涼院流水『ジョーカー』、蘇部健一『六枚のとんかつ』など話題作から毀誉褒貶《きよほうへん》を呼んだ作品まで刊行されていた。『'98本格ミステリ・ベスト10』でその年度の本格作品は低調であったという識者の声が記されているが、今から思えば、まだ本格ミステリーのフェアネス、手がかりの提示、先例なきアイデアの重視など、本格の形式性を遵守する向きが強かったためだろう。「色もの」や「脱コード派」と指摘されていたそれらの作風の多くは、現在では本格の正統な系譜として組み込まれていると考えられるからだ。この約二〇年で本格ミステリーの領域は拡大し、その内部の多様化として理解されている。

蜘蛛手シリーズで言えば、建築・死体・凶器の三つの物質を操る大胆不敵極まりない手法が幾何学的奇想の核と言えよう。ただし、その大胆さは、精緻なパズルとしての本格ミステリーを目指すとすると、しばしば危うい道を歩まねばならない場合もある。そのトリックによっては、発想の飛躍どころか、大転換を求められることもある。それが閃きであったり、学術的な知識であったり、視点の切り替えだったりと、正面からパズルを解き明かすのとは違う思考が求められる。いってみれば知恵の輪だと思っていたら、ジグソーパズルだったとするようなたぐいの切り替えだ。おそらく『エンデンジャード・トリック』においても、そのことは十分考えられた上なのは、物語終盤で差し込まれる新しい「読者への挑戦状」の書きぶりからも明らかだ。古典的な本格ミステリーのパズルそのままの発想では、おそらくこのトリックへはたどり着かない。新本格ミステリーが切り拓いてきたフロンティアなればこそ、その事件の真相を紐解けるはずだ。そこには事件に隠された手がかりを集めるとともに、その手がかりで自ら、真相という建築物を組み立てる必要がある。その設計図は自らで創造するよりほかない。

タイトルにある「エンデンジャード」とは英語で「危機に瀕した」という形容詞であり、一般的には「絶滅危惧種（Endangered Species）」として見かける単語である。なんとも皮肉な表現だが、その意図をぜひ確認いただきたい。危機から脱するにはひとりひとりの力が必要なのだ。

本書は書き下ろしです。
この物語はフィクションです。
実在の人物・団体とは一切関係ありません。

エンデンジャード・トリック

2020年　2月10日　第一刷発行

著　者　**門前典之**

発行者　**南雲一範**

装丁者　**岡 孝治**

校正・作図　株式会社**鷗来堂**

発行所　株式会社**南雲堂**
東京都新宿区山吹町361　郵便番号162-0801
電話番号　(03)3268-2384
ファクシミリ　(03)3260-5425
URL https://www.nanun-do.co.jp
E-mail nanundo@post.email.ne.jp
印刷所　**図書印刷**株式会社

製本所　**図書印刷**株式会社

ISBN 978-4-523-26591-7 C0093